Gábor Fónyad

Als Jesus in die Puszta kam

Roman

Elster & Salis wird vom Bundesamt für Kultur mit einem
Förderbeitrag für die Jahre 2021–2024 unterstützt.

Gábor Fónyad
Als Jesus in die Puszta kam
Roman

Verlag Elster & Salis Verlag GmbH Wien
info@elstersalis.com
www.elstersalis.com

Lektorat Anja Linhart
Korrektorat Gertrud Germann, für torat.ch
Satz Peter Löffelholz, für torat.ch
Gestaltung
Umschlag und Logo Michael Balgavy, DWTC

Gesamtherstellung CPI Books GmbH, Leck

1. Auflage 2021

ISBN 978-3-03930-024-2

Printed in Germany

For, after all, how do we know that
two and two make four?
Or that the force of gravity works?
Or that the past is unchangeable?
(George Orwell, 1984)

Meinen Eltern

ERSTER TEIL:
DU BIST JEMAND ANDERER

1

Jedes Mal, wenn die Räder über eine der stetig mehr werdenden Weichen ratterten, war ein lautes Knattern zu hören, die Waggons wurden ruckartig mal nach links, mal nach rechts geworfen, bis der Zug, als hätte er sich nach wiederholtem Hin und Her endlich entschließen können, auf dem Gleis ausrollte und mit einem lauten Quietschen vor dem Prellbock zum Stehen kam. Fast vermeinte ich, das erschöpfte Schnaufen einer Dampflokomotive zu hören und das Wiehern von aufgeschreckten Pferden, die neben dem Bahnsteig grasten und in deren Sätteln zwielichtige Gestalten auf jemanden warteten.

In der großen, offenen Halle ertönte aus dem Lautsprecher eine weibliche Stimme und verkündete: »Budapest – Ostbahnhof – dieser Zug endet hier.« Es war nicht mehr die vertraute Bahnhofsstimme aus meiner Kindheit, und die Fahrgäste, die ausstiegen, waren nicht mehr, wie damals, ausschließlich heimkehrende Ungarn – die waren sogar in der Unterzahl –, sondern Touristen aus der ganzen Welt, die sich mit ihren Rollkoffern und mit auf ihr Handy geheftetem Blick zur Tür drängten, die sie per Knopfdruck öffneten.

Eines hatte sich jedoch nicht verändert: Der Bahnhof war immer noch so dreckig, so laut und so ungastlich – fast bedrohlich – wie vor gut fünfzehn Jahren, als ich das letzte Mal mit meiner Mutter hier angekommen war, um ihre Verwandten zu besuchen. Seit ihrem Tod war ich nicht mehr hier gewesen. Der Grund für meine Reise war jetzt aber ein ganz anderer.

Ich ertastete mit meiner rechten Hand Elle und Speiche des linken Arms und drückte an der Stelle, wo das Muttermal war, meinen Zeigefinger in den Spalt zwischen den beiden Knochen. Ich stellte mir immer wieder vor, wie sich das anfühlen musste, wenn hier ein Nagel hineingeschlagen wurde.

Meine Körperhaltung dürfte den Eindruck der Orientierungslosigkeit vermittelt haben, was nicht ganz falsch war, denn innerhalb kürzester Zeit wurde ich von einem Mann in Trainingshose und einem ausgeleierten rosa Adidas-T-Shirt in gebrochenem Deutsch gefragt, ob ich ein Taxi brauche, er würde mich jetzt gleich in ein Hotel fahren, das beste Hotel in der Stadt, sehr günstig. Er wollte mir auch schon die Tasche aus der Hand reißen, was ich gerade noch verhindern konnte. Schnell stammelte ich auf Ungarisch etwas davon, dass ich schon ein Zimmer hätte und dass ich lieber die Metro nehmen würde, und suchte das Weite. Ich konnte ihm ja schwer sagen, wohin ich in Wahrheit unterwegs war.

Ich drängte mich durch die Massen. Es war wie im Wellenbad, wenn man hin und her geworfen wurde, nur hatte hier jeder seine eigene Welle, die ihn einem jeweils anderen Ziel entgegentrieb, ohne Rücksicht auf die anderen Badenden. Einige standen auch einfach nur herum, wie Pfeiler mitten im Becken, denen man ausweichen musste – eine Fehlkonstruktion –, und boten ihre fragwürdigen Dienste an: ungarische Forint zu einem einmalig günstigen Wechselkurs, selbstgebrannten Schnaps oder originale italienische Designerbrillen für zwei Euro fünfzig. Man kollidierte unweigerlich mit ihnen, wodurch sie ihre Produkte einem nur noch aggressiver, sozusagen als Entschädigung für das Angerempeltwerden, aufdrängten und einen beschimpften, wenn man sich auf kein Geschäft mit ihnen einließ.

Ich irrte bestimmt eine gute halbe Stunde auf dem Bahnhofsgelände und auf dem Vorplatz herum. Zugesagt hatte ich schließlich nicht, ich löste nur das Bahnticket, das sie für mich besorgt hatten. Was, wenn ich einfach hier in Budapest bliebe? Ich konnte mich aber nicht überwinden, in eines der überall lauernden Taxis einzusteigen, zu keinem der Fahrer vermochte ich Vertrauen zu fassen – der eine erweckte den Eindruck, er sei hauptberuflich Zuhälter und verdiene sich hier lediglich etwas dazu, ein anderer saß im dunklen Anzug im Auto und wirkte so übertrieben seriös, dass er sicher alles andere als vertrauenswürdig war, und ein Dritter war so sehr in sein Handy vertieft, dass er ganz offensichtlich nicht gestört werden wollte. Das Taxi schied also aus. Für die Metro hätte ich ein Ticket benötigt, dafür hätte ich aber noch länger herumstreunen müssen, denn ein Ticketautomat war weit und breit nicht zu sehen, und die Menschenschlange vor dem einzigen offenen Schalter war so lang, dass ich mich ebenso gut zu Fuß auf den Weg hätte machen können. Nur – in welche Richtung sollte ich in diesem Fall losgehen? Ich hatte ja nichts vor in Budapest, keine Freunde, und ich kannte mich auch überhaupt nicht aus.

Was hatte ich hier eigentlich zu suchen? Ich bereute es bereits, hergefahren zu sein, und fluchte leise vor mich hin. Alles hatte damit begonnen, dass dieser altmodisch gekleidete Mann mit dem Schnauzer das Geschäft betreten hatte und ich mich von ihm hatte anquatschen lassen, statt ihn klar und deutlich darauf hinzuweisen, dass wir geschlossen hatten. Ich hätte ihn höflich hinauskomplimentieren und die Türe schließen sollen, dann wäre das alles gar nicht passiert, das Ganze wäre im Keim erstickt worden und ich würde jetzt nicht ohne Rückfahrkarte auf diesem Bahnhof herumirren.

Ein Fahrer, der mein Unbehagen bemerkt zu haben schien, sprach mich an und riss mich aus meinen Gedanken, sehr höflich und ohne aufdringlich zu sein. Man müsse aufpassen, meinte er, es gebe leider viele Betrüger, es sei heutzutage so leicht wie nie zuvor, an einen Gewerbeschein zu gelangen. Einige würden auch ohne Genehmigung fahren, ja, manche sogar ohne Führerschein, so weit sei es in diesem Land gekommen. Und die Regierung unternehme nichts dagegen. Er schäme sich für seine Landsleute. Ich wagte einen Versuch und fragte ihn nach dem Preis für eine Fahrt in die Innenstadt, doch er winkte beleidigt ab und hielt mir einfach nur die Autotür auf. Daran solle es nicht scheitern, sagte er. Als er aber schließlich doch auf mein Beharren hin und weil ich nicht einsteigen wollte, einen Betrag murmelte, für den ich von hier bis nach Wien und wieder retour hätte fahren können, riss ich ihm meine Tasche aus der Hand und machte kehrt. Der gerade noch so freundliche und vertrauenserweckende Mann schrie mich unvermittelt an, ich solle mich mit meiner eigenen Mutter fortpflanzen, die sich ja ohnehin beruflich auf solche Tätigkeiten spezialisiert habe, ob ich denn glaube, dass ich etwas Besseres sei, am besten wäre es allerdings, wenn ich mit dem Geschlechtsteil eines Pferdes irgendetwas machen würde – aber um zu verstehen, was genau, reichten meine Ungarischkenntnisse nicht aus.

Wo war ich da nur hineingeraten? Was hatte ich mir dabei gedacht? Das waren doch Wahnsinnige, Fanatiker, Anhänger einer wirren Verschwörungstheorie, denen man keine weitere Beachtung schenken durfte. Spätestens, als sie mich hatten wissen lassen, für wen sie mich hielten, hätte ich aufstehen und gehen sollen. Oder war das alles nur ein Scherz? Diese Möglichkeit wollte ich noch nicht ganz ausschließen. Vielleicht war es eine Art »Versteckte Kamera«, und morgen würde meine Geschichte im Internet kursieren und der Taxifahrer war einer der beteiligten Schauspieler, ein Eingeweihter. Aber sie waren ganz ernst gewesen, als sie das gesagt hatten, da war kein Anflug von Ironie zu erkennen. Der Alte wäre am nächsten Tag ganz bestimmt wiedergekommen. So, wie die sich darauf vorbereitet hatten, hätte er nicht so schnell aufgegeben. Und am Tag darauf wäre er auch im Geschäft aufgekreuzt. Immer wieder. Ich hätte nie wieder meine Ruhe gehabt.

Nein, ich hatte zu schnell nachgegeben. Ich würde die Reise einfach hier abbrechen, einen Vertrag unterschrieben hatte ich ja nicht. Den Preis für den Fahrschein würde ich ihnen zurückzahlen, dann stünde ich auch nicht in ihrer Schuld. Mit Hilfe meines Handys würde ich schon ins Zentrum finden und mich dort ein wenig umsehen, etwas trinken und dann wieder heimfahren. Oder ich blieb ein, zwei Nächte hier und fuhr am Dienstagabend wieder zurück nach Wien. Ungarisches Geld hatte ich zwar keines, aber wenn ich weit genug von diesem Bahnhof entfernt war, der mir immer ungeheurer wurde, könnte ich in Ruhe Forint abheben. Und am Mittwoch in der Früh würde ich wieder im Geschäft stehen, das ließ sich nicht vermeiden, aber immerhin hätte ich ein paar Tage Freiheit genossen. So gesehen hatte das Ganze auch etwas Gutes.

Ich stolperte geradewegs in den Mann mit der Trainingshose von vorhin. Er grinste mich mit seinen Zahnlücken an und fragte zweideutig, ob ich ihn denn nicht begleiten wolle, er würde mir die schönsten Orte von Budapest zeigen und mir einen unvergesslichen Aufenthalt bereiten. Er fasste mich dabei an der Schulter und massierte mit seinem Daumen mein Schulterblatt. Ich riss mich von ihm los und warf mich wieder in das Wellenbad in der Bahnhofsvorhalle. Aus einem Reflex heraus kramte ich meine Geldbörse hervor und überprüfte ihren Inhalt, wobei ich mich sofort wegen meines Vorurteils schämte. In dem Moment wurde ich von drei Kindern in zerlumpter Kleidung umzingelt, die an meinem Ärmel zerrten, mit ihren kleinen Fingern nach meiner Geldbörse griffen und abwechselnd unterwürfig bettelten und mich wüst beschimpften. Da bemerkte ich den spöttischen Blick des Mannes mit dem rosa T-Shirt, der sich langsam und unbeirrt mitten durch die Wellen seinen Weg zu mir hin bahnte, ohne nach links oder nach rechts zu schauen, als zöge er sich an einem Seil immer näher an mich heran. Jetzt schien er nicht mehr zu Kompromissen bereit zu sein, ich hatte meine Chance gehabt.

Kurz, bevor er mich erreichte, entdeckte ich auf der Anzeigetafel den Zug nach Szeged. Darunter blinkten in kleinen Buchstaben der Reihe nach die Namen der Orte auf, in denen der Zug hielt. Ich las das Wort »Kiskunfélegyháza« und verglich es schnell mit dem Ticket. Ja, das war mein Zug. Abfahrt war in zwei Minuten. Das verschwitzte rosa T-Shirt war nur mehr wenige Meter von mir entfernt. Ich stieß die drei Kinder weg und machte mir mit dem Ellbogen den Weg frei zum Bahnsteig. Ohne mich umzublicken, wusste ich, dass der Mann mir auf den Fersen war. Ich erreichte den letzten Waggon und sprang hinein. Das Signal ertönte, die Türen schlossen sich und der Zug setzte sich in Bewegung. Durch das Fenster sah ich, wie mir der Mann höhnisch hinterherschaute, als wollte er mir sagen: Du entkommst mir nicht.

2

Einmal noch schaute ich aus dem Fenster, als wollte ich mich versichern, dass auch wirklich keine Banditen mit Halstüchern vor dem Gesicht und Pistolen in der Hand dem davonfahrenden Zug hinterherritten, um sich auf das Trittbrett des letzten Waggons zu schwingen, die Notbremse zu ziehen und mich zu entführen. Aber außer Wohnsiedlungen aus der Zeit des Kommunismus, deren Fassaden abbröckelten, und vereinzelten modernen Einkaufszentren, die fast noch trostloser wirkten, war nichts zu sehen als eine sich ausbreitende ausgestorbene Betonlandschaft, die mir schon jetzt, an der Peripherie der Hauptstadt, einen leichten Vorgeschmack auf die Einsamkeit der ungarischen Puszta gab. Auf verwaisten Parkplätzen, die nirgendwo dazuzugehören schienen, standen einzelne Autos, und eine rostige Schaukel zwischen zwei Plattenbauten bewegte sich im Wind leicht hin und her.

Aber ich war in Sicherheit. Ich lehnte mich erleichtert zurück, schlummerte unruhig vor mich hin und ließ die Vororte von Budapest, durch die wir mittlerweile fuhren, an mir vorüberziehen.

Mir war immer schon klar gewesen, dass ich mich für die Stelle eines Spielwarenverkäufers weder durch ein ausgeprägtes Verkaufstalent noch durch besondere Kenntnisse auf dem Gebiet des Kinderspielzeugs auszeichnete. Vielmehr hatte ich diese Anstellung der Tatsache zu verdanken, dass ich Ungarisch sprach, das ich von meiner Mutter und vor allem von meiner Großmutter gelernt hatte. Daraus machte Herr Pospischil, der Besitzer des Spielzeuggeschäftes Murmeln & Co., auch kein Geheimnis. Er war der Ansicht, dass es einem traditionellen Spielzeuggeschäft in der Wiener Innenstadt Glaubwürdigkeit verlieh, wenn sich unter seinen Mitarbeitern ein Ungar befand.

»Wenn du eine russische Mutter gehabt hättest, wäre das natürlich besser, keine Frage«, sagte er einmal. »Russen sind kaufkräftiger als Ungarn. Aber es stattet dich zumindest mit einem gewissen Charme aus, der dir sonst ganz fehlen würde. Den alten Damen gefällt das. Die mögen es, wenn sie von einem jungen Ungarn bedient werden, der ihnen einige Redewendungen für ihren Urlaub am Plattensee beibringt. Es hat etwas von unserer guten, alten Monarchie.«

Ich machte mir nichts vor, meine Karriere hing an einem seidenen Faden, der spätestens dann reißen würde, wenn die letzte dieser Damen gestorben sein würde oder jemand herausfände, dass ich in Wahrheit Ungarn nicht viel besser kannte als Sri Lanka, wo ich zwischen Matura und Zivildienst einige Monate herumgehangen war, ohne zu wissen, was ich eigentlich suchte. Es störte mich außerdem, dass ich nicht bei meinem richtigen Namen gerufen wurde. »László« stand zwar auf dem Schildchen, das meinen Pullover durchlöcherte, und Herr Pospischil rief gerne, wenn eine dieser älteren Damen eintrat, quer durch das Geschäft: »László! Kommen Sie bitte einmal?« (Er verwendete vor Kunden gerne den Vornamen, während er mich gleichzeitig siezte. Er dachte wohl, dadurch an Exklusivität zu gewinnen.) Aber in Wahrheit hieß ich einfach Ludwig. Dass Ludwig auf Ungarisch nicht László, sondern Lajos hieß, interessierte niemanden.

Auf Herrn Pospischil war ich jedoch angewiesen, denn was würde aus mir werden, wenn sich tatsächlich eines Tages eine hübsche Russischstudentin mit langen Beinen und kurzem Rock um meine Stelle bewerben würde? Vielleicht würde sie aus Übereifer auch noch einen Ungarischkurs belegen – es soll solche Menschen geben, die für ihren Arbeitgeber alles tun –, und der László konnte seine Koffer packen.

An besonders schlechten Tagen malte ich mir aus, wie das wäre, wenn ich wirklich gekündigt werden würde und mich auf einmal woanders bewerben müsste. Damit hatte ich wenig Erfahrung, schließlich war ich an die Anstellung bei Herrn Pospischil, wie das in Österreich eben so üblich war, ausschließlich durch die Vermittlung eines Freundes gelangt. Eines Abends setzte ich mich sogar an den Computer und begann, einen Lebenslauf zu schreiben. Das war nach einem Streit mit Sandra, meiner Ex-Freundin, die gemeint hatte, ich könne doch nicht mein Leben lang Murmeln verkaufen, und mir mangelnde Eigeninitiative bei der Karriereplanung vorgeworfen hatte.

Geburtsort und -datum – das hatte ich schnell. Familienstand: ledig. Beruf: Das war schon schwieriger. Den Rest des Abends verbrachte ich damit, ein passendes Foto zu finden. Schließlich fand ich ein Bild von mir und Sandra im Tiergarten Schönbrunn vor dem Eisbärengehege, auf dem ich einen recht seriösen Eindruck machte. Ich schnitt meinen Kopf und ein Stück von meinem Hals aus und fügte das in das Dokument neben meine Geburtsdaten ein. Wenn man genau hinsah, konnte man im Hintergrund ein Stück weißes Fell erkennen, aber fürs Erste genügte es.

Als Jugendlicher tagträumte ich davon, allen Problemen, die in erster Linie aus Schularbeiten und der Nichtbeachtung durch das andere Geschlecht bestanden, als Cowboy davonzureiten, weit weg, über eine Prärie ohne Horizont. Vielleicht würde ich einmal Indianern auf dem Kriegspfad begegnen oder sogar Desperados, wenn ich zu nah an die mexikanische Grenze ritt, aber mit denen würde ich schon fertig werden, ich könnte mich ihnen auch einfach anschließen. Wer weiß, vielleicht wartete in einer Siedlung jenseits des Rio Grande ein schönes Mädchen mit hüftlangen schwarzen Haaren und in einem weißen, bis zum staubigen Boden reichenden Leinenkleid auf mich, um sich hinter mich auf mein Pferd zu schwingen und mit mir der untergehenden Sonne entgegenzureiten. Klapperschlangen und Kojoten würde ich einfach abknallen – ich hätte ja einen Colt an meinem Patronengürtel aus braunem Leder umgeschnallt – und die schöne Mexikanerin könnte uns daraus einen scharfen Eintopf mit Chili kochen.

Anders als die meisten meiner Klassenkollegen besuchte ich keine Universität, der Abschnitt »Ausbildung« endete mit »Matura« (ohne Auszeichnung). Das heißt, ich hatte eine Universität besucht, allerdings im wörtlichen Sinn, wie man seine Tante im Krankenhaus besucht, und zwar ein Mal. Nachdem ich die Schule gerade eben so abgeschlossen hatte und in Sri Lanka mit meiner Sinnsuche auch nicht weitergekommen war, schrieb ich mich für ein Studium ein – ich glaube, es war Kunstgeschichte (oder Biologie?) –, da meine damalige Freundin gerade zu studieren begann und ich sie beeindrucken wollte. Ich hatte zudem spätpubertäre Fantasien, was während einer Vorlesung unter dem Tisch alles geschehen könnte. Aber die erste und letzte Vorlesung in meinem Leben verlief ganz anders. Vorne stand ein alter Mann im Sakko und las etwas von einem Blatt Papier ab, ohne in den anderthalb Stunden auch nur ein einziges Mal den Blick zu heben. Manchmal drehte er sich um, nahm aus seiner Sakkotasche ein Stück Kreide und kritzelte etwas Unleserliches auf die Tafel. (Vielleicht waren es doch mathematische Formeln?) Meine Freundin schrieb auch noch alles mit und hörte ihm interessiert zu, während ich Luft für sie war und sie nach der Vorlesung statt mit mir auf der Toilette allein in der Bibliothek verschwand.

Der Zug in den Wilden Westen war inzwischen längst abgefahren und ich saß im Murmeln & Co. fest. Berufserfahrungen: »Spielwarenfachhandel«.

In meiner Not klagte ich mein Leid zuweilen den Stofftieren in Herrn Pospischils Laden, am liebsten einem ganz bestimmten Lemuren, der mich, so bildete ich mir ein, verstand. Er hatte, im Gegensatz zu den leeren Knopfaugen der anderen Lemuren, einen verständnisvollen Blick. Auch war sein weißer Bauch flauschiger. Ich achtete darauf, ihn im Regal immer so zu positionieren, dass man ihn übersehen musste und er somit nicht gekauft werden konnte.

3

Dass ich nicht auf einen ungarischen Namen getauft worden war, lag am heftigen Widerstand meines Vaters. Er sagte, es reiche ihm, dass er eine Frau geheiratet habe, die sich mit ihren Verwandten in einer ausländischen Sprache unterhalte, ja, es reiche ihm schon überhaupt, *dass* er eine Frau und jetzt auch noch ein Kind habe (zumindest erzählte mir das Nagymama, die Mutter meiner Mutter), da wolle er wenigstens keinen Szabolcs oder Dragan oder Gábor als Sohn haben. Dass Dragan kein ungarischer Name war, schien ihn nicht zu stören. Kurz nach meiner Geburt verließ mein Vater meine

Mutter. So gesehen hätte ich auch ruhig Gábor heißen können, das hätte keinen Unterschied mehr gemacht. Die paar Monate, die es mein Vater noch bei uns aushielt, hätte er mich ja nennen können, wie er wollte.

An meine sporadischen Ungarnbesuche hatte ich nur eine sehr verschwommene Erinnerung. Meine Mutter setzte sich mit mir am Südbahnhof in den Zug, wir fuhren gute anderthalb Stunden, bis auf einmal die Kontrolleure Ungarisch sprachen. Einige Zeit danach stiegen wir irgendwo im Niemandsland aus und jemand fuhr uns zu Nagymama. Diese Fahrten waren dabei das Aufregendste, weil es solche Autos bei uns nicht gab. Die Sitze waren höher, sodass ich hinausschauen konnte, während ich in den österreichischen Autos bestenfalls mit der Türklinke auf Augenhöhe war. Die Landschaft ähnelte jener, durch die der Zug jetzt fuhr: keine Berge, dafür weite, flache Ebenen und viel Trockenheit. Die ungarische Puszta …

Ein paar Mal waren wir auch in Budapest, wo wir steinalte Großtanten und Großonkel besuchten. Sie hausten in muffigen kleinen Wohnungen, die vollgeräumt waren mit dunklen Möbeln, Vasen und Porzellan, an den Wänden verstaubten Bücher und Bilder. Die Erwachsenen tranken Kaffee aus kleinen, dicken Gläsern, schwarz und mit viel Zucker. Mir gaben sie Obstsaft, den ich widerwillig trank, denn ich war skeptisch gegenüber Nahrungsmitteln aus dem Ostblock. Die Schokolade, die ich manchmal bekam und die ich unter dem strengen Blick von Nagymama hinunterwürgen musste, schmeckte nach altem Brot und zerbröselte im Mund. »Schaut euch nur diese verweichlichte westliche Rotznase an!«, schienen Nagymamas Augen sagen zu wollen. Vielleicht war das auch eine unbewusste Solidarisierung mit meinem Vater, vielleicht verbündete ich mich mit ihm gegen die Ostblock-Verwandten, die mich während dieser Besuche die meiste Zeit über ignorierten oder mich dafür bemitleideten, in diesem Österreich leben zu müssen, fernab der alleinseligmachenden Heimat, in diesem Land, wo man eine hässliche, primitive Sprache sprach.

Ein Großonkel hielt mir einmal einen Vortrag darüber, dass die elendigen Habsburger schuld daran seien, dass Ungarn auf der Bühne der Weltpolitik so unbedeutend geworden sei, sie hätten ihnen alles weggenommen, sogar die Burgen und Schlösser hätten sie Stein für Stein abgetragen und in ihrem scheußlichen Land wieder aufgebaut, von den geraubten Kunstwerken ganz zu schweigen, mit denen jetzt ihre Museen prahlten. Ich hatte ein schlechtes Gewissen und fragte den alten Mann, ob die Österreicher nicht vielleicht auch die Berge gestohlen hätten, denn mir sei aufgefallen, dass Ungarn sehr flach war, während es bei uns so gebirgig sei. »Frecher Lümmel!«, rief der Alte und deutete mit seinem Stock einen Hieb über meinen habsburgisch verseuchten Schädel an. »Aber was soll man von jemandem erwarten, der Ludwig heißt«, sagte er schließlich angewidert.

Das Schlimmste aber war, dass ich diese Greise, die jeden Moment zu sterben drohten und die angeblich mit mir verwandt waren, küssen musste – sogar die Männer. Jeweils links und rechts auf die Wange. Vielleicht war das mit ein Grund, warum ich fast sechzehn Jahre alt war, als ich mich endlich überwinden konnte, zum ersten Mal ein Mädchen zu küssen.

Einen ungarischen Namen sollte ich erst dreißig Jahre später von Herrn Pospischil bekommen, der im Übrigen trotz seines alles andere als germanisch klingenden Nachnamens ausschließlich Deutsch sprach. Die Verwandten meiner Mutter hätten sich über »László« gefreut.

4

Immer wieder schob ich die Haare auf dem Rücken meiner rechten Hand zur Seite und betrachtete die Narbe. Eine lange waagrechte Naht und vier kürzere, die diese im rechten Winkel kreuzten.

Woher wussten sie von dieser Narbe? Sie war längst zugewachsen und versteckt zwischen den Härchen. Sandra war sie erst nach vielen Monaten aufgefallen, nachdem sie sich schon mit ganz anderen Stellen meines Körpers vertraut gemacht hatte. Aber dieser Typ hatte ohne zu zögern und zielgenau auf die Narbe gezeigt. Und er kannte auch die Geschichte rund um den operativen Eingriff von damals. Und dann das Muttermal auf dem Unterarm der anderen Hand … Ich betastete wieder Elle und Speiche. Ob ein Nagel dazwischen das ganze Körpergewicht halten konnte? Aber angeblich schoben ja die Römer ein Podest unter die Füße, damit das Sterben länger dauerte, wie ich in der Zwischenzeit im Internet nachgelesen hatte.

Die Landschaft im Zugfenster glich mittlerweile einer Tischplatte, die letzten Hügelketten südlich von Budapest waren vom Horizont verschluckt, wie mit einer großen Hand vom Tisch gewischt, dafür war jeder noch so kleine Erdhügel kilometerweit zu sehen. Wir holperten auf den Rand der Platte zu, die Ortschaften wurden immer kleiner und der Abstand zwischen ihnen immer größer. Ich sah jetzt mehr und mehr weiß gestrichene Zäune ganz aus Beton, die aus irgendeinem Grund stets entlang von Bahnstrecken errichtet waren. Als Kind verband ich mit diesen Zäunen, die ich nirgendwo in Österreich gesehen hatte, den Grenzübertritt nach Ungarn. Damals stiegen noch bewaffnete Soldaten ein, untersuchten alle Reisepässe ganz genau, leuchteten mit Taschenlampen unter die Sitze, öffneten Koffer und durchwühlten deren Inhalt, stellten allerlei Fragen, während draußen, auf dem Bahnsteig, weitere Soldaten mit geschulterten Maschinengewehren patrouillierten.

Als Kind fand ich das wahnsinnig aufregend. Ich stellte mir einen Überfall auf einen gepanzerten Zug mit einem wertvollen Transport vor, zum Beispiel von Shoot Out Town nach Santa Fe. Einer der Männer würde uns Fahrgäste in Schach halten, während die anderen das Gold aus dem gepanzerten Waggon der Bank auf die Pferde luden und sich anschließend alle johlend und in die Luft ballernd aus dem Staub machten.

Doch jetzt war ich nicht nach Shoot Out Town unterwegs, sondern nach – ich holte den zerknitterten Fahrschein hervor – nach Kiskunfélegyháza.

Es war vor wenigen Tagen, kurz vor Ladenschluss. Ein älterer Herr betrat das Geschäft. Er trug einen langen beigen

Mantel, der ein wenig an Columbo erinnerte, und hatte eine altmodische Cordmütze auf dem Kopf, die dafür gar nichts Detektivartiges an sich hatte; eigentlich schlich er durch die Tür und schloss sie so vorsichtig, dass die Glocke, die über dem Türstock befestigt war, nicht klingelte. Herr Pospischil war gerade im Magazin und ich versuchte so zu tun, als würde ich den Herrn nicht bemerken.

Ich drehte mich vom Eingang weg und ging auf die Ecke mit den Stofftieren zu, um die Lemuren von den Eidechsen zu trennen und jede Spezies in ihr vorgesehenes Regal einzusortieren. »Früh stellt er fest, dass er noch ein Geschenk für das Enkelkind braucht …«, sagte ich zu meinem Lieblingslemuren und brachte ihn in der letzten Reihe in Sicherheit. Es gab immer wieder Eltern, die mit ihren Kindern hierher kamen, sie spielen ließen und das Geschäft dann wieder verließen, ohne etwas zu kaufen. Dabei musste ich natürlich stets höflich bleiben, verständnisvoll nicken und im Hintergrund stehend darauf warten, eventuell doch etwas verkaufen zu können. Ich verstand nicht, warum manche Menschen ihre Kinder überhaupt mitnahmen. Wollten sie ihnen die Überraschung beim Auspacken der Geschenke nehmen? »Wir sollten an der Eingangstür ein Schild anbringen: ›Kinder verboten‹«, flüsterte ich zum Lemuren.

Auf einmal spürte ich einen Atem in meinem Nacken, der nach scharfem Essen roch. Ich drehte mich um. Der Herr stand dicht vor mir. Wie zur Tarnung hielt er eine Holzlokomotive in der Hand, die, wenn man den Rauchfang hineindrückte, Dampfgeräusche von sich gab und tutete.

»Kann ich Ihnen behilflich sein?«, brachte ich hervor und

hoffte, dass er den rhetorischen Charakter meiner Frage heraushörte. Er war mir nicht ganz geheuer, obwohl ich schon viele Arten von Eltern, Großeltern, Tanten, Onkeln und Taufpaten erlebt hatte. Ich konnte ihn keiner Kategorie zuordnen. So desinteressiert und dennoch verkrampft hatte noch kein Kunde eine Holzlokomotive in der Hand gehalten. Einige Sekunden lang blickte er mir in die Augen, als ob er mich prüfen wollte. Der Atem, den er mir unter seinem Schnauzer entgegenschnaufte, roch nach Nervosität und Paprika. Er legte die Lokomotive in den Schoß eines Lemuren – ich wollte »Nicht!« rufen, ließ es dann aber sein –, nahm seinen Hut in die Hand, fuhr mit seiner Zunge über die Lippen und fragte mit einer Stimme, die so leise war, dass nur ich es hören konnte: »Bist du Ludwig?«

Ich erkannte sofort den ungarischen Akzent. Mehr aber überraschte mich, dass er meinen richtigen Namen kannte, da man mich im Umfeld des Geschäftes nur unter László kannte und dieser Name ja auch auf meine Brust geheftet war. Dass er mich gleich duzte, erschien mir unter diesen Vorzeichen nicht weiter bemerkenswert.

»Ja. Das heißt« – hilfesuchend schaute ich auf mein Namensschild hinunter. »Ja … Ja. Ludwig. Ludwig Neustätter.«

Der Herr trat einen Schritt zurück und betrachtete mich. Aber anstatt mir die Hand zu geben, wie ich es in diesem Moment erwartet hätte – immerhin schienen wir in einer mir noch schleierhaften Weise miteinander verbunden zu sein –, sagte er, mit einem Mal ins Ungarische wechselnd: »Dann bist du es. Ja.« Über sein Gesicht huschte ein Lächeln. »Du bist es wahrhaftig …«

Was zum Teufel meinte er? Woher wusste er, dass ich Ungarisch sprach?

»Ich – das heißt: wir würden uns ausgesprochen freuen, wenn du dich mit uns treffen würdest. Im ›Paprika-Stüberl‹ ist das Hinterzimmer reserviert. Freitag, neunzehn Uhr.«

Hinterzimmer – ich wusste nicht, ob mir danach war. Doch noch bevor ich antworten konnte, bog auf einmal Herr Pospischil um die Lemurenecke.

»Ludwig, was treibst du – oh. Hier sind Sie also, László.« Und an den Herrn mit dem Schnauzer gerichtet: »Wir haben eigentlich schon geschlossen. Suchen Sie nach etwas Bestimmtem?«

»Sehr danke«, sagte dieser wieder in etwas holprigem Deutsch, und dann, um die richtigen Worte ringend: »Ich fand, was ich suchte. Küss die Hand.« Er drehte sich um, setzte seinen Hut auf und verließ das Geschäft. Und obwohl er mich nicht direkt angeschaut hatte, ahnte ich, dass diese belanglos klingende Antwort etwas mit mir zu tun hatte.

»Na dann …«, sagte Herr Pospischil. Und als der Herr außer Hörweite war, fügte er hinzu: »Und du machst dich an die Arbeit! Was sucht die Lokomotive bei den Stofftieren? Bevor du nach Hause gehst, bringst du mir das hier noch in Ordnung.«

So verwirrt dieser Schnauzbärtige mit der Holzlokomotive auch wirkte, er strahlte Entschlossenheit aus, überlegte ich auf dem Heimweg, wie jemand, der das, was er tut, niemals in Frage stellen würde, auch wenn der Rest der Welt ihn für verrückt hielte – so wie ein Geisterfahrer auf der Autobahn, der überzeugt ist, dass alle anderen in die falsche Richtung fahren. Es war keine Einladung, die man annehmen oder ablehnen konnte, sondern vielmehr ließ er mich wissen, wann und wo man auf mich warten würde.

Wir schlossen zwar um sechs Uhr, vor sieben war ich aber selten aus dem Geschäft, auch freitags nicht. Da ich auch am Samstag arbeitete, konnte ich jedoch Herrn Pospischil sicher überreden, dass er mich ein bisschen früher gehen ließ.

»Und wenn das alles nur eine Falle ist?«, schoss es mir auf einmal durch den Kopf, als ich die Wohnungstür aufsperrte. Wer sagte, dass ich da überhaupt hinging? Man hörte ja immer wieder von kriminellen Banden aus dem Osten. »Paprika-Stüberl«, Hinterzimmer – das klang durchaus nach einem möglichen Hinterhalt. Andererseits: Was hätte man schon mit mir vorhaben können? Als Geisel taugte ich nicht viel, da niemand ein Lösegeld für mich bezahlen würde. Zwar lud Herr Pospischil mich und seine Buchhalterin vor Weihnachten immer zum Abendessen ein, was er gerne als »Betriebsfeier« bezeichnete. Wir saßen dann zu dritt hinten im Magazin auf Klappstühlen und aßen aus Plastiktellern Curry, das Herr Pospischil beim Inder bestellt hatte. Aber ich hatte keinen Grund anzunehmen, dass er für mich ein Lösegeld bezahlen würde. Wahrscheinlich würde er schon nach kurzer Zeit eine Slawistikstudentin anstellen.

Ich hatte Glück, im Kühlschrank befand sich noch eine Packung mit zwei Spinatknödeln. Im Tiefkühlfach lag sogar noch eine Pizza, aber ich hatte in dieser Woche schon zweimal Tiefkühlpizza gegessen. Außerdem lauerten Kohlsprossen im Gemüsefach und eine Packung Grillkäse befand sich ganz oben. Die Kohlsprossen sahen nicht mehr allzu frisch aus. Ich schloss den Kühlschrank, kochte Wasser auf und versenkte die beiden Knödel darin.

Seit ich allein wohnte, ernährte ich mich hauptsächlich von Fertiggerichten – wie die Cowboys, die wochenlang Bohnen aus der Konserve essen und manchmal einen Speck dazu braten. Die Frau, für die ich Kohlsprossen und Grillkäse in ein Festmahl verwandelt hätte, war noch nicht über die Schwelle zum Murmeln & Co. getreten. Das Problem war nur, dass die Kohlsprossen beim nächsten Öffnen des Kühlschranks mich immer noch anstarren würden.

Ich setzte mich in der Unterhose und mit den Knödeln auf die Couch und schaltete den Fernseher ein. Ein junger, gutaussehender Mann eröffnete soeben einer ebenfalls jungen und ebenfalls gutaussehenden Frau bei strahlendem Sonnenschein am Strand, dass sie Geschwister seien. Wieso lief nie ein Western? Das Treffen im »Paprika-Stüberl« wäre so gesehen eine willkommene Abwechslung. Und ich müsste nicht wieder Tiefkühlpizza essen. Oder sogar Kohlsprossen. »Wir müssen die Hochzeit absagen«, sagte der Mann und ließ die Hand der Frau los. Mit einem Mal hüllten sich die Kreidefelsen im Hintergrund in Nebel. Ich schaltete den Fernseher wieder aus.

Ich spielte kurz mit dem Gedanken, noch das Fitnesscenter aufzusuchen, immerhin überwies ich monatlich meinen Mitgliedsbeitrag, und kündigen konnte ich nur einmal im Jahr. Diesen Zeitpunkt verpasste ich jedes Mal verlässlich, und dann musste ich immer ein weiteres Jahr lang zahlen. Aber ich hatte keine Lust, meine Hose wieder anzuziehen und die Wohnung noch einmal zu verlassen. Außerdem lagen nun die beiden Knödel in meinem Magen, auch wenn ich mich nicht wirklich satt fühlte.

Natürlich, von solchen Leuten wie mir leben die, dachte ich mir. Wir zahlen brav und benutzen die Geräte nicht. Wir sind ein gutes Geschäft für die. Ich sollte hingehen, auf den Tisch hauen und sagen: Ich kündige! Jetzt, sofort! Aber wir sind ja nicht im Wilden Westen. Leider. Da betritt man mit ins Gesicht gezogenem Hut den Saloon, lehnt sich an den Tresen, stellt einen Stiefel auf den Fußlauf, dass die Sporen klirren, und raunzt dem nervös Gläser trocknenden Barkeeper zu: »Ich möchte deinen Boss sprechen.« Man bestellt nichts. »Er – er ist nicht da.« – »Erzähl keinen Scheiß.« Man schiebt das Gilet zur Seite, der Colt blitzt hervor. »Scheiße Erzählen kann zu Bleivergiftung führen.« Und in diesem Moment erscheint der Boss oben auf der Holztreppe – ein fetter Mann mit Rodeohut, einem scharlachroten Sakko und einer Uhr in der Brusttasche, deren goldene Kette heraushängt. Aus dem breiten Mund ragt eine Zigarre. Das Klaviergeklimper verstummt, die spärlich bekleideten Tänzerinnen halten inne, die Pokerspieler blicken von ihren fünf Assen auf. Es ist still und alle Augen sind auf uns gerichtet. Was will der Fremde?

Aber wir sind nicht im Wilden Westen, sondern in Wien. Und hier ist ein Fitnesscenter kein Saloon. Ebenso wenig ist Herr Pospischil ein Viehbaron, dem man die Zigarre aus dem Mundwinkel schießen kann mit den Worten: »Ich bin nur hier, um meinen Anteil abzuholen. Ich steige aus«, um dann durch die Schwingtür zu gehen, sich auf sein Pferd zu hieven, das gerade noch aus dem Holztrog getrunken hat, und aus der Stadt zu jagen. Herr Pospischil bezahlt einem das Gehalt.

Wenigstens aber könnte ich das »Paprika-Stüberl« in der Vorstellung betreten, ich hätte einen Colt umgeschnallt und mein treues Pferd warte vor der Tür auf mich. Zu verlieren hatte ich immerhin nichts. Womöglich wartete auch niemand in dem Restaurant auf mich und der Mann war doch nur ein Irrer.

Mittlerweile war es schon zu spät, um noch ins Fitnesscenter zu gehen, ich hatte es wieder einmal geschafft, eine Entscheidung lange genug aufzuschieben. Doch dafür hatte ich den Entschluss gefasst, am Freitag hinzugehen und zu schauen, was passierte. Zu diesem Zeitpunkt ahnte ich ja noch nicht, für wen sie mich hielten. Hätte ich das gewusst, hätte ich einen weiten Bogen um das »Paprika-Stüberl« gemacht und würde jetzt nicht im Zug Richtung ungarische Puszta sitzen.

5

Es war das erste Mal in meinem Leben, dass ich in Wien ein ungarisches Restaurant besuchte. Ich war immer der Meinung gewesen, da gingen nur Touristen hin, aber als ich das Lokal betrat, war ich überrascht, fast ausschließlich Ungarisch zu hören. Die Einrichtung hatte den Charme der 1980er Jahre bewahrt.

Ich hielt Ausschau nach dem Schnauzbärtigen und stellte fest, dass fast alle Männer einen Schnauzer trugen. Es roch nach Gulasch. Der Kellner bemerkte mich und ging auf mich zu.

»Das Hinterzimmer ist da lang«, sagte er auf Ungarisch und wies mit seiner Hand in einen Winkel, in dem ich nur die Toiletten vermutet hätte. Ich schob den rot-weiß karierten Vorhang zur Seite und fand mich in einem kleinen Raum mit in dunklem Holz getäfelten Wänden wieder. In der Mitte stand ein Tisch mit einem Tischtuch im gleichen Muster wie beim Vorhang, von der Decke hing ein ausladender und für diesen Raum eindeutig überdimensionierter Luster aus schwarzem Schmiedeeisen, der die Gesichter von drei Männern beleuchtete.

Der eine war der Herr mit dem Schnauzbart aus dem Geschäft. Er saß am Haupt des Tisches, aber es war ganz offensichtlich, dass er von den dreien am allerwenigsten den Vorsitz innehatte. Er war der Einzige, der mich mit einem freundlichen Zunicken begrüßte. Ich war nahezu erfreut, in ihm so etwas wie einen Bekannten zu erkennen.

Der Ältere der beiden anderen – vielleicht um die fünfzig, auf jeden Fall jünger als der Mann mit der Lokomotive – war der Kopf dieser Bande, das war mir sofort klar, auch wenn er noch kein Wort gesagt hatte. Dieser erste Eindruck sollte sich im Laufe des Abends bestätigen. Seine Körperhaltung, die verschränkten Arme auf dem leicht gewölbten Bauch und sein ruhiger, klarer, vielleicht prüfender, insgesamt aber schwer zu deutender Blick hatten etwas Verpflichtendes, derart, dass mir die Möglichkeit, einfach kehrtzumachen und das Lokal zu verlassen, mit einem Mal genommen war – eine Freiheit, die bis vor wenigen Sekunden nicht zur Diskussion gestanden war. Ein Colt hätte mir in dieser Situation auch nicht geholfen.

Der Dritte im Bunde war der mit Abstand Jüngste. Er war ungefähr in meinem Alter und strahlte eine Mischung aus Unreife und Rohheit aus. Er war recht mager und hatte eine schlaksige Statur, dabei war seine Körperhaltung bis zu den Halswirbeln so aufrecht, als hätte er einen Besenstiel verschluckt, während sein Kopf und seine Schultern vorne hinunterbaumelten. Ihm gegenüber hätte mich ein Colt im Halfter sehr wohl beruhigt, besser noch zwei, links und rechts einer, oder, noch besser, ein mit mir verbündeter Revolverheld, der mir hinter dem Vorhang Deckung gab.

Aber ich war unbewaffnet, außerdem waren wir in keinem Saloon in Santa Fe, sondern in einem ungarischen Gasthaus inmitten der Wiener Innenstadt. Also sagte ich einfach auf Ungarisch: »Ich habe nicht lange Zeit …« Vielleicht hätte ich Deutsch reden sollen, um zu unterstreichen, dass ich nicht dazugehörte. Ich musste unschlüssig im Raum gestanden sein, denn der Herr mit der gesunden Leibesfülle löste seine Arme und deutete auf einen leeren Sessel ihm gegenüber.

Da draußen kein Revolverheld zu meiner Deckung stand, sondern höchstens der Kellner, der am Ende auch noch dazugehörte, kam ich seiner Aufforderung nach.

»Sie werden verstehen … Ich muss gleich weiter …« Ich schob den Holzstuhl zurück und nahm Platz.

Ohne darauf einzugehen, sagte er: »Wir beobachten dich schon lange und haben alle nötigen Informationen eingeholt.

Wir wollten auf Nummer sicher gehen. Nun ist jeder Irrtum ausgeschlossen und jeder Zweifel beseitigt.«

Er redete noch rätselhafter als der Alte mit dem Schnauzer.

»Meine Herren, es tut mir sehr leid, aber Sie irren sich. Ich weiß nicht, für wen Sie mich halten und wen Sie suchen. Ich befürchte jedoch, ich kann Ihnen da nicht helfen.« Ich fühlte mich durch das Duzen bedrängt und hoffte, ihnen das durch mein beharrliches Siezen zu vermitteln. »Was immer Sie vorhaben – ich habe kein Interesse und kaufe nichts.«

Der Anführer lächelte über meine letzte Bemerkung, was meine Anspannung ein wenig lockerte. Aber nur vorübergehend. »Mit Interesse hat das allerdings nichts zu tun«, sagte er dann todernst.

Spätestens jetzt hätte ich aufstehen sollen und gehen. Aus irgendeinem Grund jedoch blieb ich sitzen. Das mochte zum einen Teil eine gewisse Furcht gewesen sein vor dem jungen Besenstiel mit dem hängenden Kopf und dem Kellner, der meinen Revolverhelden vertrieben hatte. Zum anderen Teil wollte ich erfahren, wie es weiterging.

»Ich weiß ja nicht einmal, mit wem ich es zu tun habe.« Das schien mir eine gelungene Entgegnung zu sein.

»Das stimmt«, sagte jetzt der mit dem Schnauzer. »Wenn ich mich vorstellen darf: Ich heiße Benedek.« Er reichte mir die Hand. Es war ein warmer, fast weicher Händedruck.

»Mein Name ist István«, sagte der Anführer und drückte meine Hand fest zusammen, so dass meine Knöchel schmerzhaft aneinander rieben.

Die beiden warfen dem Jungen, der schwieg, auffordernde Blicke zu.

»Béla«, murmelte dieser schließlich.

»Ludwig Neustätter«, entgegnete ich.

Die drei schauten einander an. »Nun, darum geht es ja«, sagte schließlich István. »Ludwig Neustätter ...« Und er schüttelte verächtlich den Kopf, als hätte ich etwas ausgesprochen Dummes gesagt. »Natürlich, so nennen sie dich hier.«

Er lehnte sich vor in Richtung Tischmitte und schob das Weinglas zur Seite. Die beiden anderen machten es ihm nach.

»Du bist nicht Ludwig Neustätter.«

»Also erlauben Sie einmal ...« Aber er ließ mich gar nicht erst weiterreden.

»Kommen wir gleich zur Sache. Wir sind von der Gemeinde der Urmagyaren.«

»Ist das so etwas wie eine Sekte?«, fragte ich. »Oder verkaufen Sie Tupperware?«

»Im Gegenteil. Alle anderen christlichen Gemeinschaften sind Sekten«, sagte István sachlich. Also doch Geisterfahrer ...

»Tut mir leid, ich bin nicht gläubig ...«, sagte ich und deutete an, dass ich aufstehen wollte.

»Das wird sich weisen. Wir machen es kurz«, sagte István.

»Dafür bin ich Ihnen sehr dankbar«, entgegnete ich und ließ mich auf den Sessel zurücksinken, obwohl ich mich schon zur Hälfte erhoben hatte.

»Es geht um die größte Verschwörung der Menschheitsgeschichte. Die Mainstream-Forschung behauptet bekanntlich, dass die Ungarn erst seit tausend Jahren in Europa seien. Eine dreiste Lüge. Die Ungarn nämlich waren schon immer hier in Europa, vor allen anderen.«

»Ich muss Sie enttäuschen«, warf ich ein. »Ich interessiere mich auch nicht für Geschichte.«

»Die Tarnung funktioniert einwandfrei«, staunte Benedek. »Er weiß wirklich nicht, wer er ist. – Aber keine Sorge, wir sind wieder vereint«, sagte er zu mir, als sei es zu meiner Beruhigung.

»Man hat schon immer versucht, uns die besten Köpfe wegzunehmen«, fuhr István fort. »Wer weiß heute etwa noch, dass es ein Ungar war, der den Kugelschreiber erfand? Bei den Verschwörungen gegen uns war man immer schon fantasievoll. Die größte allerdings besagt nicht weniger, als dass Jesus Christus Jude gewesen sein soll.«

Béla schüttelte angewidert den Kopf. »Dreckiges Pack …«

»Wie kommen Sie jetzt auf Jesus?«, fragte ich.

»Mittlerweile wissen wir mit absoluter Gewissheit, dass Jesus dem Volk der Ungarn entstammt.«

»Wie bitte? Sie wollen doch nicht etwa behaupten, dass Jesus Ungar war?« Spätestens jetzt wäre mir eine Tupperware-Party lieber gewesen.

»Am Anfang ist es immer schwierig, wenn das Weltbild, an das wir uns gewöhnt haben, ins Wanken gerät«, sagte István. »Was glaubst du, was die Menschen empfanden, als sie erfuhren, dass die Erde rund ist und keine Scheibe? Es gibt noch heute Menschen, die glauben, die Erde sei flach.«

»Von mir aus kann die Erde flach und viereckig wie der Tisch hier sein und sich um die eigenen Tischbeine drehen«, sagte ich. »Aber was hat das mit mir zu tun?«

»Es ist genau so, wie in der Bibel geschrieben steht«, sagte

István. »Dort ist von einem Brausen und Wogen des Meeres die Rede, wenn Jesus wiederkommen wird.«

Vielleicht waren es Zeugen Jehovas?

»Am Tag deiner Geburt gab es in Indonesien einen Tsunami, der mehrere hundert Menschenleben forderte. Es dürfte kein Zufall sein, dass gerade die Ungläubigen von der Flutwelle getroffen wurden.«

»Und nicht etwa wir Ungarn«, merkte Béla an.

»Der Menschensohn wird in einer Wolke auf die Erde kommen, steht da weiter«, setzte István fort. »Wir haben in den Archiven der meteorologischen Aufzeichnungen recherchiert. Just in der Minute, als du das Licht der Welt erblicktest, bedeckten Wolken den Himmel. Das war um 19 Uhr 23. An diesem Tag war in Wien bis zu diesem Zeitpunkt keine einzige Wolke zu sehen. Das ist ausdrücklich als Besonderheit in den Archiven hervorgehoben. Es sind einzelne, hell aufleuchtende Blitze aufgezeichnet in den Minuten um deine Geburt.«

»Was geht Sie meine Geburt an?«, fragte ich.

»›Denn wie der Blitz ausgeht vom Osten und leuchtet bis zum Westen, so wird auch das Kommen des Menschensohnes sein.‹« Benedek hatte mit einem Mal eine Bibel vor sich auf dem Tisch liegen und las vor. »Matthäus 24,27.«

»Lies doch bitte auch die Stelle mit der Posaune«, bat István.

»Moment …« Benedek blätterte emsig in dem dicken Buch, dessen Seiten abgegriffen waren und mit Bleistift unterstrichene Stellen und handgeschriebene Anmerkungen erkennen ließen. »›Denn er selbst, der Herr, wird, wenn der Befehl ertönt, wenn die Stimme des Erzengels und die Posaune Gottes erschallen, herabkommen vom Himmel.‹«

»Um 19 Uhr 30 begann im Wiener Musikverein ein Konzert. Als erstes Stück stand das Konzert für Soloposaune von Ferdinand David auf dem Programm. Es gibt nicht viele Solokonzerte für dieses Instrument. Kurz nach deiner Geburt ertönte also die Posaune. Auch ein Zufall?«

Ich sah die drei Männer fassungslos an. »Ich verstehe immer noch nicht, wieso Sie mich herbestellt haben ...« Langsam wurde es mir unheimlich. »Tsunamis und Blitze und eine Posaune – was soll das? Sind das etwa Wunder?«

»Als Jesus gekreuzigt wurde, schlug man ihm bekanntlich Nägel in beide Hände. Du hast knapp unter deinem linken Handgelenk ein Muttermal. Da, unter deiner Uhr.« István deutete auf meine Hand, die auf dem Tisch ruhte. Die anderen beiden starrten ebenso gespannt darauf.

Ich drehte meine Hand um, schob das Uhrband zurück und ließ den braunen Fleck zum Vorschein kommen, der nicht größer war als ein Kieselstein. Trotzdem hatte er mich schon immer gestört, weshalb es mir nur recht war, dass die Uhr ihn verdeckte.

Benedeks Augen strahlten. »Es ist alles wahr!«

»Woher wusstet ihr das?« Ohne, dass ich es beabsichtigt hätte, wechselte ich auf einmal zum Du.

Statt mir eine Antwort zu geben, sagte István: »Der Nagel bohrte sich in den Unterarm, sauber zwischen Elle und Speiche, wie es die Vorschrift verlangte. Mit der Zeit – das heißt, nach deiner zweiten Geburt vor achtundzwanzig Jahren – bildete sich zum Schutz der Haut dieses Muttermal. Blutende

Stigmata, wie man sie zuweilen auf volkstümlichen Bildern sieht, gehören dem Reich der Fantasie an. Der römische Soldat aber, der mit dem rechten Arm betraut war, schlug vor lauter Nervosität – es war nämlich seine erste Kreuzigung – den Nagel irrtümlich etwas weiter oberhalb in die Handfläche.«

Ohne mich um Zustimmung zu bitten, zog István nun meine rechte Hand in die Tischmitte: »Hier, an dieser Stelle, wo früher ein Muttermal war und jetzt diese Narbe ist, kam der Nagel heraus und bohrte sich ins Holz.«

Ich starrte auf meine Narbe, die ich seit meinem sechsten Lebensjahr hatte. Ein Muttermal, das schon recht groß war, war damals entfernt worden. Der behandelnde Arzt meinte, es könnte zu Hautkrebs führen. Als ich das Wort »Krebs« gehört hatte, konnte ich tagelang nicht schlafen und hatte höllische Angst vor dem Eingriff. Ich stellte mir vor, dass ich in einem großen Operationssaal von einer Schar Ärzte umringt sein würde, die inmitten von piepsenden und blinkenden Geräten um mein Leben kämpften. Nagymama war eigens angereist, um meiner Mutter, die mit dem panischen Kind wohl überfordert war, beizustehen.

Das Erstaunliche war, dass nun István genau diese Geschichte erzählte. Er kannte alle Details. Wie das Muttermal ausgesehen hatte. In welchem Krankenhaus und an welchem Tag der Eingriff vorgenommen worden war und wie lange er gedauert hatte. Er wusste auch, dass der Arzt Dr. Tannenbaum hieß und mir und meiner Mutter Angst gemacht hatte mit seiner Drohung, es könnte zu Hautkrebs führen, wenn wir nichts unternehmen würden. Dass ich dachte, innerhalb von wenigen Tagen an Krebs zu sterben.

»Der Herr Primar Dr. Tannenbaum hat nur halbe Arbeit geleistet«, schloss István. »Er hätte auch das Muttermal auf dem Unterarm entfernen sollen, aber er suchte nur die Handflächen und die Handrücken ab. Auf den meisten Abbildungen stecken nämlich die Nägel in den Handflächen. Das Muttermal da« – István deutete mit seinem Zeigefinger auf meine Uhr – »beachtete er nicht weiter.«

Ich legte meine Hände unter dem Tisch in den Schoss.

»Nicht einmal das können diese Juden richtig …«, zischte Béla hervor. Ich wusste nicht, was er damit meinte.

»Dr. Tannenbaums Aufgabe war es, die Spuren der Nägel ein für alle Mal zu beseitigen«, pflichtete ihm István bei. »Aber auch die Narbe auf deinem Handrücken sieht man noch. Er war ein Stümper, der gute alte Dr. Tannenbaum.«

Eine Pause trat ein. Als wäre nun alles geklärt. Dabei war der eine Satz immer noch nicht gefallen, es konnte immer noch alles ein Missverständnis sein und ich machte mich gerade wahnsinnig lächerlich. So, wie wenn man glaubt, einer Frau nahegekommen zu sein, man ist sich sicher, dass sie gleich empfindet – man traut sich aber nicht, sie zu küssen, aus Furcht, sich bloßzustellen. – Vielleicht würden sie mich auslachen, so wie die Frau, die sagt: »Du glaubtest im Ernst, ich will was von dir? Du liebenswerter Trottel … Wir sind ja nur Freunde.«

»Wisst ihr was? Das ist wirklich verrückt …«, sagte ich schließlich und versuchte dabei, so gelassen zu klingen wie nur möglich, »für einen Augenblick – ganz kurz – dachte ich, ihr haltet mich für Jesus.«

Die drei verzogen keine Miene. Schließlich nickte István

verständnisvoll und sagte ruhig: »Das ist sicher nicht einfach, wenn man erfährt, dass man der Messias ist. Wir können das gar nicht nachempfinden. Dadurch ändert sich natürlich einiges in deinem Leben.«

Benedek nickte zustimmend und blickte immer wieder glücklich zu mir herüber.

»Wir können dich letztendlich nicht zwingen, mitzukommen. Auch wenn es das Beste wäre für alle.« István blickte auf die Uhr. »Hast du nicht gemeint, du hättest noch etwas vor?« Obwohl er das ohne jedes Zeichen von Spott sagte, lag doch ein gewisser Zynismus darin. Ihm war klar, dass das mein einziger Termin an diesem Wochenende war. »Wir werden jedenfalls nächsten Samstag um acht Uhr in der Früh unten vor deinem Haus stehen – ein weißer Lada mit ungarischem Kennzeichen, schwer zu übersehen. Bis dahin hast du Zeit, deine weltlichen Angelegenheiten zu ordnen.«

»Mein Herr ... Ich weiß gar nicht ...«, stammelte Benedek und war unschlüssig, ob er mir zum Abschied die Hand geben solle oder nicht. »Unser Erlöser ...« Er war glücklich wie ein kleiner Bub, der genau das Modellauto zu Weihnachten bekommen hat, das er sich gewünscht hatte.

6

Vielleicht war István einer, der schon als Kind den anderen erzählte, dass im Busch hinter der Schaukel ein böser Zwerg wohne, der Kinder, die ungezogen waren, mit in sein

Gebüsch nahm und sie dort zu noch kleineren Zwergen, als er selber einer war, schrumpfen ließ, wo sie dann zu lebenslanger Knechtschaft ihm gegenüber verurteilt waren. Und obwohl die anderen Kinder ihm das nicht glauben wollten und wussten, dass er ein Märchen erzählte, hörten sie ihm gebannt zu und schauten dann heimlich doch hinter den Busch auf dem Spielplatz.

Und ebenso war es nicht auszuschließen, dass es Menschen gab, die an einen ungarischen Jesus glaubten.

Ich wischte meine von den Fischstäbchen fettigen Hände mit einer Küchenrolle ab, stellte den leeren Teller neben mich und machte es mir mit dem Handy auf der Couch bequem. Was hatte István vorhin im »Paprika-Stüberl« erzählt? Gemeinde der Urmagyaren … Ich stellte fest: Die gab es wirklich. Gleich unter den ersten Ergebnissen schien eine eigene Website auf, die einen professionellen Eindruck machte.

Ganz oben war eine flache Landschaft mit dem charakteristischen Ziehbrunnen bei Sonnenaufgang abgebildet, am Rand links und rechts befanden sich verschiedene Zeichnungen von Reitern mit Fellmützen, Pfeil und Bogen und wehenden Fahnen sowie Fotos von rätselhaften Skulpturen und beschrifteten Steinen. Der Besucher wurde begrüßt und darauf hingewiesen, dass die Seite sich noch im Aufbau befinde, dass aber die Mitgliederzahl der Gemeinde der Urmagyaren ständig zunehme. Für Interessierte waren eine E-Mail-Adresse und sogar eine Postadresse angegeben, also ein richtiges Impressum. Außerdem stand da noch, dass die Zeit gekommen sei, »mit den Lügengeschichten aufzuhören«, und dass sich in naher Zukunft die Ungarn auf der ganzen Welt im Geiste der Urmagyaren wiedervereinen würden. Unter der rot-weiß-grünen Fahne leuchtete ein Bibelzitat:

> *Es ist aber nichts verborgen, was nicht offenbar wird, und nichts geheim, was man nicht wissen wird.*
> *(Lukas 12,2)*

Dann entdeckte ich ganz rechts in der Leiste einen Link mit dem Titel »Der wahre Jesus«. Ich öffnete ihn, allerdings war diese Seite so gut wie leer. »Der wahre Jesus und was uns bis jetzt verschwiegen wurde. In Kürze wird ER zurückkehren und unsere Gemeinde besuchen. Sei auch du ein Teil der Bewegung!«

Ich legte das Handy weg und beschloss, noch einen Abendspaziergang zu machen. Die Trainingstasche ließ ich im Schrank, es war zwecklos.

Es begann gerade dunkel zu werden. Ich kam an einem Pub vorbei, in dem ich mich früher regelmäßig mit einem Freund getroffen hatte, aber in der Zwischenzeit war der Kontakt abgebrochen. Als ich mit Sandra zusammenkam, hatte ich abends meistens keine Zeit mehr, und nach der Trennung von Sandra war unsere Freundschaft längst im Sand verlaufen. Meine Mutter war vor mehreren Jahren gestorben, meinen Vater hatte ich ja seit meinem ersten halben Lebensjahr nicht mehr gesehen, und auch sonst hatte ich keine Familie in Wien. Wahrscheinlich gab es in Ungarn Verwandte meiner Mutter, bestimmt sogar, aber auch wenn das so war, bestand dort anscheinend kein Interesse an einer Zusammenführung familiengeschichtlicher Stränge. Mein gesellschaftliches Leben abseits von Murmeln & Co. beschränkte sich auf ein paar flüchtige Bekannte, die ich von Zeit zu Zeit traf, und dann auch eher zufällig.

In diesem Pub, an dem ich vorhin vorübergegangen war, hatte ich das einzige Date nach Sandra. Da uns beiden nichts Besseres einfiel, schlug ich dieses Lokal vor, in dessen Nähe wir gerade unterwegs waren. Obwohl es ein typisches Irish Pub war und die Mitarbeiter mangels Deutschkenntnissen in authentischem britischen oder irischen Englisch sprachen, erinnerte mich der Barbereich aus dunklem Holz, in dem man sich die Getränke holte, an einen Saloon in einem Westernfilm. Aus irgendeinem Grund war neben den Bierzapfhähnen ein Plastikkaktus angebracht, der wie ein Weihnachtsbaum leuchtete und blinkte, knapp über dem Boden strahlte ein Fußlauf aus Messing und ich bildete mir sogar ein, einen Spucknapf gesichtet zu haben. Vielleicht war es aber auch nur ein zu kurz geratener Regenschirmständer.

Dort angekommen, merkte ich, dass sie nicht der Pub-Typ war, lieber wäre sie wohl in ein richtiges Restaurant mit Tischtuch und Stoffserviette gegangen. Zu allem Überdruss verstand ich mich auch noch mit der Kellnerin besser, als es angebracht war, ich hatte sogar den Eindruck, diese versuche, mit mir zu flirten, aber ich dachte mir nichts dabei, auch mein Date ließ sich nichts anmerken, sondern schob sich mit den Fingern die aus dem Hamburger zu fallen drohenden Gurkenscheibchen in den Mund. Nachher verabschiedeten wir uns bei der U-Bahn-Station mit Küsschen links und Küsschen rechts und sahen uns nie wieder.

Seitdem suchte ich dieses Pub manchmal auf, in der Hoffnung, die Kellnerin anzutreffen. Das war allerdings nur zweimal der Fall gewesen. Einmal waren so viele Gäste im Lokal, dass ich nicht in ihre Nähe gelangen konnte, und das andere Mal erkannte sie mich nicht und ich unterließ es, mich ihr ins Gedächtnis zu bringen.

Ich drehte mich um und ging in das Pub. Ich setzte mich an die Bar zwischen leuchtendem Kaktus und Wand, einen Fuß lässig auf dem Fußlauf, und bestellte ein großes Bier. Aber sie war nicht da. Auf der Wand neben mir hing eine Karte von den Britischen Inseln. Ganz oben, links, schon fast vom dicken Rahmen verdeckt, machte ich eine Inselkette aus. Die Äußeren Hebriden. Ich hatte keine Ahnung, was es dort gab, aber auf einmal hatte ich eine große Sehnsucht nach diesen fernen, unbekannten Inseln am Rand Europas. Ich schaute die Karte genauer an. Wahrscheinlich konnte man vom Festland mit einer Fähre übersetzen. Ob das Meer stürmisch war? Sicher gab es auf den Äußeren Hebriden auch solche Pubs wie dieses hier. Und vielleicht gab es dort auch eine hübsche Kellnerin.

Später am Abend, als ich ziellos im Internet surfte, gab ich, eigentlich mit dem Vorhaben, die Ergebnisse gar nicht erst anzuklicken, sondern schlafen zu gehen, die Begriffe »Jesus« und »Ungar« in die Suchmaschine ein. Auf Ungarisch. Zu meinem Erstaunen gab es eine Menge Seiten, die sich mit diesem Thema befassten: »War Jesus Ungar?« – »Die Wahrheit über die Religion der Ungarn.« – »Der ungarische Jesus und seine geheimen Lehren.« – »Auch Buddha war Ungar!« – »Jesus war NICHT Ungar!«

Es gab sogar Dutzende gedruckte Bücher, die lieferbar waren. Ich klickte noch ein Video an. Eine ältere Frau mit einer roten Wollhaube und einer Blume im Haar erklärte dem Reporter, dass sie kein Fernsehen schaue, weil sie ein gottesgläubiger Mensch sei, aber sie könne ihren Mitmenschen nur dringendst ans Herz legen, sich vor dem Antichristen in Acht zu nehmen, der sie in Form von Fernsehen und Internet heimsuche, denn die Menschheit befinde sich in den letzten Atemzügen, sie gebe ihr nicht mehr als sechs Jahre, ehe Jesus Christus zum zweiten Mal auf die Erde komme und alles in Schutt und Asche lege. Der Meeresspiegel werde steigen und die ganze Erde überfluten, bis auf einen kleinen Flecken im Karpatenbecken, wohin Jesus, weil er Ungar sei, zurückkehren werde, aber man solle nicht verzweifeln, denn die 144 000 Auserwählten, allesamt Ungarn, würden am Leben bleiben, die anderen Menschen jedoch zugrunde gehen.

Mir tat die Frau leid, sie wurde dem Hohn der digitalen Welt zum Fraß vorgeworfen und konnte sich nicht wehren. Ihr war klar, dass der gewöhnliche Zuseher ihr keinen Glauben schenken würde, weshalb sie ihre Rede, die nicht länger als drei Minuten dauerte, ohne jeden missionarischen Eifer oder Fanatismus vortrug. Sie erstattete lediglich Bericht darüber, was in ihren Augen eine Tatsache war. Ich scrollte hinunter: Das Video wurde vor genau sechs Jahren hochgeladen. Unter wüste Beschimpfungen und zynische Verächtlichmachung mischten sich auch zustimmende Kommentare: Nur weil sie mit der Wollhaube unvorteilhaft aussehe, sei nicht alles von der Hand zu weisen, was sie sage. Einig war man sich auf jeden Fall: Nicht alles davon, was sie sage, sei ganz falsch.

Im übertragenen Sinn sei doch die Corona-Pandemie der Anfang der Sintflut gewesen. Und dass der Meeresspiegel Jahr für Jahr steige, sei auch bewiesen.

Das alles hatte natürlich nichts zu bedeuten. Aber es zeigte doch eines: Auch wenn es sich bei diesen drei Männern im »Paprika-Stüberl« um Wahnsinnige handelte, so waren sie doch nicht allein in ihrem Wahnsinn. Der ungarische Jesus war nicht lediglich eine Geburt ihrer Fantasie. Denn wie ich an diesem Abend im Internet herausgefunden hatte, gab es seit vielen Jahrzehnten Spekulationen über die ungarische Herkunft von Jesus.

Am nächsten Tag wollte ein russisches Ehepaar, allem Anschein nach reich und kinderlos, von mir wissen, wie man Uno spielte. Ich konnte mir nicht vorstellen, dass sie die Spielregeln nicht kannten, und wenn das doch der Fall war, dann war es jetzt zu spät dafür. Irgendwann ist man zu alt, um mit Uno zu beginnen. Das ist wie mit Gras. Wenn man bis dreißig nicht gekifft hat, sollte man die Finger davon lassen. Die beiden beharrten darauf, Russisch mit mir zu reden, mir waren aber nur die Wörter »njet, njet« und »da, da« geläufig, die ich abwechselnd an mir geeignet scheinenden Stellen in mein Unterstufenenglisch einfließen ließ. Zwei- oder dreimal sagte ich auch mit einem bedeutungsschweren Seufzer: »Bolschoi!« Ein Wort, dessen Bedeutung mir gänzlich unbekannt war, das ich aber einmal auf einer internationalen Studentenparty von einer ukrainischen Austauschstudentin gelernt hatte und mit dem ich an diesem Abend noch großen Erfolg hatte – angeblich aufgrund meiner Aussprache des l, das, wie einige um mich herumwankende russische Studenten meinten, so klinge wie das eines kasachischen Bauern.

Herr Pospischil lauerte bei all dem im hinteren Bereich des Geschäfts, darum bemüht, den Anschein zu erwecken, als hätte er etwas Wichtiges im Büro zu erledigen oder im Magazin nach dem Rechten zu sehen, dabei ging er jedoch nervös zwischen diesen zwei Orten hin und her und ließ sich keine Silbe meines Beratungsgesprächs entgehen. Schließlich verließ das Ehepaar das Geschäft, ohne etwas gekauft zu haben, Arm in Arm und einvernehmlich kichernd. Das war nicht unbedingt das beste Arbeitszeugnis, das mir die beiden ausstellen konnten.

Dann war endlich das Wochenende da. Ich musste diesen Samstag nicht ins Geschäft. Ich wachte etwas früher auf als gewöhnlich, machte mir ein Müsli mit Schokoladeflocken und setzte mich in der Unterhose an den Küchentisch. Erst als ich die Zeitung hereinholen wollte, kamen mir wieder diese drei Urmagyaren in den Sinn. Auf halbem Weg zur Eingangstür blieb ich stehen. Irgendetwas hinderte mich daran, die Tür zu öffnen. Die Zeitung konnte ich auch später lesen.

Es war zehn nach acht. Da fiel mir ein, dass die Gegensprechanlage nicht funktionierte. Seit ich vor vier Jahren eingezogen war, hatte ich mir in regelmäßigen Abständen vorgenommen, etwas dagegen zu unternehmen, allerdings wusste ich nicht, wie ich das angehen sollte, und so ließ ich es sein. Sandra hätte mir wieder meine Trägheit und den mangelnden Sinn für praktische Angelegenheiten vorgehalten.

Mit der Kaffeetasse in der Hand bewegte ich mich entlang

der Wand Richtung Fenster. Auf der Höhe des zur Seite gezogenen Vorhangs blieb ich stehen. Da fiel mir unten auf der anderen Straßenseite ein parkendes Auto auf, es war etwas älter, hatte von oben die Form eines Quaders und ähnelte ein wenig einem Spielzeugauto – vorne eine Motorhaube, hinten ein Kofferraum, dazwischen die Fahrerkabine. Ein Auto eben, wie es Kinder zeichnen. Obwohl es offensichtlich im letzten Jahrtausend hergestellt worden war und schon wer weiß wie viele Kilometer und auf wer weiß was für Straßen gefahren war, befand es sich in einem durchaus ordentlichen Zustand. Im Inneren saßen drei Personen: eine hinter dem Lenkrad, eine auf dem Beifahrersitz und eine auf der Rückbank. Ich konnte nur das Gesicht des Fahrers sehen und erkannte, dass es Benedek war, der Mann mit der Lokomotive.

Mein Herzschlag beschleunigte sich, ich riss meinen Oberkörper hastig zurück und wäre beinahe über den Teppich gestolpert, konnte mich aber im letzten Moment am Vorhang festhalten, wobei ich die vertrocknete Zimmerpflanze vom Fenstersims stieß. Der violette Keramiktopf ging mit einem lauten Krach neben mir zu Bruch und die bröselige Erde verteilte sich über den Teppich. Das war das letzte Stück gewesen, das mir von der Beziehung mit Sandra übriggeblieben war.

Hatten sie mich bemerkt? Ich wagte mich einen Schritt vor, sodass ich die Motorhaube und die Hände des Fahrers sehen konnte. Es tat sich nichts, die drei machten keine Anstalten, auszusteigen und anzuläuten.

Nach einigen weiteren Minuten, in denen ich meinen Kaffee kalt werden ließ, sagte ich mir, dass das doch lächerlich sei, um das eigene Fenster herumzuschleichen und sich hinter dem Vorhang zu verstecken, als säßen unten im Auto gefährliche Mafiosi oder Auftragskiller, die meine Körperteile in verschiedene Müllsäcke aufzuteilen beabsichtigten, und machte mich auf den Weg zurück zum Frühstückstisch. Ich holte tief Luft und ging demonstrativ am Fenster vorbei und bog dort, gut sichtbar für jeden, der von der Straße heraufschaute, ab in Richtung Tisch. Als ich mein Ziel schon fast erreicht hatte, drehte ich mich noch einmal um. Dort, wo das Auto gestanden war, befand sich eine Parklücke.

Es überraschte mich, wie erleichtert ich war. Als sei ich gerade einer Gefahr entgangen. Ich machte mir einen neuen Kaffee und stellte eine Scheibe Brot und Butter auf den Tisch. Ich hatte mich lange genug der Lächerlichkeit preisgegeben. Nun schüttelte ich den Kopf darüber, dass ich mich im »Paprika-Stüberl« hatte dazu bewegen lassen, einige Minuten, maximal eine halbe Stunde, mitzuspielen und ihre verrückten Geschichten anzuhören. Hatten sie ernsthaft angenommen, ich würde mit ihnen mitfahren? Wahrscheinlich hätten sie früher oder später Geld von mir gewollt, man hört immer wieder von solchen Vorfällen, oder sie hätten mich mit ihrem weißen Spielzeugauto an einen entlegenen Ort in Ungarn oder Polen gebracht, mich dort zu einer Teppichpräsentation geschleppt und mich gezwungen, etwas zu kaufen, um wieder heimfahren zu dürfen.

Ich musste fast lachen. Wie nach einem erfolgreich überstandenen Duell schlenderte ich lässig zur Eingangstür. Auf dem Weg dorthin schob ich die Scherben mit dem Fuß beiseite. Nach dem Frühstück würde ich das entsorgen, ich brauchte keine Pflanzen. Ich hob die Zeitung von der Fußmatte auf und als ich mit ihr in Richtung Esstisch ging, fiel ein dünnes Kuvert zwischen den Seiten heraus. In ordentlicher Handschrift stand darauf: »Ludwig Neustätter.« Keine Briefmarke und kein Absender. Ich legte es beiseite, setzte mich wieder hin und biss von meinem Butterbrot ab. Was zum Teufel konnte das sein? Mit einem Schlag war die gute Laune dahin, das Duell hatte ich doch nicht gewonnen. Ich riss das Kuvert auf.

Zwei Bahntickets kamen zum Vorschein. Ich war gar nicht überrascht, als ich auf dem einen las: »Wien–Budapest«. Und auf dem zweiten: »Budapest–Kiskunfélegyháza«. Diesen Ortsnamen konnte ich nur mit Mühe entziffern und hatte noch nie zuvor von ihm gehört. Vielleicht war er ja erfunden. Dann bemerkte ich, dass die Tickets an einen bestimmten Zug gebunden waren, und zwar in vier Tagen – das war der kommende Donnerstag –, eine Sitzplatzreservierung beinhalteten und – auf meinen Namen ausgestellt waren. Immerhin, erste Klasse.

Ich schlug die Zeitung auf, biss ein Stück von meinem Butterbrot ab, überflog die Fußballergebnisse und nahm dann wieder die Tickets in die Hand. Sie waren echt. Kiskunfélegyháza. Auch den Ort gab es wirklich, wie mich das Internet belehrte, er war keine Erfindung.

Also gut, dachte ich mir. Wieso nicht eine Gratisfahrt in den Wilden Westen nutzen?

In meiner Kindheit hatte ich manchmal während der Sommerferien einige Tage bei einem Bruder meiner Mutter auf dem Land verbracht, irgendwo zwischen Budapest und der damals jugoslawischen Grenze, in einem kleinen Haus und einem Garten mit ein paar freilaufenden Hühnern. Es war eine ebene Landschaft, man sah nichts als einen Horizont wie mit einem Lineal gezogen, überall Staub und verdorrtes Gras und nur wenige Häuser. Sonst nichts.

Durch genau diese Landschaft fuhr ich jetzt gerade mit dem Zug auf meiner Reise zur Gemeinde der Urmagyaren, die ich letztendlich, ich konnte es selbst kaum glauben, doch angetreten hatte. Ich blickte aus dem Fenster und dachte, es könnte sogar sein, dass das Haus meines Onkels ganz in der Nähe war. Ich wusste nicht einmal, ob er noch lebte.

Aus jedem Garten war verlässlich mindestens ein Hund zähnefletschend und ausgehungert auf den kleinen Buben losgestürmt, der ich damals war. Einmal, da fuhr ich auf meinem Kinderrad nichtsahnend einen Feldweg entlang und näherte mich einer Baumgruppe. Mir war das zunächst nicht ganz geheuer und ich blieb kurz stehen, um die Lage zu prüfen. Aber es war kein Zaun zu sehen, auch kein Haus, also war mit einem feindlichen Angriff nicht zu rechnen. Ich stieg wieder auf und radelte in das Wäldchen hinein. Es war ein heißer Tag, hier, zwischen den Bäumen, war es angenehm kühl. Doch es war ein Hinterhalt, denn auf einmal kamen zwei Hunde hervorgeschossen und nahmen die Verfolgung auf. Ich trat in die Pedale, was das Zeug hielt, und versuchte immer wieder, mit einer Ferse nach der Schnauze des einen Hundes zu treten, der gefährlich nahe herangekommen war. Irgendwie schaffte ich es schließlich, zu entkommen.

Diese Landschaft, die unendliche Weite, das Rohe blieb

mir als etwas Verheißungsvolles in Erinnerung – eben als mein Wilder Westen. Als Kind liebte ich diese Filme, in denen ein Cowboy einsam über die Prärie ritt, nachts neben einem Lagerfeuer schlief, den Kopf auf dem Sattel und den Revolver griffbereit. Seit einiger Zeit, spätestens aber seit Herr Pospischil mir die mögliche Ablöse durch eine Russischstudentin in Aussicht gestellt hatte, hatte ich wieder Fantasien von einer Flucht in die Freiheit der Prärie, wo der Ausgang meines Schicksals allein von mir und meinem Pferd abhing.

7

Am Montag kam gleich in der Früh die neue Lieferung mit Stofftieren, Murmeln und Brettspielen an. Herr Pospischil war ganz aufgeregt, weil er befürchtete, dass die neuen Produkte nicht rechtzeitig in die entsprechenden Regale einsortiert sein würden, bevor die ersten Kunden kämen.

»Herr Neustätter« – wenn wir unter uns waren, sprach mich Herr Pospischil mit meinem Nachnamen an, er siezte mich auch, was mir immer etwas seltsam vorkam, weil er mich tief im Herzen als jemanden betrachtete, der sich noch zwei Stufen unter dem Du befand, wenn es so etwas überhaupt gab. »Herr Neustätter«, sagte er, »Sie studieren die Spielanleitungen«, und während er sich auf den Weg ins Büro machte, um dort anscheinend Wichtiges zu erledigen, wobei ich ihn im Verdacht hatte, dass er dort in Wirklichkeit heimlich Pornos schaute (vielleicht mit Russischstudentinnen in der Hauptrolle), deutete er auf die neben dem Eingang herumliegende, noch nicht ausgepackte Ware: »Und machen Sie sich ein wenig nützlich.«

Ich betrachtete den Haufen in Folie verpackter Tiger, Katzen, Affen, die immer gleichen Karten- und Brettspiele, die jeder seit der Kindheit kennt und die nur anders verpackt sind, um neu verkauft zu werden, und die beiden neuen Spiele, die wahrscheinlich nichts anderes waren als eine Mischung aus Monopoly und Activity. In Revolverheldmanier griff ich nach einem Tiger und einer Eidechse und warf sie unausgepackt und ohne zu schauen in die Stofftierecke, wo sie irgendwo zwischen den Giraffen landeten, wodurch einige von diesen wiederum das Gleichgewicht verloren und zur Seite kippten, die langen gelben Beine waagrecht von sich streckend. Die beiden neuen Spiele legte ich zu den anderen Gesellschaftsspielen, ohne die Spielanleitungen gelesen zu haben. Ich würde wohl nicht entlassen werden, nur weil ein paar Katzen und Eidechsen sich mit den Giraffen paarten.

Als Herr Pospischil nach einiger Zeit wieder aus seinem Büro kam, erkannte er die Lage sofort.

»Ja, Herr Neustätter … Also … Was soll ich dazu sagen?« Mit so einer Art von Rebellion hatte er nicht gerechnet. Ich wiederum war erstaunt, dass eine solch minimale Verweigerung eines Befehls meinerseits eine derart große Verblüffung bei ihm auslösen konnte. Was für ein Bild musste er von mir haben? Wieso arbeitete ich überhaupt noch hier?

»Herr Neustätter, ich muss Sie wirklich bitten, mit den Ihnen übertragenen Kompetenzen etwas gewissenhafter umzugehen.« Und als sagte er das zu seiner eigenen Beruhigung:

»Aber mit den Spielregeln haben Sie sich doch vertraut gemacht, nicht?«

»Sie stehen ja in der Spielanleitung, die kann jeder selber lesen. Auf Deutsch. Auf Spanisch. Auf Chinesisch.« Es war an der Zeit, sein Bild von mir zurechtzurücken.

»Also, Herr Neustätter ...«, stammelte Herr Pospischil vor sich hin.

Solange er keine russische Studentin in Aussicht hatte – außerhalb der virtuellen Welt in seinem Büro –, hatte ich ein wenig Spielraum. Herr Pospischil blickte nervös zur Eingangstür. Seine größte Angst war wohl, dass in diesem Moment ein Kunde ins Geschäft käme und sich just das neue Spiel erklären lassen wollte.

»Giraffen und Eidechsen vertragen sich besser, als man bisher angenommen hat. – Was ich Sie aber schon länger fragen wollte, Herr Pospischil ...« – vor einer Woche hätte ich das nur in dem Bewusstsein geäußert, gerade meine Unterschrift unter mein Todesurteil zu setzen. Hier machte ich sicherheitshalber eine Pause und wartete seine Reaktion ab. Die blieb aber aus, er hatte immer noch seinen verdutzten Blick. »Habe ich nicht noch einige Urlaubstage offen?«

Nun stand Herr Pospischil so verloren in seinem eigenen Geschäft wie ein Panda in der Modelleisenbahnabteilung. »Urlaubstage ... Sie meinen, Sie möchten ...«

»Stehen mir, laut Kollektivvertrag, nicht Urlaubstage zu?«

»Wann hätten Sie denn gedacht, dass Sie ...«

Jetzt oder nie. Das war eine Gelegenheit, die sich nicht so schnell wieder bieten würde. »Donnerstag. Diesen«, antwortete ich, ohne zu überlegen.

»Diesen?« Und zu meiner Überraschung fügte er, nachdem er kurz seine Stirn massiert hatte, hinzu: »Das ist aber sehr kurzfristig …« Er schlurfte in Richtung Kassa, sammelte auf dem Weg dorthin die Murmeln vom Mensch-ärgere-Dich-nicht-Brett ein, die ihm jetzt aufgefallen waren, und legte sie in den dafür vorgesehenen Glasbehälter neben der Kassa.

Entschlossen drehte ich mich um und schaute meinem Lemuren triumphierend in die Knopfaugen.

Am nächsten Tag in der Früh lag im Büro auf dem Schreibtisch ein Urlaubsantrag für mich bereit, daneben ein Kugelschreiber. Ich solle ihn ausfüllen und unterschreiben, das müsse ganz formell sein, sagte Herr Pospischil – in einem Ton, als handele es sich dabei um eine reine Routinetätigkeit, als wäre es das Natürlichste auf der Welt, dass er, Herr Pospischil, mir einen Urlaub bewilligte. Das war wohl seine Art, zu sagen, Schwamm drüber, es ist vergessen, wir machen weiter, als wäre nichts passiert.

Es waren vier Urlaubstage, die ich genehmigt bekommen hatte. In der Zwischenzeit hatte ich zwar mal wieder den Plan meiner Ungarnreise verworfen, aber ich musste jetzt um jeden Preis mein Gesicht wahren, und sei es, dass ich vier Tage lang auf der Couch saß, fernsah und Tiefkühlpizza aß. Ich unterschrieb.

Als Herr Pospischil unter Tags einmal fragte, wohin es gehe – wie nebenbei, es sollte auf keinen Fall wirken, als zeigte er tatsächliches Interesse an meinen Urlaubsplänen – kam aus mir wie von selbst die Antwort: »Nach Ungarn.«

»Aha.« Und dann setzte er noch hinzu, obwohl er damit

schon ein über seine Pflicht hinausgehendes Interesse bekundete: »Familienbesuch?«

»Sowas in der Art.«

Seit einer guten halben Stunde fuhr der Zug nur mehr geradeaus, die letzte Kurve lag einige Zeit zurück. Wir waren an Stationen vorbeigefahren, deren Namen so lang waren, dass sogar ein Muttersprachler sie nur mit Mühe entziffern konnte. Mehrere Male war ich knapp davor, auszusteigen, aber irgendetwas hielt mich jedes Mal davon ab. Vielleicht war es die Angst, der Mann im rosa T-Shirt könnte mich doch noch ausfindig machen.

Der Zug wurde langsamer und hielt. »Kiskunfélegyháza«, las ich auf einem langen, blauen Schild mit ausgebleichten gelben Buchstaben. Schnell holte ich meine Tasche vom Gepäcksnetz.

Es gab keinen Bahnsteig, ich sprang direkt vom hohen Trittbrett auf den staubigen Boden neben dem Gleis. Der Zug fuhr auch schon wieder ab, noch ehe ich es mir anders hätte überlegen können. Der ganze Bahnhof Kiskunfélegyháza bestand aus einem zweigeschossigen Gebäude, das schon bessere Tage gesehen hatte, und einer morschen Holzbank davor, aus der rostige Nägel herausragten. Über der alten Glastür stand das ungarische Wort für »Wartesaal«, durch die andere Tür, ohne Aufschrift und aus Holz mit abgeblätterter Farbe, war soeben die Bahnhofsvorsteherin verschwunden. Neben dem Gebäude befand sich ein weitläufiger, sandiger Platz, der wohl als Parkplatz diente, wenn es denn jemanden gab, der an diesem gottverlassenen Ort parken wollte. Auf der anderen Seite der Schienen, gegenüber dem Bahnhof, war nur mehr flaches, unbebautes Heideland, soweit das Auge reichte – die Puszta.

Der davonfahrende Zug schrumpfte immer mehr zu einem Punkt zusammen und verschmolz schließlich mit dem Gleis.

Ich fühlte mich an die Anfangsszene von »Spiel mir das Lied vom Tod« erinnert, wo drei verdächtige Gestalten in weiten, langen, im Wind hin und her wehenden Mänteln auf einem Bahnhof mitten in der Prärie auf jemanden warten. Man hört nur das Ächzen eines Windrades und das Summen einer Fliege. Um sich die Zeit zu vertreiben, fängt der eine mit seinem Pistolenlauf die Fliege und schaut dann mit einem seiner schielenden Augen sadistisch in den Lauf, was aussieht, als würde er mit der Pistole nasenbohren wollen. Der Zug fährt ein, er lässt die Fliege frei und die drei positionieren sich breitbeinig auf dem Bahnsteig. Aber es ist weit und breit niemand zu sehen. Erst als der Zug abgefahren ist, erkennen sie auf der anderen Seite der Gleise ihren Mann. Es ist der Held ohne Namen, »Mundharmonika« genannt. Sie fummeln nervös mit ihren Fingern an den umgeschnallten Revolvern. Nur das Ächzen des Windrades ist zu hören, die Fliege hat sich in Sicherheit gebracht. Dann drei Schüsse. Mundharmonika war schneller, er hat alle drei abgeknallt.

Da sah ich auf einmal ganz hinten auf dem, was der Parkplatz sein sollte, im Schatten eines großen Baumes ein Auto stehen. Es war weiß und eckig. Ein Lada. Gegen die Motorhaube lehnte ein Mann mit einem Schnauzer und einem ernsten Gesichtsausdruck.

ZWEITER TEIL: NOAHS VERSCHWIEGENER SOHN

8

»Willkommen in der ungarischen Puszta.«

Benedek kam mir mit ausgestreckter Hand entgegen und schüttelte die meine feierlich, ohne die Verspätung, die durch mein Herumirren auf dem Budapester Ostbahnhof entstanden war, zu erwähnen.

»Willkommen zu Hause.«

»Zu Hause?«

Ehe ich weiterfragen konnte, öffnete er die Beifahrertür und stopfte meine kleine Tasche in den Kofferraum. Er hievte sich mit einem sportlichen Schwung, den ich ihm nicht zugetraut hätte, auf die Heckklappe des Spielzeugautos, um sie zu schließen.

Ich stand immer noch neben dem Auto, auf dem Bahnhofsvorplatz voller Sand und Kies, während Benedek um das Auto herum zur Fahrertür ging. Ohne auf mein Zögern einzugehen, setzte er sich hinters Steuer und legte seine Hände auf das Lenkrad – und sah aus wie vor einigen Tagen, als ich ihn von meinem Fenster aus beobachtet hatte.

Jetzt gab es kein Zurück mehr, dazu hätte ich in Budapest oder am besten gleich in Wien bleiben sollen. Ich wusste nicht einmal, ob heute noch ein Zug zurück in die Hauptstadt fuhr. Falls doch, müsste ich am späten Abend erst recht wieder auf diesem unfreundlichen Bahnhof herumirren und womöglich auch noch eine Übernachtungsmöglichkeit suchen, weil kein Zug mehr nach Wien fuhr.

Also setzte ich mich auf den Beifahrersitz und schloss die Tür. Was sollte schon passieren? Was war dabei, wenn ich die Einladung in ihr Dorf annahm und ein paar Tage dort verbrachte?

Benedek startete den Motor und fuhr vom Platz. Der Bahnhof verschwand in einer Staubwolke hinter uns. Ich wollte mich anschnallen, stellte aber fest, dass es keinen Gurt gab.

»Es gibt keinen Anlass, sich anzuschnallen«, bemerkte nun Benedek. »Du bist in sicheren Händen.«

»Danke. Gut zu wissen.«

Sollte ich tödlich verunglücken, könnte ich ja wieder auferstehen, wie schon einmal, scherzte ich in Gedanken. Sicherheitshalber aber umfasste ich mit der rechten Hand den Haltegriff, da das Auto auf der unebenen Fahrbahn stark durchgerüttelt wurde. Der Zeiger auf dem rechteckigen Tachometer zuckte irgendwo zwischen fünfzig und hundert hin und her. Der Kilometerzähler zeigte »423« an, woraus ich schloss, dass er schon vor sehr langer Zeit entweder zu zählen aufgehört oder wieder bei null begonnen hatte und inzwischen die zweite Runde drehte. Wir ließen die letzten Häuser hinter uns und fuhren nun über eine Landstraße, die mehr aus Schlagloch als aus Asphalt bestand und die sich links und rechts an den Rändern stark nach unten wölbte, sodass Benedek, ein erfahrener Lenker, wie ich nun zu meiner Beruhigung feststellte, uns in der Mitte der Fahrbahn halten musste und nur in den seltenen Fällen, in denen uns ein Traktor, ein Auto mit Lichtgeschwindigkeit oder ein Pferdewagen entgegenkam, kurzfristig nach rechts auswich. Auf beiden Seiten der kerzengerade verlaufenden Landstraße war nichts als die flache, trockene Landschaft zu sehen, Strommasten ragten wie vergessene Schaufeln in Sandkisten schief aus dem Boden.

Benedek entschuldigte sich für den desolaten Zustand der Straße, die Gegend sei nicht immer so trist und ausgestorben gewesen, das müsse mich erschrecken. Es wundere ihn aber auch nicht, dass die Jungen wegzögen, es gebe kaum Jobs und die öffentliche Anbindung sei eine Katastrophe. Der Bus verkehre nur einmal am Tag, und dann komme er auch mal zu früh, mal zu spät, mal gar nicht. Ohne Auto säße man hier mehr oder weniger fest.

Das beruhigte mich nicht gerade.

Aber, so fuhr Benedek fort, das habe mich natürlich nicht zu beschäftigen, er bitte um Verzeihung, das seien lediglich die irdischen Anliegen des Volkes. Nun werde sich das ja bald ändern, ein Wandel liege in der Luft. Jetzt, wo ich da sei.

Nach einiger Zeit bogen wir von der Landstraße ab und fuhren an einem Feld vorbei, das eine Mischung aus einem Acker und einem Fußballfeld war. Zwei weiße Rahmen steckten in einer gewissen Entfernung voneinander im Boden, dazwischen wuchsen Sonnenblumen, hüfthohes Gras und vereinzelte Maisstauden. Das letzte Fußballmatch hier dürfte schon länger zurückliegen. Als wir die Stelle passierten, wo in etwa die Eckfahne hätte stehen müssen, tauchte hinter einem Akazienbaum ein Schild mit der Aufschrift »Szentkukac« auf. Ich schloss, dass das der Name unseres Zieles sein musste.

»Wir sind fast da«, bestätigte Benedek meine Vermutung.

Das Dorf bestand aus einer Hauptstraße, auf der wir soeben fuhren, und ein paar Seitengassen, die in regelmäßigen Abständen im rechten Winkel wegführten und wiederum von Gassen gekreuzt wurden, die parallel zur Hauptstraße verliefen, womit sich ein Schachbrettmuster ergab. Die Häuser sahen alle gleich aus: eingeschossig und mit einem quadratischen Grundriss, zwei Fenstern an der Straßenseite, einer seitlichen Eingangstür, manche mit Wellblech oder improvisiertem Material überdacht, die meisten ohne Fassade. In vielen Gärten liefen Hühner frei herum, in einigen auch Gänse, hier und da vermeinte ich durch das Fenster, das ich jetzt heruntergekurbelt hatte, das Grunzen eines Schweines zu vernehmen. Ein aus der Kindheit vertrauter Geruch stieg in meine Nase. Das waren für mich die schönsten Zeiten, wenn meine Mutter mit mir zu ihrem Bruder aufs Land reiste und ich mich für mehrere Stunden, manchmal einen halben Tag von der Obhut durch die Erwachsenen befreien konnte. Dann erkundete ich gemeinsam mit einem Nachbarsbuben, der froh war, den Verpflichtungen im und um das Haus – Stall ausmisten, den Zaun reparieren, Unkraut jäten, Schnaps und Zigaretten holen – für ein paar Stunden zu entkommen, auf dem Rad die Umgebung. Wir fuhren die geraden Straßen des Dorfes auf und ab und lieferten uns Wettrennen, zum Beispiel wer schneller von der Post zum aus drei Regalen bestehenden Supermarkt gelangte.

»Ich bringe dich zu deiner Unterkunft«, riss mich Benedek aus meinen Gedanken. »Du kannst dich ein wenig frisch machen, dann geht es auch schon los.«

Es ging los? Womit? Aber ich fragte nicht weiter nach.

»Béla wird dich begleiten.«

Béla. Das war doch dieser junge, besserwisserische Kerl. Er erinnerte mich an einen Mitschüler aus meiner Schulzeit, der weder intelligent noch beliebt war und den die Mädchen nicht nur wegen der Pickel in seinem Gesicht mieden. Dafür trachtete er immer danach, es dem Klassenvorstand und später auch der Direktorin recht zu machen, um sich zumindest mit ihnen, den Autoritäten, gutzustellen, was er letzten Endes irgendwie auch geschafft hatte. Nach den angenehmen Gedanken von vorhin verspürte ich nun eine leichte Verkrampfung in meiner Magengegend, wie damals, als ich diesem Schüler einmal allein auf dem Flur begegnet war und er eine Gefahr ausgestrahlt hatte, eine rein körperliche, ohne mich davor ein einziges Mal bedroht zu haben.

Benedek verlangsamte die Fahrt und bog bei einer kleinen Kirche links ab. Nach einigen hundert Metern Schotterstraße, auf denen ich dreimal mit dem Kopf gegen die Decke stieß, hielt er vor einem Haus, das ganz genau so aussah wie die anderen. Einen Moment lang blieb er im Auto sitzen, seine Hände wie mit Klebstoff am Lenkrad befestigt, schaute mich von der Seite an und sagte schließlich: »Du bist da, du sitzt in meinem Auto … Und mir hat es die Sprache verschlagen. Es fühlt sich an wie in einem Traum. Dabei hast du nichts – Übermenschliches an dir – nichts Überirdisches. Ich bin froh, dass du hier bist.«

Dann stieg er aus, ging hinten um das Heck des Autos herum und öffnete meine Tür. Ich wollte zum Kofferraum gehen, um meine Tasche herauszunehmen, aber Benedek machte eine entschlossene Geste, das zu unterlassen. In diesem Moment kam Béla, dieser magere, lange Kerl, aus dem Haus geschritten.

»Béla, hilf ihm bitte mit dem Gepäck und zeig ihm sein Zimmer. Wenn ihr fertig seid –«

»István sagt, wir sollen gleich in den Gemeindesaal kommen«, unterbrach ihn Béla. Ich war überrascht, mit welcher Selbstverständlichkeit er Benedek, der sein Großvater hätte sein können, das Wort abschnitt. Ohne meine Tasche auch nur anzurühren, winkte er mit einer zackigen Handbewegung einen jungen Burschen herbei, der bis dahin unter dem Vordach des Hauses gestanden war. Dieser sprang zum Auto, riss meine Tasche aus dem Kofferraum, sodass ich ihn beinahe ermahnt hätte, es sachte anzugehen, und verschwand damit im Haus.

Benedek, dem das nicht entgangen war, erklärte: »Du musst den Lümmel entschuldigen, er ahnt nicht, wen er vor sich hat. Das kann er nicht wissen. Noch nicht.«

»Gehen wir«, drängte Béla und ließ Benedek neben seinem weißen Lada zurück, ohne ihn weiter zu beachten.

»Ist die Kirche nicht auf der Hauptstraße?«, fragte ich.

»Nein, die ist gleich hier ums Eck.« Béla führte mich auf der Schotterstraße in die entgegengesetzte Richtung.

»Aber die Kirche da hinten …« Ich blieb stehen und deutete mit dem Daumen über meine Schulter in Richtung Hauptstraße.

»Das? Das sind Ungläubige. Verräter. Das ist die Kirche der – Reformierten …« Es hatte ihn scheinbar Überwindung gekostet, dieses Wort auszusprechen.

»Ach, und das seid nicht ihr? Ich dachte, wegen Jesus und so …«

»Mit Jesus haben die nichts zu schaffen«, sagte Béla verbissen. »Du gehörst uns.«

Es erschien mir unangebracht, bei Bela weiter nachzufragen, wieso die Reformierten denn nichts mit Jesus am Hut hätten. Und wenn der Messias schon einmal da war, dachte ich mir, wäre es ja geradezu unhöflich, wenn er ihnen nicht auch einen Besuch abstatten würde. Aber das musste wohl warten.

Fast ein wenig enttäuscht war ich, als wir kurz darauf vor einem Haus stehenblieben, das sich durch nichts von den anderen in Szentkukac unterschied. Das war keine Kirche, kein Tempel, nicht einmal eine Villa – sondern ein unauffälliges, schlichtes Haus. Über dem Eingang war ein Holzbrett angebracht, auf dem in einer sorgfältig geschwungenen Schrift stand »Gemeinde der Urmagyaren«. Darunter befanden sich mir unbekannte Zeichen, die ein wenig an das Schriftbild erinnerten, das auf dem Cover von esoterischen Büchern zu finden war, mit Titeln wie »Das vergessene Wissen der Druiden«, »Die sieben Chakren und ihre Heilsteine« oder »Der geheime Plan der Impfmafia«.

Die Einfahrt und der Garten waren allerdings im Gegensatz zu den anderen Häusern aufgeräumt, gefegt und wie für eine Feier hergerichtet. Es waren einige Tische aufgestellt, auf denen Knabbergebäck – kleine Käsestangen, Pogatschen und mit Marmelade gefüllte Kekse – auf Papptellern verteilt war und Fruchtsäfte und Fanta in Plastikflaschen bereitstanden und um die herum insgesamt an die fünfzig Menschen versammelt waren. Béla führte mich rasch an der Seitenmauer entlang zu einem Hintereingang.

In einem kleinen Vorzimmer stand István, neben ihm ein älterer Herr im dunklen Anzug. Er war relativ groß gewachsen und hager, die Hose saß etwas zu locker, wurde aber von Hosenträgern vor dem Herunterrutschen bewahrt, und die schwarzen Schuhe waren ausgetreten. Am Revers trug er einen Anstecker mit einem vogelartigen Fabelwesen, das ich irgendwo schon einmal gesehen hatte – vielleicht in einem Märchenbuch bei Nagymama –, auf rot-weiß-grünem Hintergrund. Sein Haar war vollständig ergraut, aber noch immer sehr dicht, nur seine Schultern fielen leicht nach vorne. Die Augen hingegen verrieten eine Wachsamkeit – eine Bereitschaft, sofort in den Angriff überzugehen, sobald das nötig sein sollte.

»Ludwig«, sagte István und drückte mir zur Begrüßung die Hand, »wir waren ein wenig besorgt, dass du nicht kommen würdest. – Ist auch niemand auf ihn aufmerksam geworden?«, richtete er sich an Béla.

Dieser schüttelte nur den Kopf.

»Gut. – Darf ich vorstellen: Attila, unser Pfarrer.«

Der Pfarrer betrachtete mich einige Sekunden – mir kam es so vor, als würde er mich einer Prüfung unterziehen. Dann ergriff er meine Hand, hielt sie ziemlich lange in seiner eigenen knorrigen, warmen und sagte, indem er sie mit der anderen umschloss: »Wie lange habe ich auf diesen Tag gewartet …«

Und dann machte er etwas, was mir die Sprache verschlug: Er, der alte Mann, ließ sich auf die Knie sinken, beugte seinen Kopf und küsste meine rechte Hand, er drückte seine trockenen Lippen auf meine Narbe. Dabei murmelte er so etwas wie: »Mein König … Du bist zurückgekehrt … Womit haben wir das verdient …«

Das war ganz offensichtlich kein Scherz, er meinte jedes Wort todernst und an die Möglichkeit einer versteckten Kamera glaubte ich seit meiner Ankunft nicht mehr. Es war die Realität.

»Wir müssen gehen«, drängte István. Er half dem Pfarrer wieder auf die Beine und öffnete die Tür in einen Raum, der ungefähr so groß war wie ein Klassenzimmer und wahrscheinlich durch das Abtragen einer Zwischenwand entstanden war. Er war gut gefüllt, an die vierzig Menschen saßen auf den verschiedensten Sitzmöglichkeiten verteilt, die allem Anschein nach eigens für diese Veranstaltung herbeigeschafft worden waren – auf Klappstühlen, Küchensesseln, Campingstühlen, Barhockern. Es mussten schon einige drinnen gewartet haben, als die anderen sich noch in der Einfahrt an den Pogatschen- und Fruchtsafttischen bedienten.

István schob mich vor sich her und in die erste Reihe der zusammengewürfelten Sitzgelegenheiten. Pfarrer Attila stellte sich sogleich hinter das Pult, das die Kanzel sein musste, wenn das die Kirche war. »Im Namen des Vaters und des Sohnes und des Heiligen Geistes – amen«, begann er.

Fast hätte ich mich, als Einziger, bekreuzigt vor lauter Verwirrung, obwohl ich ja weder katholisch war noch wusste, ob der horizontale vor dem vertikalen oder der vertikale vor dem horizontalen Balken an der Reihe war. Mir kam aber auch die Vorstellung, Jesus würde sich bekreuzigen, fragwürdig vor, denn wieso hätte er das tun sollen – und vor allem wann? Vor seiner Kreuzigung? Oder nach seiner Wiederauferstehung?

Attila stützte sich mit beiden Fäusten am Pult ab und schaute durch den Saal – wie ein strenger Lehrer seinen Blick durch die Reihen seiner Schüler gleiten lässt, die er alle einzeln kennt und die vor ihm nichts verheimlichen können.

Dann blieb er an einer Stelle stehen, die ihm geeignet zu sein schien. »Ferenc. Du fährst jeden Tag mit dem Bus um fünf Uhr früh nach Kunszentmiklós, um dort in der Fabrik zu arbeiten.« Das musste der Bus gewesen sein, von dem Benedek erzählt hatte. »Das Geld reicht kaum. Strom, Gas, Benzin – ein kümmerlicher Rest bleibt für Zigaretten. Das muss dir nicht unangenehm sein, Ferenc. Es geht vielen von uns so. Aber auch die Zigaretten wollen sie uns nehmen! Überall drucken sie diese ekelhaften Bilder von Mundgeschwüren auf die Packungen, die man angeblich vom Rauchen bekommt.« Einige nickten zustimmend. »Ihr fragt euch jetzt aber, wieso ich euch mitten in der Woche herbestelle und euch etwas erzähle, das euch ohnehin bestens bekannt ist. Wir sind doch Gottes auserwähltes Volk! Wir sind das älteste Volk der westlichen Zivilisation! Wir, die Gemeinde der Urmagyaren, wir kennen die Wahrheit und wissen, dass sich die ganze Welt verbündet hat, um diese Wahrheit weiterhin geheim zu halten! Wie lange müssen wir uns das noch gefallen lassen? Ihr fragt euch das zu Recht.«

Attila war immer lauter geworden. Es war still im Raum. Er rang nach Luft, rührte das Wasserglas, das auf dem Pult stand, jedoch nicht an. Er war jetzt zwar einer jener wütenden alten Männer, die in der Straßenbahn über Musik hörende Jugendliche schimpfen, aber sein Zorn war glaubwürdig.

Ich hörte, wie jemand einige Reihen hinter mir aufstand, mit lauten Schritten zur Tür stampfte und den Saal verließ. Zwei oder drei andere folgten ihm. Einer rief: »Wenn wir das auserwählte Volk sein sollen – ja wo bleibt er denn dann, unser Messias? Sind wir ihm etwa egal? Versprechungen, nichts als Versprechungen!« Sie versuchten sogar, die Tür zuknallen zu lassen, allerdings blieb diese, bevor sie hätte knallen können, auf halber Strecke stecken, da sie schief in den Angeln hing.

Attila schaute ihnen nachdenklich nach, dann sagte er: »Jesus kann man nicht herbestellen wie neue Autoreifen. Er kommt, wenn er es für richtig hält. Und genau aus diesem Grund haben wir uns hier versammelt. Ich habe nämlich heute erfahren: Die Ankunft des Messias in Szentkukac steht unmittelbar bevor! Jesus ist schon unterwegs zu uns! Wenn ich euch anlüge, werft mich ins Feuer.«

Es ging ein Gemurmel durch die Reihen. »Ich habe schon begonnen zu zweifeln.« – »Jetzt wird alles gut.« – »Es wurde auch Zeit.« – »Ich habe gewusst, Jesus lässt uns nicht hängen.« – »Jetzt zeigen wir es den Ungläubigen!«

»Ein wenig müssen wir uns noch gedulden, liebe Freunde«, übertönte Attila die unruhige Menge. »Und dankbar sein. Amen.«

Beim Verlassen des Saales suchte ich Istváns Nähe und flüsterte ihm ins Ohr: »Die glauben also wirklich, dass Jesus Ungar war und dass er sie besuchen kommt? Dass das ich sein soll, das wissen die aber nicht, oder?«

Den ersten Teil meiner Frage ignorierte István. »Niemand außer uns weiß einstweilen, dass du hier bist. Du kannst dir vorstellen, was hier passieren wird, wenn die erfahren, dass Jesus mitten unter uns ist. Darauf muss das Volk vorbereitet werden.«

»Natürlich.« Ich atmete durch.

»Aber ja, sie warten auf dich. Schon lange. – Pfarrer Attila möchte dich übrigens zum Abendessen einladen.« Mit einem Schlag war sein Tonfall weniger feierlich, weniger offiziell. »Du trinkst doch Wein? Ungarische Weine sind die besten auf der Welt. Das ist erwiesen.«

»Wunderbar«, sagte Attila, der, nachdem er einige Worte mit Gemeindemitgliedern gewechselt hatte, zu uns aufgeschlossen war und die letzten Worte unseres Gesprächs mitgehört hatte, »dann gebe ich meiner Frau Bescheid. Es gibt Hühnersuppe. – Ich muss mich jetzt ein wenig ausruhen …« Und dann, als wir wieder im Vorzimmer angelangt waren, blieb er stehen und umschloss mit beiden Händen meine rechte Hand: »Das ist ein großer Tag für die Ungarn. Für die Menschheit. Ich bin glücklich – über alle Maßen … Du bist wahrhaftig zu uns zurückgekehrt. – Ich möchte so vieles wissen.«

Ich war erstaunt, dass es jemandem, der sich soeben noch als dermaßen redegewandt erwiesen und leidenschaftlich gepredigt hatte, die Sprache verschlagen konnte.

»Wie gefällt dir deine Gemeinde?«, fragte er dann.

»Meine Gemeinde?«

»Sie geben sich große Mühe.«

»Wir sehen uns ja alle am Abend bei dir«, sprang nun István für ihn ein und tätschelte ihm die Schulter. »Ich bin mir sicher, Ludwig – ist es für dich in Ordnung, wenn wir dich der Einfachheit halber weiterhin so nennen? – Ludwig möchte sich auch bestimmt ein wenig sammeln.«

Ich nickte, wobei ich in dem Moment gar nicht wusste, welchem Punkt ich mehr zustimmte – dass ich mich ebenfalls ausruhen musste nach diesem Tag oder dass sie mich weiterhin Ludwig nennen durften.

9

Ich lag auf dem Bett in meinem geräumigen, wenngleich spartanisch eingerichteten Zimmer. Seit meiner Ankunft war ich nicht dazu gekommen, mich umzuziehen, wie mir jetzt auffiel. Dann schlief ich ein.

Als ich wieder aufwachte, dämmerte es draußen schon. Es mussten gute zwei Stunden vergangen sein. Ich konnte nicht sagen, ob ich etwas geträumt hatte oder nicht – angeblich träumt man ja jedes Mal im Schlaf, man kann sich nur nicht immer daran erinnern –, jedenfalls brauchte ich ein wenig, um mir bewusst zu werden, wo ich mich befand. Ich wollte nicht gleich aufstehen, da mir oft schwindlig wurde und ich nur mehr schwarz sah, wenn ich meinen Körper zu schnell aus der Liegeposition in die Senkrechte beförderte. Auf jeden Fall wurde mir sogleich klar, dass das alles kein Traum war – auch wenn ich mir das an dieser Stelle gewünscht hätte – und dass ich tatsächlich hier in diesem trostlosen Ort in der ungarischen Puszta festsaß, in dem alle auf den Messias warteten – und dass ich es war, auf den sie da warteten. Sofort wurde ich umhüllt von den Bildern und Sätzen, die vor dem Einschlafen mit einer Vehemenz auf mich eingeprasselt waren, die mir erst jetzt bewusst wurde, sie traten mir jetzt mit einer viel größeren Eindringlichkeit und Bedeutsamkeit vor Augen. Meine kleine Wiener Wohnung, in der ich noch in der Früh aufgewacht war, erschien mir auf einmal unendlich weit weg. – Die Ungarn sind das älteste Volk Europas … Die Gemeinde der Urmagyaren kennt die Wahrheit, nur will das der Rest der Welt verheimlichen … Warum? – Ferenc werden die Zigaretten weggenommen Von wem? Wie im sich langsam lichtenden Morgennebel tauchten die Worte auf: Sie glauben, Jesus ist Ungar und kehrt zurück. Und dann, wie wenn man nach einer Nacht, die man bereits bereut, verkatert aufwacht, mit dem Gefühl, die Schädeldecke breche entzwei: Die glauben, ich bin Jesus.

Es klopfte.

Mit einem Schwung brachte ich mich auf die Beine. Dunkle Flecken flimmerten vor meinen Augen, meine Augäpfel pochten und ein stechender Schmerz durchfuhr mein linkes Bein. Das war in letzter Zeit immer häufiger der Fall. Vielleicht sollte ich doch öfters ins Fitnesscenter gehen. Oder ich wurde einfach älter. Die ersten paar Schritte musste ich humpeln. Ich versuchte, mein Knie nicht abzuwinkeln, und schleifte das ausgestreckte Bein hinter mir her wie ein angeschossener Cowboy. So erreichte ich schließlich die Tür.

Es war Béla. Sobald ich seine dürre Gestalt und sein mürrisches Gesicht erblickte, fiel mir auch wieder der Name des Ortes ein, in dem ich gelandet war: Szentkukac. Jetzt, wo ich Béla ein wenig mustern konnte, stellte ich fest, dass er trotz seines nahezu schmächtigen Körperbaus etwas Sehniges, Knochiges an sich hatte. Als würde sein Körper, der keineswegs durchtrainiert war, im Inneren durch dicke Drähte zusammengehalten werden. Es ging etwas Bedrohliches von ihm aus. Wenn ich einen Colt gehabt hätte, hätte ich jetzt intuitiv meine Hand Richtung Holster bewegt.

»Ich soll Sie abholen. Es gibt gleich Essen.«

Dafür, dass er mit Jesus sprach, war er nicht sonderlich höflich, fand ich. Aber ich verzieh ihm, denn ich hatte Hunger. Seit einer Buttersemmel im Zug hatte ich nichts mehr gegessen, also folgte ich ihm. Außerdem war ich unbewaffnet.

Wir gingen einige Minuten, ehe wir vor einem kleinen Tor hielten. Durch einen verwilderten Garten gelangten wir über einen Weg, der ursprünglich einmal gepflastert und jetzt von Unkraut zugewachsen war, zur Eingangstür. Sie öffnete sich, noch bevor wir klopfen konnten.

Vor uns stand eine grauhaarige Frau, einen guten Kopf kleiner als ich, die mich kurz mit offenem Mund musterte und dann aufgeregt über die Schulter rief: »Sie sind da! Sie sind da!« Sie wischte sich die Hände an ihrer Kochschürze ab und begrüßte mich. Ihre Hand war noch fettig, warm und glitschig und harmonierte mit dem feuchten Funkeln ihrer

Augen. Dann entriss sie sie mir und stammelte: »Verzeiht, bitte, ich weiß gar nicht, ob es angebracht ist, unseren Erlöser – Sie – Euch – auf diese Art zu begrüßen …« Dabei deutete sie unbeholfen einen Knicks an, den sie in einer Dokumentation über das britische Königshaus gesehen haben musste.

»Wir dürfen ihn Ludwig nennen«, sagte István.

»Ich bin Enikő, die Frau des Pfarrers. Es ist mir eine Ehre, Euch in meinem Haus begrüßen zu dürfen – Ludwig.«

Die Frau verströmte einen wunderbaren Duft – sie roch nicht etwa nach einem Parfum oder frisch gewaschener Wäsche, wie manche Kundinnen im Murmeln & Co., sondern nach einer angenehmen Mischung aus Zwiebel, Fett, Paprika, Fleisch und einer Prise Knoblauch. Ich folgte ihr gerne ins Haus.

Der Raum, in dem wir nun standen, war sehr groß für ein Esszimmer, eigentlich war es ein Saal. An der Rückwand sah ich verschiedenste Sitzmöbel aneinandergereiht: Gartenstühle, Campingstühle, ausgediente Barhocker und diverse Klapp- und Plastikstühle. Und ganz vorne, fast verloren, machte sich István an einem gedeckten Tisch soeben daran, zwei Flaschen Rotwein zu entkorken. Es war der Gemeindesaal, in dem wir vor wenigen Stunden der Ansprache des Pfarrers gelauscht hatten.

In dem Moment betrat auch Attila, gefolgt von Benedek, den Raum und schien meine Verwunderung erkannt zu haben, denn er sagte – er hatte sich allem Anschein nach von der Aufregung erholt und war wieder voller Elan –: »Du musst verstehen«, es war das erste Mal, dass er mich direkt ansprach und mich duzte, »wir haben nicht die gleichen finanziellen Möglichkeiten wie die großen Kirchen, denen wird ja das Geld nur so in den Rachen geworfen.« Er verzog verächtlich das Gesicht. »Unser Pfarrhaus ist zugleich unsere Kirche.«

»Und der Gemeindesaal«, fügte Benedek hinzu.

»Es ist sehr bescheiden, aber ich bin überzeugt, niemand wird dafür mehr Verständnis haben als du«, sagte Attila.

Ich nickte.

Je nach Verwendung wurde dieser Raum einfach anders bezeichnet: Die Gottesdienste fanden in der Kirche statt, alles andere im Gemeindesaal. Nebenbei war er auch das Esszimmer der Pfarrersfamilie. Um zwischen Kirche und Pfarrhaus besser unterscheiden zu können, gab es zwei Eingänge: Den Gemeindesaal und die Kirche betrat man von der Vorderseite des Hauses her, wo mehr Menschen vorbeikamen, während sich der Eingang zum Pfarrhaus an der Hinterseite befand. Das erklärte auch, warum mich Béla diesmal über einen anderen Weg hergebracht hatte, denn nun gingen wir ja nicht in die Kirche, sondern zum Pfarrer. Das war ein Unterschied.

»Das Volk soll nicht den Eindruck gewinnen, dass man in die Kirche der Urmagyaren einfach so ein- und ausgeht«, sagte István. »Der Haupteingang ist besonderen Anlässen vorbehalten. – Darf ich dir Wein einschenken?«

»Soll ich ihn noch wandeln oder wird er dann wieder zu Wasser?«, rutschte es mir heraus.

István hielt beim Anheben der Flasche inne. Pfarrer Attila schaute mich einen Moment lang erstaunt an, dann aber sagte er, in einem Ton von Erleichterung: »Ich wusste es, ich wusste es, dass unser Herr Humor hat!«

»Ludwig muss sich erst daran gewöhnen, dass er der Messias ist«, erklärte István.

Attila nickte verständnisvoll.

Ich schwieg.

In dem Moment ging die Tür mit einem Schwung auf und zu meiner Erleichterung kam Enikő mit einem dampfenden Topf herein.

»Enikő macht nämlich die beste Hühnersuppe südlich von Kecskemét«, erklärte Benedek. Das war der erste sinnvolle Satz, den ich an diesem Ort vernahm.

Wir setzten uns. Nach einer Weile sagte Attila in das allgemeine Schlürfen hinein: »Ihr hattet in Wien also eine kleine Wiederholung des Emmaus-Mahls. Ich bereue es immer noch, nicht dabei gewesen zu sein.«

»Die Reise wäre für dich sehr anstrengend gewesen«, meinte István.

»Ganz genau«, sagte Enikő und tätschelte seine Hand. »Du bist nicht mehr der Jüngste.«

»Was für ein Mahl?«, wollte ich wissen.

»Nun ja, dieses Nest, Emmaus, in der Nähe von Jerusalem … Du weißt schon«, wollte mir István auf die Sprünge helfen.

»Nie gehört.«

»Nach deiner Auferstehung hast du mit zwei Männern, die nicht wussten, wer du bist, zu Abend gegessen«, klärte mich István auf. »Erst beim Essen hast du dich zu erkennen gegeben. Du brachst das Brot –«

»Wie gesagt, ich kann mich an nichts dergleichen erinnern«, unterbrach ich ihn.

»Wie meinst du das?«, fragte Benedek.

»Um einmal ehrlich zu sein: Ich glaube, ihr sucht jemand anderen.«

»Wir haben dich gesucht«, sagte Attila. »Und du hast uns gefunden.«

»Indem du zu uns in das ›Paprika-Stüberl‹ kamst«, sagte István, »nichts ahnend, hast du die Vorsehung erfüllt. Nur war es diesmal umgekehrt. Du warst es, der seine Jünger – uns – nicht erkannt hat, und wir waren es, die sich dir offenbart haben.«

»Das ›Paprika-Stüberl‹ soll unser Emmaus sein!«, rief der Pfarrer begeistert aus. »Wir brauchen kein Jerusalem.«

»Apropos Jerusalem: Vielleicht könntest du das bei Gelegenheit auch deiner Tochter beibringen«, sagte Enikő.

»Kommt sie nicht dieses Wochenende?«, wollte István wissen.

Attila nickte.

»Wohnt sie in Jerusalem?«, fragte ich.

»In Budapest. Das ist fast das Gleiche«, sagte István.

»Ich sage immer: in Judapest«, klärte mich Enikő auf. »Wo sie auch bleiben könnte bei ihren Gutmenschen und Schwulenverstehern, anstatt hier schlechte Stimmung zu verbreiten. Sei mir nicht böse, Attila, aber sie müsste wissen, was sich gehört, gerade weil sie deine Tochter ist. Ihr werdet sie noch kennenlernen, Ludwig.«

»Ja, leider … Aber Enikő hat recht«, sagte István, »es erweckt keinen guten Eindruck, wenn sich die Tochter des

Pfarrers über uns lustig macht und dadurch unser Projekt gefährdet.«

»Ich werde mit ihr reden …«, sagte Attila betreten.

10

Spätestens beim Abendessen im Pfarrhaus war mir eines ganz klar geworden: Sie meinten das alles ernst. Ich hatte zwar wiederholt versucht anzudeuten, dass ich nicht Jesus sei, aber das schien sie nicht zu irritieren, ja nicht einmal zu interessieren. Trotzdem – sie waren sehr gastfreundlich, sie hatten die Fahrt bezahlt und mich am Bahnhof abgeholt, ich war ihr Gast, da konnte ich ruhig auch ein bisschen mitspielen, sagte ich mir. Was war schon dabei? Ohne sie würde ich jetzt Spielzeug sortieren.

Als ich zurück in meinem Zimmer war, überkam mich dennoch die Sehnsucht nach Normalität, nach Anschluss an die Welt da draußen, jenseits der Puszta. Ich zückte mein Handy, doch die Internetverbindung war miserabel, einige Seiten brauchten eine Ewigkeit zum Laden, bei anderen erschien überhaupt eine Fehlermeldung. Ich saß auf dem Bett – der harte Holzstuhl wirkte nicht gerade einladend, wenn man das gute Essen von Enikő im Magen hatte, erst recht nicht – und wollte vor dem Schlafengehen ein wenig im Internet surfen. Als letzten Versuch wiederholte ich die Suche von vor ein paar Tagen: »Jesus« und »Ungar« und ergänzte sie um das Stichwort »Bibel«. Natürlich alles auf Ungarisch.

Zu meiner Überraschung tauchten sofort über zwanzig Ergebnisse mit einer wörtlichen Übereinstimmung auf. Das Internet schien wieder zu funktionieren. Ich klickte den ersten Link an und landete, ohne jede Verzögerung, auf einer Seite namens »Die Sprache Gottes«. Über die Seite waren Zeichen der gleichen runenartigen Schrift verteilt, die ich schon über dem Eingang zur Kirche der Urmagyaren gesehen hatte. »Die Hieroglyphen«, stand da. Ich machte es mir auf meinem Bett bequem und begann zu lesen:

> *Die Hieroglyphen auf den alten ägyptischen Pyramiden konnten erst dekodiert werden, nachdem die Forscher Ungarisch gelernt hatten. Das reine und göttliche Wesen der ungarischen Sprache …*

Ich klickte den Beitrag schnell weg. Ich war der Letzte, der sich für Sprachwissenschaft interessierte. In einem anderen Beitrag wurde von einem Vogel erzählt:

> *Turul: Mischung aus Adler und Falken (Fabelwesen, türkisch, ungarisch). Der Turul-Vogel ist der Heilige Geist persönlich und hat die Urmagyaren nach Mitteleuropa geführt, noch bevor irgendein anderes Volk in dieser Gegend war.*

Geschichte war auch nicht die richtige Gute-Nacht-Lektüre.

Ich ging zurück zu den Suchergebnissen. Auch die Seite »Glaube der Urmagyaren« ließ sich ohne Verzögerung öffnen. Im Seitenkopf prangte ein adlerartiger Vogel – der Turul? –, der über einem in Seenot geratenen Schiff kreiste. Im Hintergrund war ein hoher Berg zu erkennen. »Noahs vierter Sohn« war ein Eintrag übertitelt.

Eine Richtigstellung der Geschichte. Von Professor Viktor Ravasz. Was ich nun sagen möchte, wird einige verwirren, weil sie es verlernt haben, eigenständig zu denken und nicht so, wie es ihnen die politische Elite mit Hilfe der Mainstream-Medien beigebracht hat.

Ich schob den großen Kopfpolster unter meinen Rücken. Zum Schlafen war es ohnehin noch zu früh.

Man benebelt uns, um uns die klare Sicht auf die Dinge, wie sie sind – wie sie WIRKLICH sind – zu trüben. Es gibt viele Faktoren, die zusammenwirken. Einzelne Tropfen, die seit Jahrzehnten, Jahrhunderten den Stein höhlen. Ich nenne Ihnen ein Beispiel. In letzter Zeit geistert eine schädliche Ideologie umher, die die gottgegebene Unterscheidung von Mann und Frau aufheben will, als sei sie nie da gewesen. Ganze Armeen von sogenannten »Wissenschaftlern« arbeiten daran, uns einzureden, dass die Unterschiede zwischen Mann und Frau nur anerzogen seien und dass es keinerlei angeborene Unterschiede gebe. Dabei geht es ihnen keineswegs um die Gleichberechtigung der Frau. Das wäre noch ein nobles Unterfangen.

Denn es sind die gleichen Menschen, die die Unterwanderung Europas durch frauenfeindliche Muslime planen. Wie passt das zusammen?

Herr Pospischil hatte einmal damit gedroht, mich durch irgendjemand anderen zu ersetzen, egal wen, Hauptsache eine Frau. So würde er die Frauenquote unter seinen Angestellten mit einem Schlag auf hundert Prozent heben. Und das einzige Bewerbungsschreiben, das ich in meinem Leben verfasst hatte – für eine Stelle im Callcenter eines Mobilfunkanbieters –, wurde mit der Begründung abgelehnt, dass ich in meinem Motivationsschreiben nicht gegendert hätte. Die Stelle bekam eine Frau.

Kein Wunder, dass bei all dem Genderwahn keine Zeit bleibt, sich mit den wirklich wichtigen Fragen zu befassen. Senden Handymasten Frequenzen aus, die Krebs verursachen? Steckt ein Plan hinter der sogenannten Flüchtlingskrise von 2015, um den Untergang der europäischen Zivilisation zu erreichen? Dient das Coronavirus in Wahrheit nur dazu, die Bevölkerung zu kontrollieren und eine weltweite Diktatur zu errichten? Gibt es einen internationalen Plan zur Auflösung des ungarischen Staates und wenn ja: Wer verbirgt sich dahinter? Und zu guter Letzt: Wieso werden die Beziehungen zwischen den frühen Ungarn und Jesus bewusst nicht beleuchtet?

Professor Ravasz ging nun allen Ernstes bis zu Adam und Eva zurück. Ich überflog ihre Geschichte – wie sie nackt im

Paradies herumtollten und dieses verlassen mussten. Irgendwann war Gott so böse auf die Menschen, die nur Unfug trieben, dass er ihnen eine Sintflut schickte, um sie alle zu ertränken. Ich scrollte hinunter bis zum Bild der Arche Noah. Im Religionsunterricht in der Unterstufe sollten wir einmal die Arche Noah so zeichnen, wie wir sie uns vorstellten. Die junge und sehr motivierte Religionslehrerin versprach sich von dieser kreativen Herangehensweise wohl viel, wir aber – vor allem die Buben, aber auch einige Mädchen machten mit – zeichneten um die Wette möglichst viele möglichst nackte Adams und Evas auf die Arche. Als die Lehrerin nervös anmerkte, dass Adam und Eva ja gar nicht mehr dabei gewesen seien, und fragte, wo denn Noah und seine Frau seien, zeigten wir auf die Nudisten mit den größten Geschlechtsteilen.

Und da Noah und seine Familie die einzigen Überlebenden waren nach der Sintflut, müssen alle Völker dieser Erde, zumindest die christlichen, von Noah abstammen. Man nimmt an, dass alle heutigen Völker auf die drei Söhne Noahs zurückgehen: auf Ham, Jafet und Sem.

Ich legte das Handy beiseite. Der Akku war fast leer. Ich hatte ohnehin mehr als genug gelesen.

Dann holte ich doch mein Ladekabel aus dem Schrank – irgendjemand hatte meine Tasche ausgepackt und das einzige Hemd, das ich mitgenommen hatte, auf einen Kleiderbügel gehängt – und steckte das Handy an. Zur Abwechslung wollte ich mir noch einige leibhaftige Evas anschauen – aber auf einmal wurde wieder eine gestörte Verbindung angezeigt. Die vorige Seite hingegen ließ sich aufrufen. Das war seltsam. Ich ärgerte mich ein wenig, aber wenn ich schon einmal da war – und in meiner Funktion als der kommende Messias würde ein wenig Allgemeinbildung nicht schaden –, konnte ich ja auch weiterlesen, wie es mit dem bekleideten Noah weiterging.

Alle anderen Menschen, die nicht auf der Arche waren, ertranken in der Sintflut. So zumindest lautet die offizielle Version der Bibel.

»Offizielle Version?«, fragte ich mich laut.

Diejenigen jedoch, die die Geschicke der Welt lenkten, stand da weiter, verstünden sich sehr gut darauf, die Wahrheit geheim zu halten. Professor Ravasz berichtete nun ausführlich – viel zu ausführlich – von einem Dokument, das die Geschichte der Ungarn in einem neuen Licht darstelle. Dem Vatikan sei es bis vor Kurzem gelungen, den Puszta-Kodex – so hieß dieses angebliche Beweisstück – aus dem Jahr 1530 in seinen Gemäuern versteckt zu halten, doch durch einen glücklichen Umstand sei er in den Besitz von Professor Ravasz gelangt. In den Medien sei dieser Fund selbstverständlich verschwiegen worden. Eine Fälschung sei ausgeschlossen, wie sich jeder anhand der eingefügten Fotos versichern könne.

Ich klickte die Bilder an, aber sie ließen sich nicht vergrößern. Vielleicht war das Papier sogar echt. Aber was hatte es schon zu bedeuten, dass jemand vor 500 Jahren ein Holzboot gezeichnet hatte?

Interessanterweise kommt in dem Kodex mit keinem Wort ein Schiff oder ein archeartiges Transportmittel vor. Wenn die Ungarn auch auf der Arche gewesen wären, müsste das doch zumindest erwähnt werden. Der anonyme Verfasser hätte so etwas Bedeutsames bestimmt nicht verschwiegen.

Ich suchte auf Wikipedia nach dem Puszta-Kodex, aber die Seite brauchte wieder sehr lange zum Laden und blieb schließlich hängen. Auch meine leibhaftigen Evas zierten sich weiterhin, über den Bildschirm zu huschen. Der Eintrag über »Noahs vierten Sohn« war sehr lang, wie ich beim Hinunterscrollen feststellte, dafür bemerkte ich am Ende des Artikels, dass die Seite mit jener der Gemeinde der Urmagyaren verlinkt war.

Aber ich hatte mich mit diesen religiösen und historischen Hirngespinsten ohnehin schon länger beschäftigt, als ich vorgehabt hatte, und beschloss, mich schlafen zu legen. Ich hatte genug erlebt und gehört, worauf ich nicht gefasst gewesen war.

11

»Zufälle gibt es nicht.«

Enikő servierte gerade den Hauptgang. Sandra hatte auch einmal gefüllte Paprika gemacht, sie aber statt mit Fleisch mit Tofu gefüllt, nachdem ihr eine vegane Freundin von den Vorteilen einer fleischlosen Ernährung vorgeschwärmt hatte.

Aus irgendeinem Grund waren wir während des Essens wieder bei politischen und geschichtlichen Themen gelandet. In Österreich wäre das ein verlässlicher Stimmungstöter gewesen, aber hier, in Szentkukac, schienen politische Diskussionen einer Tischgesellschaft erst die nötige Würze zu verleihen.

»Seien wir ehrlich«, fuhr István fort, während er sich zwei strahlend gelbgrüne Spitzpaprikas auf den Teller legte und die Soße, bestehend aus viel Fett und Tomatensaft, darüber verteilte. »Wir hören die Nachrichten im Fernsehen, lesen die Zeitungen – und glauben alles, was da steht. Wir hinterfragen das nicht. Natürlich, ein Virus taucht einfach so über Nacht auf und verseucht die ganze Welt. Die offizielle Erklärung, dass das Coronavirus in China von Fledermäusen auf ein paar Menschen übergesprungen sei und von dort aus innerhalb kürzester Zeit die ganze Menschheit erobert habe, ist so fadenscheinig, dass sie nicht einmal Kinder glauben können. Dabei wissen wir, dass die Sendemasten, die überall so emsig errichtet werden, für die Verbreitung des Virus verantwortlich waren – und es immer noch sind. Der langfristige Plan besteht darin, die Erdbevölkerung zu dezimieren.«

»Vielleicht war das Coronavirus eine Strafe Gottes«, bemerkte Attila.

István pflichtete Attila zu: »Gut möglich, dass das ursprünglich so war. Aber jetzt wird das Virus gegen uns gerichtet. Denn gerade in Ungarn werden besonders viele dieser Masten aufgestellt. Und was ist mit den Millionen Arabern und Afrikanern, die sich auf den Weg nach Europa machen, gleichzeitig, wie auf ein Kommando? Hat ihnen niemand für diese beschwerliche und lange Reise ein paar Dollarscheine und Kreditkarten in die Brusttasche gesteckt? – Aber wehe, ein Journalist wagt es doch einmal, die Wahrheit zu schreiben. Am nächsten Tag ist er arbeitslos – oder er hat einen kleinen ›Unfall‹« – István zeichnete mit Zeige- und Mittelfinger Anführungszeichen in die Luft –, »die Bremsen funktionieren nicht mehr.«

»Nun ja, Autounfälle passieren hin und wieder«, sagte ich. »Das hat noch nichts zu bedeuten.«

»So wie damals, als der Kärntner Landeshauptmann nachts auf mysteriöse Weise von der Landstraße abkam und tödlich verunglückte? Schon am nächsten Morgen beeilte sich die ganze Welt hervorzuheben, er sei betrunken gewesen und sei zu schnell gefahren. Sein einziger Fehler war es, dass er die Probleme der Bevölkerung beim Namen nannte. Zufälle gibt es höchstens beim Würfeln. Sonst folgt alles einem Plan.«

Ich wollte mir noch eine Paprika nehmen, aber es kam mir unpassend vor.

»Wer weiß«, schaltete sich nun Enikő ein, »was Lady Diana über den weltweiten Komplott gegen die Ungarn zu erzählen gehabt hätte, wenn man sie nur am Leben gelassen hätte … Was war im Kofferraum des Autos? Das werden wir nie herausfinden.«

»Sehr richtig«, pflichtete der Pfarrer seiner Frau bei und wedelte dabei mit seinem Messer.

»Fragen können wir sie nicht mehr«, stellte István lapidar fest.

»Irgendwann werden alle diese Ratten geschnappt«, sagte Béla. »Das verspreche ich euch! Irgendwann sind sie dran …«

»Es gibt ja eine Erfindung namens Rattengift«, meinte Enikő schmunzelnd.

»Es ist lächerlich, zu glauben, der Verlauf der Geschichte sei zufällig und nicht von Menschenhand gesteuert«, sagte István ruhig. Er wischte sich den Mund ab. »Das heißt aber auch: Wir können das Rad der Geschichte zurückdrehen. Und das müssen wir auch. Deswegen bist du hier, Ludwig. – Möchtest du nicht noch eine Paprika?«

Nach dem Mittagessen erzählte ich István von meiner Internetrecherche und drückte mein Unverständnis darüber aus, dass dieser Professor nicht einfach mit dem Puszta-Kodex an die Öffentlichkeit trat, wenn er schon so ein einzigartiges Dokument entdeckt habe. Wir saßen im Garten, um einen weißen Plastiktisch herum, über den Enikő eine Spitzendecke geworfen hatte.

»Du hast dich also auf der Website unserer Freunde umgesehen?«, stellte István erfreut fest.

»Es ließ sich im Grunde keine andere Seite öffnen …«, sagte ich.

»Naja, wir haben hier immer wieder eine schlechte Verbindung … In der Zwischenzeit befindet sich der Puszta-Kodex wieder im Vatikan, seine Schergen haben ihn sich zurückgeholt. Von Professor Ravasz fehlt seitdem jede Spur.«

»Ich werde dieses Buch schon aus ihnen herausprügeln«, bot Béla seine Hilfe an.

»Danke, Béla, das ist einstweilen nicht nötig.«

Wir tranken Kaffee aus unfassbar kleinen Tassen, dafür war er so dunkel, dass sich seine Farbe nicht veränderte, wieviel Milch man auch dazu goss, und so stark, dass ich noch um Mitternacht im Bett mit den Beinen zappelte.

»Schmeckt er Euch, Ludwig?«, fragte Enikő. Sie hatte sich diese Anrede aus einer Kombination des Vornamens und der Höflichkeitsform, wie sie ihr dem Erlöser gegenüber würdig erschien, zurechtgelegt. »Das ist ein Mokka, ein traditionelles ungarisches Getränk, auch wenn die Italiener behaupten, sie hätten ihn erfunden.«

»Kennst du denn die Geschichte von Zoltán gar nicht?«, fragte Benedek leicht verwundert.

»Nie gehört«, gab ich ohne Umschweife zu.

»Wie soll er die denn bitte kennen? Sie wurde erst nach seiner Zeit aufgedeckt«, sagte István. »Was du nämlich nicht wissen kannst, Ludwig, ist, dass Noah noch einen vierten Sohn hatte. Zoltán.« Er machte eine Pause und irgendwie hatte ich den Eindruck, dass eine Reaktion von mir erwartet wurde.

»Waren es nicht nur drei Söhne?«, sagte ich.

»Laut der offiziellen, entmagyarisierten Bibelversion: ja. Sem, Ham und Jafet.«

Er erzählte nun die Geschichte von Zoltán, der sich nie etwas zuschulden hatte kommen lassen, der sich immer an alles gehalten hatte, was ihm Gott auftrug, und der keiner Fliege ein Haar gekrümmt hatte, ja, sogar die Schlangen pflegte er zu streicheln. Das sei ein vorbildlicher Mensch gewesen. Kurz gesagt: Die Wahrheit war, dass nicht Noah der von Gott Auserwählte war, sondern sein Sohn, Zoltán.

»Noah und seine drei anderen Söhne hatten die Tugendhaftigkeit und Frömmigkeit Zoltáns für sich reklamiert«, berichtete István, »der Neid zerfraß sie. Schon in seiner Kindheit wurde Zoltán von seinen Brüdern gehänselt und ausgegrenzt. Die Nachkommen der Arche achteten jahrhundertelang darauf, dass der Name Zoltán feinsäuberlich aus allen Quellen und aus der Bibel entfernt wurde. Als einziger Beweis war der besagte Puszta-Kodex von 1530 übriggeblieben, der aus irgendeinem Grund den Häschern durch die Lappen gegangen war.«

»In großer Not jedoch kommt Gott seinem Volk zu Hilfe«, rezitierte Attila.

»Tatsache ist«, sagte István: »Das Volk der Ungarn stammt direkt vom einzigen unschuldigen Sohn Noahs ab.«

»Hätte Gott das nicht merken müssen?«, hakte ich nach.

»Du hast recht, Ludwig. Gott lässt sich nicht hinters Licht führen«, entgegnete István, »wer wüsste das besser als du, sein Sohn. Sehr wohl aber die Menschen. Sem, sein Bruder, hatte mitgehört, wie Gott zu Zoltán sagte: ›Zoli, ich habe beschlossen, eine Sintflut über die Menschheit kommen zu lassen, bring dich in Sicherheit, das Wasser wird an dem und dem Tag kommen, am besten, du baust ein Boot oder steigst auf einen hohen Berg.‹ Sem eilte zu seinem Vater, er wird wohl gefragt haben, was für ihn dabei herausspringe, wenn er ihm ein tolles Geheimnis verrate – und der hat dann überlegt und sich gedacht: ›Na gut, dann bauen wir eben einen Kasten aus Tannenholz und machen Kammern darin, dreihundert Ellen sei die Länge.‹ Seine Frau bestand darauf, unbedingt noch ein paar Tiere mitzunehmen, Noah wollte nicht lange diskutieren, er hatte Angst, dass das Wasser kommen könnte. Zoltán wollten sie natürlich loswerden. Der hätte ja sonst nachher überall herumerzählt, dass eigentlich er derjenige war, den Gott gewarnt hatte. Noah aber wollte selber als der Mann in die Geschichte eingehen, den Gott auserwählt hatte. Und obendrein würde er auch noch die Tiere gerettet haben. Umso besser. Sem erfand eine Intrige.«

»Dieser elendige Heuchler!«, rief Attila erzürnt, als hätte er die Geschichte zum ersten Mal gehört.

»Nun, wir wissen ja, welches Volk von diesem Sem abstammt und was es von ihm gelernt hat …«, warf Enikő ein, die eine Schüssel mit Käsestangen auf dem Tisch abstellte, und zeichnete sich mit dem Zeigefinger eine Hakennase ins Gesicht.

»Die Lügengeschichte, die Sem verbreitete, war folgende: Zoltán, der Lustmolch, sollte Sems Frau beim Umziehen beobachtet, unanständige Bemerkungen gemacht und ihr ein unzweideutiges Angebot unterbreitet haben. Die Menschen waren empört und schockiert – ›Gerade dieser wackere Noah, womit hat er so einen Sohn verdient?‹, fragten sie sich kopfschüttelnd. Zoltán wurde verbannt, noch ehe sie mit dem Bau der Arche begonnen hatten. Deshalb stand auch nichts von der Arche im Puszta-Kodex. Die Lüge, die seitdem über Generationen verbreitet wird, ist die, dass die Arche Noah die einzige Rettungsmöglichkeit war – und dass deshalb Noah und seine Sippschaft die Auserwählten Gottes gewesen sein sollen.«

»Und wie überlebte Zoltán dann die Sintflut?«, fragte ich.

»Zoltán musste ja fliehen«, sagte István, »allein konnte er kein Schiff bauen, außerdem drängte die Zeit. Gott aber verließ ihn nicht. Er wies ihm den Weg auf einen hohen Berg, dessen Spitze stets über Wasser war, während der Meeresspiegel stieg und stieg. Als Zoltán sich vom Meer immer weiter bedrängt sah und seine Füße schon nass waren, dachte er, jetzt sei es vorüber, Gott habe ihn hereingelegt. Da passierte das Wunder: Der Berggipfel löste sich vom Berg, machte sich selbständig und schwamm, mit Zoltán obenauf, davon. Der Berggipfel hatte sich in eine Insel verwandelt, Zoltán wurde gerettet.«

»Also das klingt jetzt schon sehr nach Fantasie …«, lachte ich. »Kommt jetzt noch Atlantis ins Spiel?«

»Ja, leider, die mythischen Erzählungen der nicht-ungarischen Welt halten Atlantis für eine Fiktion«, sagte István.

»Am liebsten würden diese Gottlosen alles Ungarische ausmerzen, am liebsten wäre ihnen, es hätte uns nie gegeben«, sagte Attila erbost. »Das kannst du dir gar nicht vorstellen, Ludwig, was wir in den vergangenen zweitausend Jahren leiden mussten! Sie haben uns die Mongolen und die Habsburger und die Kommunisten auf den Hals gehetzt, das Burgenland und Siebenbürgen haben sie uns gestohlen – und jetzt wollen sie uns auch noch Atlantis nehmen! Aber wir lassen uns nicht unterkriegen!«

»Jetzt wird es wissenschaftlich, lieber Ludwig …«, sagte István und schmunzelte, als sei es ein besonderer Leckerbissen, auf den man sich freuen könne. István erläuterte umständlich, warum das Wort »Atlantis« aus dem Ungarischen stamme und dass es sogar mit dem Namen unseres Pfarrers zusammenhänge, dass außerdem Gott die Insel selber so benannt habe und dass Zoltán der Einzige gewesen sei, der die Sprache Gottes verstand. Nach der Sintflut musste Zoltán in Atlantis bleiben, da eine Rückkehr zu seiner Familie zu gefährlich gewesen wäre. Und er gründete dort seinen ganz eigenen Stamm: die Urmagyaren, die später, als Atlantis unterging, von dort aus die restliche Welt besiedelten.

»Aber wieso hat Gott nicht ganz einfach die Arche mitsamt dem Verräter Sem und allen anderen untergehen lassen?«, wandte ich ein. »Das wäre doch das Naheliegendste gewesen.«

»Hat Gott etwa eingegriffen, als die Osmanen unsere Kinder entführten, um sie als Soldaten für das eigene Heer heranzuzüchten? Oder als die sogenannten Siegermächte nach dem Ersten Weltkrieg unser Land zerstückelten? Nein. Gott ist ein strenger Vater, er will uns Herausforderungen und Prüfungen aussetzen. Nach dem Tod Noahs sorgten seine drei Söhne dafür, dass die Geschichte von der wundersamen Rettung Zoltáns nicht ans Tageslicht gelangte und die Arche-Noah-Lüge nicht aufflog. Das gelang ihnen natürlich nicht ganz, denn noch bis in die Spätantike hinein findet diese Geschichte vereinzelt Eingang in die Bibel. Erst als die Nachfahren Zoltáns im neunten Jahrhundert nach Europa zurückkehrten, behauptete man zunächst – allen voran die Nachkommen Sems –, die Ungarn seien ein primitives Volk aus der asiatischen Steppe, und dann machte man sich daran, die letzten Reste der Geschichte Zoltáns aus dem Gedächtnis der Menschheit zu entfernen. Bis heute zieht eine weltweit agierende Macht hinter den

Kulissen die Fäden, um zu verhindern, dass die Wahrheit ans Licht tritt.«

»Wer auch immer die sind«, schnaubte Attila, dessen faltigen Hände vor Erregung zitterten, »sie werden dafür bezahlen müssen, in den Plan Gottes eingegriffen zu haben, man wird ihnen die Hände abhacken!«

Ich zuckte zusammen. Béla grinste lustvoll.

»Wie ich sagte«, schloss István. »Geschichte ist immer geplant und kontrolliert. Mysteriöse Zufälle gibt es nicht.«

Ich fühlte mich unwohl. Aber was hätte ich einwenden sollen? Ich konnte nichts von dem widerlegen, was mir István vortrug. Nicht einmal der richtige Jesus war bei der Sintflut dabei gewesen.

12

Jedes Mal, wenn ich auf die staubige Straße vor dem Haus trat, folgte mir ein junger Mann in einer gewissen Entfernung – wie er wohl glaubte, ohne aufzufallen. Und spätestens, wenn ich um die Ecke bog, stand Béla auf einmal vor mir und fragte mich, auf seine zerknirschte Art, als sei ihm jedes Wort, das er sagen musste, eine Qual, ob er mir behilflich sein könne und wohin ich überhaupt ginge. Er wich mir erst von der Seite, wenn ich wieder vor dem Haus stand.

Daher nahm ich Benedeks Einladung, mir die Umgebung zu zeigen, gerne an. Er schickte den jungen Mann, der sich sogleich an unsere Fersen heftete, weg. Der Bursche stand unschlüssig vor uns und erst als ihn Benedek anfuhr: »Hau ab!«, entfernte er sich.

Zwischen Häusern und durch Hintergärten gelangten wir auf einen Feldweg, der hinter den letzten Gebäuden hinaus in die offene Landschaft führte, in die Prärie Ungarns. Man müsse die Wege genau kennen, erklärte mir Benedek, denn es gebe viele freilaufende Hunde, die einem zähnefletschend entgegenkämen, wenn man zufällig in ihr Revier oder das, was sie dafür hielten, gerate. Ich erinnerte mich an meine eigenen einschneidenden Erlebnisse mit den Nachbarskötern.

Als wir von der Siedlung ein gutes Stück entfernt waren, meinte Benedek ernst: »Béla und diese jungen Burschen nehmen ihre Aufgabe etwas zu ernst.«

»Welche Aufgabe?«, fragte ich.

»István hat ihnen aufgetragen, auf dich aufzupassen. Es kann sein, dass einige schon Wind bekommen haben davon, dass du zurückgekehrt bist – obwohl wir das noch geheim halten sollen. Was ich, wenn ich dir das so offen sagen darf, nicht nachvollziehen kann. Wir warten schon so lange auf den Messias! Und nun bist du endlich da, aber wir dürfen es niemandem sagen. Nur István darf bestimmen, wann der Zeitpunkt dafür gekommen ist. Das ist ungerecht. – Du erzählst ihm davon aber nichts?«

»Nein, nein, keine Sorge.«

»Danke.«

»Was hält der Pfarrer davon?«

»Attila ist ein begnadeter Prediger, du hast ihn ja selber erlebt, da kann ihm keiner das Wasser reichen. Aber von praktischen Fragen versteht er nicht viel und hält sich heraus ... Die überlässt er von Herzen gerne István.«

Je weiter wir uns von Szentkukac entfernten, desto mehr taute Benedek auf, als seien wir außerhalb des Einflussbereiches von István und seinem Hilfssheriff Béla geraten. Ich erfuhr von ihm, dass Attila vor einigen Jahren als Pfarrer von der Reformierten Kirche suspendiert worden war, weil er, wie man fand, Ansichten vertrat, die jener der Kirche widersprachen. Er galt in einiger Hinsicht als zu radikal – vor allem was seinen Patriotismus anging und seine Begeisterung für alles, was auch nur im Entferntesten mit Ungarn zu tun hatte. Gut, manchmal übertreibe Attila mit seiner Heimatliebe ein wenig, gab Benedek zu, aber das hätte noch lange kein Grund sein müssen, ihn hinauszuwerfen.

Während wir uns unterhielten und mit festen Schritten über Feldwege und durch lichte Gruppen von Akazienbäumen wanderten, wurde mir klar, dass der Pfarrer und Benedek einander schon sehr lange kennen mussten, noch aus der Zeit, als Attila in einem mehrere hundert Kilometer entfernten Dorf im Osten Ungarns reformierter Pfarrer gewesen war. Die Idee hatte damals István gehabt, der erst seit ein paar Wochen Attilas Gottesdienst besucht hatte und nach dessen Suspendierung an ihn herangetreten war und ihm nahegelegt hatte, doch eine eigene Kirche zu gründen, die anderen begingen ja ohnehin Verrat am wahren Christentum. Spätestens, als ihm István von den Beweisen über die ungarische Herkunft von Jesus erzählte, war Attila überzeugt. Benedek sei ihm nach Szentkukac gefolgt, obwohl er mit den Reformierten eigentlich nach wie vor gut auskomme. Er verstehe nicht, warum das eine das andere ausschließe – »aber István hat uns jeden Kontakt zu ihnen oder anderen Kirchen untersagt. Leider.«

Ich war überrascht, dass sich ein erwachsener Mensch vorschreiben ließ, zu wem er Kontakt halten durfte, sagte aber nichts.

Dank Attilas einnehmender Art, die mir auch schon aufgefallen war – einer Mischung aus Charme, Autorität und aufrichtigem Interesse an seinen Mitmenschen –, hatte sich die Gemeinde der Urmagyaren in Szentkukac schnell etabliert und sogar auch schon Gläubige aus den anderen Kirchen in Szentkukac abwerben können.

»Es ist schön, dass Tina bald wieder da ist«, sagte Benedek unvermittelt zum Abschied und wechselte, als wir vor meiner Unterkunft angekommen waren, noch einmal das Thema. »Ohne sie ist das Pfarrhaus unvollständig. Wie ein Gulasch ohne Paprikapulver. Sie ist übrigens nicht Enikős Tochter, sondern aus Attilas erster Ehe. Tinas Mutter ist vor gut fünfzehn Jahren gestorben. Sie war eine bemerkenswerte Frau. Ganz anders …«

Als ich ungefähr zehn Jahre alt war, spielte ich im Sommer während unserer Ungarnaufenthalte mit drei Nachbarsburschen. Wir fuhren den ganzen Tag mit den Fahrrädern durch die Gegend, die jener in Szentkukac sehr ähnlich war, erkundeten verlassene Höfe und verfallene Gebäude, spähten über Stacheldrahtzäune, hinter denen wir uns die feindlichen Truppen vorstellten. Eines Tages, als wir wieder einmal unterwegs waren, kamen zwei kriegerisch bellende

Hunde aus dem Gebüsch geschossen, direkt auf uns zu. Die drei Burschen waren schneller als ich, ich trat in die Pedale, was das Zeug hielt, einer der beiden Hunde war schon gefährlich nahe an meinen Fersen, als der Jüngste auf einmal stehenblieb, vom Rad stieg, einen abgebrochenen Ast ergriff und damit so lange auf die Schnauze des Hundes eindrosch, bis dieser, blutend und jaulend, davonlief. Der andere, der anscheinend nur der Unterhaltung wegen mitgerannt war, kläffte alibihalber noch ein paar Mal in unsere Richtung und suchte ebenfalls das Weite, bevor ihn ein ähnliches Schicksal ereilen würde. Ich war beeindruckt von der Entschlossenheit des Burschen und dachte mir, wenn ich groß bin, werde ich Cowboy; und, als ich herausfand, dass es Cowboys nicht mehr gab, Polizist – auf jeden Fall könnte ich dann lästige Hunde einfach abknallen.

In Wahrheit waren die drei Burschen nicht die leiblichen Kinder der Nachbarn, sondern adoptiert, nachdem die Mutter sich zu Tode gesoffen hatte, die drei unterschiedlichen Väter verschollen waren und sie im Waisenhaus geschlagen worden waren und auf diese Weise sich zur Wehr zu setzen gelernt hatten, und sei es nur gegen einen kläffenden Köter. Das kinder- und mittellose Ehepaar fand Erbarmen mit ihnen oder vielmehr: gab das vor, denn in Wahrheit konnte es auf seinem Bauernhof, der sich in einem desolaten Zustand befand, jede Hilfe gebrauchen, die es bekam, und schließlich erhielt es auch noch vom Staat Geld für die Kinder. – Mir aber sagten die drei Burschen damals eine große Zukunft voraus: Ich würde mindestens Polizeihauptmann werden, während sie, das ahnten sie schon damals, aus dem Elend der öden Puszta-

Provinz und dem Teufelskreis, in den sie längst geraten waren, niemals herausfinden würden. Mir hingegen stünde die Welt offen.

Vor einigen Jahren erfuhr ich, dass der Jüngste, der mich damals gerettet hatte, wegen Einbruchs und Körperverletzung bereits über eine Vorstrafe verfügte, der Mittlere ein minderjähriges Mädchen geschwängert hatte und nun darüber verzweifelte, wie er für die Alimente aufkommen sollte, und der Älteste verschwunden war. Es hieß, niemand wisse, wo er sich befinde, angeblich sei die rumänische Mafia hinter ihm her. Ganz so schlimm war es bei mir nicht gekommen, aber zum Polizeihauptmann hatte ich es allerdings auch nicht gebracht.

13

Am Sonntag war der Mehrzwecksaal besser gefüllt als einige Tage zuvor. Ich saß mit Benedek etwas abseits. Die Menschen wussten zwar noch nicht, dass ich Jesus war, es stießen auch immer wieder neue Anhänger der Urmagyaren oder neugierige Gäste dazu, so dass ich nicht weiter auffiel, aber man wollte auch kein Risiko eingehen und die Aufmerksamkeit nicht unnötig auf mich lenken, indem man mich in die erste Reihe setzte.

Attila stand hinter dem Pult, das inzwischen auf einer kleinen improvisierten Erhöhung aus Holzbrettern stand, um mehr wie eine Kanzel zu wirken, und wollte gerade zum ersten (und einzigen) Lied anstimmen, als sich die Tür hinter ihm öffnete und, für alle gut zu sehen, eine junge Frau den Raum betrat. Sie durchquerte, trotz der Tatsache, dass sie deutlich zu spät war, in aller Ruhe den Raum und nahm zwischen Béla und István Platz, einige Reihen schräg vor mir. Enikő schaute zu Boden und schüttelte den Kopf. Über Attilas Gesicht huschte ein Lächeln.

Ich fragte Benedek, ob das Attilas Tochter sei. Er nickte und lächelte ebenfalls. Eine Pfarrerstochter hatte ich mir anders vorgestellt, auch wenn ich noch nie eine gesehen hatte. Sie trug ausgebleichte Jeans, Sportschuhe und eine Jeansjacke. Ihre hellbraunen Haare waren zu einem Zopf gebunden. Béla flüsterte ihr irgendetwas ins Ohr, aber statt zu versuchen, seine Worte zu verstehen, schlug sie das Liederbuch auf und begann laut zu singen.

Nach dem Lied setzte der Pfarrer zur Predigt an. Ich wusste zu diesem Zeitpunkt noch nicht, wie ausdauernd Attila war und dass die Predigt über eine Stunde dauern würde.

Dass Jesus Ungar war, davon musste Attila niemanden überzeugen, das gehörte in Szenkukac zur Allgemeinbildung. Sein Anliegen war es vielmehr, die Zuhörer mit Argumenten zu versorgen, um sich gegen etwaige Angriffe von Ungläubigen und Vaterlandsverrätern zur Wehr setzen zu können, jetzt, wo die Ankunft des Messias unmittelbar bevorstehe. Die Menschen nickten und sprachen die Argumente leise mit, als seien sie Gebete – die sie wahrscheinlich auch waren –, und schienen mit ihnen bestens vertraut zu sein.

Auf einmal wurde Attila ganz leise, er flüsterte beinahe,

als er fragte: »Meine lieben Brüder, meine lieben Schwestern: Warum aber glauben so viele Menschen trotzdem an diese Lügengeschichten? Warum gibt es auch in der Brust des einen oder anderen von euch – glaubt nicht, dass mir das entgangen ist – noch leise Zweifel an der Tatsache, dass Jesus einer von uns ist? Wieso erkennt nicht endlich die ganze Welt die Wahrheit, wenn sie doch so klar vor uns steht? Ich sage es euch: Wir alle, mich eingeschlossen, tragen eine unsichtbare Brille, die uns die Damen und Herren aufgesetzt haben, die die Welt regieren, und diese Brille, sie trübt unsere Sicht.«

Ein Mann in meiner Nähe griff sich ins Gesicht und tastete herum.

»Du suchst die Brille, János? Die ist unsichtbar. Das ist das besonders Niederträchtige an ihr.«

János tastete jetzt seinen ganzen Kopf ab. »Diese Schweinehunde! Verfluchte Sowjets! Verfluchte EU!«

Einige kicherten leise.

»Unsere gleichgeschalteten Medien plappern die Parolen der Mächtigen gehorsam nach. Es wird doch wohl niemand im Ernst daran glauben«, fuhr Attila fort und ließ in seiner Stimme eine Belustigung, ein unterdrücktes Auflachen durchklingen, »dass es irgendwo auf der Welt unabhängige Medien gibt? Dass nicht hinter jeder Nachricht, die verbreitet wird, die eigensinnigen Absichten einer kleinen Gruppe von Menschen stehen? Das ist doch lächerlich!«

Auch aus einigen Sitzreihen Entfernung konnte ich das heftige Nicken Enikős, die fast mit ihrem ganzen Körper dabei wippte, erkennen.

»Wir, meine Freunde« – er hielt inne – »wir, die Gemeinde

der Urmagyaren, wir werden diese Brille, diese Zwangsjacke endgültig ablegen!«

Er zog eine Parallele zwischen dem Schicksal Jesu und jenem der Ungarn: Beide hätten eine Leidensgeschichte hinter sich, wie sonst niemand auf der Welt, beide hätten immer wieder ihren Kopf hinhalten müssen für die Vergehen anderer, weswegen Jesus auch am Kreuz gelandet sei. Ich war froh, dass die Menschen nicht wussten, dass Jesus mitten unter ihnen saß. Gleichzeitig bekam ich ein mulmiges Gefühl, wenn ich daran dachte, dass sie es vielleicht schon bald erfahren würden.

Tina streckte ihre Füße aus und schnaufte ziemlich laut. Sie blickte, soweit ich das von der Seite erkennen konnte, gelangweilt und zugleich etwas angewidert drein.

Der Pfarrer schwärmte weiter von den Leiden, die die Ungarn ertrügen, ohne wie ein Mädchen zu jammern. Und dann wiederholte er die Geschichte von Noah und seinen vier Söhnen. Auch damit waren hier alle bestens vertraut.

Attila wischte sich den Schweiß von seiner Stirn und stieg von der Kanzel. Er war sichtlich mitgenommen von seinem Auftritt. Es wurde noch ein Lied gesungen, dann erhoben sich alle und der Saal leerte sich.

Es dauerte nur wenige Minuten, bis die Kirche in das Esszimmer des Pfarrhauses verwandelt worden war.

Noch bevor wir Platz nehmen konnten, zog mich Attila beiseite und fragte mich: »Und – wie hat es dir gefallen? Habe ich auch nichts falsch dargestellt? Sei bitte ehrlich.« Er wirkte auf einmal ausgesprochen unsicher.

»Also ich …« Was zum Teufel sollte ich darauf antworten? Die hielten mich ja wirklich für Jesus, mittlerweile waren meine letzten Zweifel daran beseitigt. »Ich weiß nicht so recht. Das ist alles so lange her … Außerdem glaube ich immer noch, dass ich nicht derjenige bin, der –«

István unterbrach uns und stellte mir Attilas Tochter vor.

Attila deutete mit einer vielsagenden Geste auf mich: »Tina: unser Erlöser, der Menschensohn. Jesus Christus!«

»Wir nennen ihn aber der Einfachheit halber bei seinem Taufnamen: Ludwig«, ergänzte István.

»Ich nenne ihn lieber Jesus«, sagte Tina. »Wie gefällt es dir auf der Erde, Jesus? Schon lange nicht mehr hier gewesen, was?« Sie reichte mir ziemlich unbeeindruckt die Hand.

»Äh – danke, gut …«

»Wie war die Fahrt mit dem Raumschiff?«, fragte sie.

»Welches Raumschiff?«

»Haben sie dir davon noch nichts erzählt? Dann wart nur ab. Sind die Wunden verheilt?«

»Setzen wir uns doch …« István nahm mich am Arm und führte mich kopfschüttelnd zum Tisch.

Béla hatte soeben einen Campingstuhl herbeigeschafft und klappte ihn neben sich auf. Da bereits alle saßen, überlegte Tina einige Augenblicke und setzte sich gleichgültig auf den einzigen noch freien Stuhl, den Béla ihr unter den Hintern zu schieben versuchte – jedoch erfolglos, denn sie zog ihn selber unter sich und rückte, sobald sie saß, einige Zentimeter von ihm weg.

»Das war eine erbauliche Predigt, Herr Pfarrer«, sagte Béla, als wollte er signalisieren, dass ihn der soeben erhaltene

Korb – dieser war, wenn auch noch so klein, doch nicht zu übersehen – nicht schmerzte, oder vielmehr, als sei es gar kein Korb gewesen.

»Es gibt heute Paprikahuhn«, sagte Enikő, »ich habe den Vogel kurz vor der Predigt ins Rohr geschoben.« Sie verschwand in Richtung Küche.

Das war ein vernünftiges Wort.

»Hier bei uns gibt es sehr oft Fleisch«, erklärte mir Attila. »Wie heißt es doch so schön im Bund Gottes mit den Ungarn nach der Sintflut? ›Furcht und Schrecken vor euch sei über allen Tieren auf Erden und über allen Vögeln unter den Himmeln … Alles, was sich regt und lebt, das sei eure Speise.‹ Eine schöne Stelle. Ich hoffe, wir finden einmal das Original. Das auf Ungarisch …«

»Zum Glück bist du kein Vegetarier«, meinte Benedek.

»Hehe, Jesus und Vegetarier …«, schmunzelte die inzwischen mit dem Paprikahuhn zurückgekehrte Enikő, während sie sich anschickte, ihrem Mann eine Keule auf den Teller zu schieben – der ihr aber sofort bedeutete, das beste Stück mir zu geben.

»Hehe, Jesus und Ungar.« Tina äffte den Tonfall Enikős nach.

»Tina!«, sagte Attila in einer Mischung aus Unmut und väterlicher Sorge.

Es folgte eine betretene Stille, in der Enikő die zwei Hühner auf die restlichen Teller verteilte. Ich hätte gerne beschwichtigt, es sei ja nicht so schlimm, sie habe es bestimmt nicht böse gemeint, aber ich ahnte, dass es am besten war, ebenfalls betreten zu schweigen. Schließlich sagte Béla in seinen Teller hinein – als würde er sich mit dem toten Vogel unterhalten: »Es wird eine Zeit kommen, in der man für solche Bemerkungen –«

»Fangen wir an«, schnitt ihm Attila das Wort ab. Er faltete die Hände, die anderen taten es ihm gleich. Ich versuchte ebenfalls, meine Hände so zu falten, wie es die anderen machten. »Komm, Herr Jesus, sei unser Gast und segne –«

Tina lachte laut auf.

»Tina!« Enikő schaute sie böse an.

»Du hast recht. Im Grunde ist das alles andere als lustig ...«

Attilas Gesichtsausdruck hatte jetzt etwas Trauriges an sich.

»– und segne, was du uns bescheret hast. Amen«, beendete Benedek schnell das Gebet.

»Wenn sie nicht die Tochter des Pfarrers wäre ...«, sagte Béla.

»Und weil sie die Tochter des Pfarrers ist, darf sie ihre jugendliche Aufmüpfigkeit ein bisschen länger ausleben«, bremste ihn István ein. »Das sind so Phasen, die kommen und gehen.«

Ich wollte auf ein anderes Thema kommen und fragte Tina, ob sie nicht wisse, was man gegen die schlechte Internetverbindung unternehmen könne.

István kam ihr zuvor: »Wie gesagt, wir sind hier etwas abgelegen. Aber wir arbeiten daran. Nur geht das nicht von heute auf morgen.«

»Du meinst, ihr arbeitet daran, eure Überwachung zu verbessern?«, fragte Tina. »Du musst nämlich wissen, lieber Jesus, dass einige Seiten sich nicht öffnen lassen. Das ist aber reiner Zufall. Auch wenn man hier ansonsten nicht an Zufälle glaubt.«

»Genau!«, sagte ich. »Gestern wollte ich die Fußballergebnisse der österreichischen Liga nachlesen, aber ich konnte keine einzige österreichische Seite öffnen.«

»Hier seid Ihr vor dieser linksliberalen Lügenpresse in Sicherheit, Ludwig«, lächelte mir Enikő zu.

»Wie gesagt, der Anschluss muss erneuert werden«, sagte István sachlich.

»Also ich finde, Jesus hätte schon ein Recht darauf, die Fußballergebnisse zu erfahren, oder etwa nicht?«, sagte Tina. »Für ihn könntest du beim Internet doch eine Ausnahme machen, István, so, wie für dich selber ja auch. Nach dem, was er alles für euch getan hat … Vielleicht will er ja dem lieben Herrgott eine Nachricht schreiben, dass er gut angekommen ist in diesem Nest.«

»Ich freue mich, dass du da bist«, sagte Attila in das Schweigen hinein, tätschelte ihre Hand und versuchte zu lächeln, aber es gelang ihm nicht. Sobald er ihre Hand losgelassen hatte, stand Tina auf und verließ, ohne ein weiteres Wort zu sagen – oder ihren Teller anzurühren – den Raum.

Wir verspeisten das Huhn, wobei ich mir dachte, dass eine Gemüselasagne oder eine Fastenspeise Buddhas zur Abwechslung auch nicht schlecht wären, aber das war wohl nicht leicht zu bekommen in Szentkukac.

István wischte sich den Mund mit der Serviette ab und lehnte sich zurück. »Ja, die Predigt war schon sehr gelungen. Du konntest die Menschen fesseln, wieder einmal, sie hören dir gerne zu. Aber ich glaube, da geht noch mehr.

Die nächste Predigt muss richtig zünden. Wir haben eine Woche Zeit.«

Attila nickte.

»Die Menschen müssen begreifen, worum es hier geht und was das bedeutet. Bevor wir ihnen Ludwig präsentieren können.«

14

Ich blätterte abends in der Bibel, die in der Zwischenzeit jemand auf die Kommode neben meinem Bett gelegt haben musste, denn bei meiner Ankunft war sie noch nicht dort gelegen, und brauchte eine halbe Stunde, um die Stelle mit der Sintflut zu finden. Ich war überrascht, dass eine derart wichtige Geschichte nicht viel weiter hinten stand und das Pulver schon am Anfang verschossen wurde. Das entscheidende Duell in einem Western findet ja auch nicht gleich in der ersten Szene statt, wenn der Bösewicht in die Stadt reitet und sein Gegenüber zum ersten Mal sieht, da kommt es bestenfalls zu einem verbalen Schlagabtausch zwischen den beiden Revolverhelden, man umkreist und beschnuppert einander, spuckt auf den Boden und raunt, dass man sich schon noch wiedersehen werde. Die Sintflut aber kam schon auf Seite fünf dieses Wälzers vor und brauchte lediglich einige wenige Absätze, um sich über die gesamte Erde zu ergießen.

Kurz vor der Ankündigung der Flut aber hieß es: »Noah

war 500 Jahre alt und zeugte Sem, Ham und Jafet.« Er hatte also nur drei Söhne, keine Rede von diesem Zoltán. Andererseits: Wer konnte schon das Gegenteil beweisen? Er hätte nicht einmal 500 Jahre alt werden müssen, um mehr als drei Kinder zu zeugen. Auch war es durchaus denkbar, dass beim Übersetzen und mühseligen Abschreiben in kalten Klöstern einige weitere Sprösslinge einfach unter den Tisch gekehrt wurden. »Ob drei oder vier Söhne, wen juckt das schon«, mochte sich ein mittelalterlicher Mönch mit schlotternden Knien, schlechten Augen und gichtigen Fingern gedacht haben, während die Zugluft bei jedem dritten Buchstaben die Kerze ausblies, »lassen wir es gut sein für heute.« Aber auch wenn das so war: Das hätte bestenfalls das Fehlen Zoltáns in dieser einen Abschrift erklärt, nicht aber in allen Exemplaren, denn es war sehr unwahrscheinlich, dass alle Mönche immer an derselben Stelle abbrachen.

Ich legte die Bibel beiseite, mich ging das im Grunde ja nichts an, in zwei Tagen würde ich heimfahren und das alles hinter mir lassen.

Tina war anscheinend die einzige Person hier, die mich nicht für Jesus hielt. Und das ließ sie mich deutlich wissen; sie gab mir das Gefühl, ein Betrüger zu sein, und machte mir Vorwürfe. Wer gab ihr das Recht dazu, sich über mich lustig zu machen? Schließlich hatte ich ja nicht darauf bestanden, Jesus zu sein. Wenn das jemand glaubte, selber schuld.

Von Benedek erfuhr ich in der Zwischenzeit mehr über die Pfarrersfamilie. Er dürfte sich dafür verantwortlich gefühlt haben, für mein Wohlbefinden zu sorgen, und das schaffte er, ohne aufdringlich zu sein. Er holte mich immer wieder ab und führte mich durch Szentkukac. Entlang der Hauptstraße, die das Dorf kerzengerade durchzog und die an den beiden Ortsenden den Blick auf die Weite der Puszta freigab, befanden sich zwei kleinere Geschäfte und eine Handvoll Kneipen, die üblichen Hunde kläfften hinter Zäunen, hier und da fuhr ein betrunkener Radfahrer in Schlangenlinien über den Asphalt oder landete im Straßengraben und einmal flog uns ein Ball vom Sportplatz der Schule vor die Füße, den Benedek überraschend gekonnt mit dem Innenrist zurückbeförderte. Dabei achtete er stets darauf, dass wir in kein Gespräch mit den Menschen verwickelt wurden, er beließ es bei einem kurzen Gruß und einer beiläufigen Frage nach dem Wohlergehen. Es dürfe kein Tratsch aufkommen, wer ich denn sein könnte, erklärte er mir.

Benedek mochte Tinas leibliche Mutter sehr. Sie habe Attila gutgetan, sagte er. Sie habe es besser verstanden, sein sanftes Wesen und sein großes Herz herauszustreichen und gleichzeitig gewissen Zügen entgegenzusteuern, die in Attilas Charakter angelegt seien und von denen eine große, zuweilen auch zerstörerische Kraft ausgehe. Er habe einmal erlebt, wie Attila, als er noch Pfarrer in der Reformierten Kirche war, einen Konfirmanden, während die Jugendlichen nach dem Gottesdienst in der Kirche zusammenstanden und plauderten, aus heiterem Himmel heraus angebrüllt habe, was ihm denn einfalle, im Hause des Herrn einen Kaugummi zu kauen, hätten seine Eltern ihm denn keinen Respekt beigebracht, wenn er nicht in der Lage sei, sich entsprechend zu benehmen, sei er gar nicht würdig, konfirmiert zu werden – so dass der fünfzehnjährige Bub, der schüchtern war und sich nichts dabei gedacht hatte, vor Schreck den Kaugummi hinunterschluckte und weinend aus der Kirche rannte und dann auch wirklich nicht mehr zum Konfirmandenunterricht erschien. Enikő sei nur dabeigestanden und habe gelächelt. Mit seiner ersten Frau, Tinas Mutter, wäre das jedenfalls nicht passiert, sie hätte Attila den Kopf gewaschen, er hätte sich beim Buben entschuldigt, oder nein, so weit wäre es wahrscheinlich gar nicht gekommen, weil er damals diesen Jähzorn in sich, diese dunkle Seite, im Griff gehabt habe.

Als wir wieder vor meinem Haus standen, sagte er: »Darf ich ehrlich sein? Ich hatte Angst vor der Begegnung mit dir. Ich habe mich gefragt, was wäre, wenn ich deinen Erwartungen nicht entsprechen würde. Ich finde es großartig, dass man sich mit dir wie mit einem ganz normalen Menschen unterhalten kann. Wenn man es nicht genau wüsste, würde man gar nicht glauben, wen man vor sich hat.«

Benedek war anders als die anderen. István zum Beispiel ließ keine Gelegenheit aus, mich darüber aufzuklären, wer die Geschicke der Welt lenkte und was das für Ungarn bedeutete. Er war darum bemüht, meine Wissenslücken, so gut es ging, zu füllen, und zeigte Verständnis dafür, dass ich keine Möglichkeit gehabt hatte, außerhalb Ungarns – in der »Diaspora«, wie er es nannte – die Wahrheit zu erfahren.

Die sogenannten Wissenschaftler, die selbsternannte Elite, seien wesentlich daran beteiligt, dass ein falsches Bild der Tatsachen vermittelt werde. Unterstützt würden sie mit Geldern der Europäischen Union, die ihrerseits von der globalen

Finanzelite gesteuert werde. In deren Plänen seien Nationalstaaten Hindernisse und müssten abgeschafft werden, denn nur so würde – »ich mag dieses Wort nicht sehr, es klingt ein bisschen nach Verschwörungstheorie« – die Neue Weltordnung ungestört walten können.

Es scheine leider so zu sein, erklärte mir István, dass Ungarn nicht verschont bliebe. Ein Teil des Plans sei die Verdrängung der autochthonen Bevölkerung, die man mithilfe der illegalen Einwanderung erreiche. Die Eroberer würden die Ureinwohner unterdrücken. Ein paar Jahre später sei dann – »spontan«, setzte István augenzwinkernd hinzu – ein Virus ausgebrochen, ganz zufälligerweise seien das Ziel die USA und der damalige amerikanische Präsident gewesen, der an dem Großen Plan nicht teilgenommen und den man mit einer betrogenen Wahl, Gewalt, Straßenschlachten und Anarchie aus dem Weißen Haus gejagt habe.

»Migration, Coronavirus, digitale Überwachung – ein Zufall?«, fragte István. »Kaum. Alles läuft nach einem Plan. Die gelenkte Einwanderung und die gezielte Verbreitung des Virus sind nur einige der Möglichkeiten, die ganze Menschheit an der kurzen Leine zu halten.«

Die sogenannte Weltregierung war in den Augen Istváns nichts Greifbares, nichts Sichtbares, sie regierte hinter den Fassaden, das war das Perfide an ihr. Mal tarnte sie sich als Kommunisten, mal als Europäische Union, dann als Umweltschutzorganisation oder als Pharmakonzern.

»In Wahrheit sind es die Juden«, brachte es Enikő auf den Punkt.

Dann war der Dienstag da, der letzte Tag meines Aufenthalts. Am Mittwoch hatte ich wieder im Murmeln & Co. zu stehen. In den vergangenen Tagen hatte ich beinahe verdrängt, dass ich, wenn ich nicht gerade Jesus war, Rasseln, Holzautos und Stofftiere verkaufte. Und vor allem, dass ich auf diesen Job angewiesen war und am Ende des Monats die Miete bezahlen musste. Herr Pospischil würde kein Verständnis dafür haben, wenn ich mich nach Ablauf der Urlaubstage, die er mir großzügig gewährt hatte, nicht pünktlich um halb zehn im Geschäft einfinden würde.

Erst als ich den gepackten Koffer betrachtete, kam mir der Gedanke, dass mich ja jemand nach Kiskunfélegyháza zum Bahnhof bringen musste. Wer wusste schon, wann der nächste Bus fahren würde, außerdem hatte ich kein Bargeld bei mir. Ich musste Benedek fragen. Es war kurz vor dem Mittagessen.

»Du willst uns verlassen?« Die Enttäuschung in Benedeks Stimme und Gesichtsausdruck war nicht zu übersehen. »Aber du musst nur kurz etwas erledigen und kommst doch wieder?« Er stand unschlüssig in der Tür seines Hauses.

»Ja«, log ich.

Benedek schien nachzudenken, dann aber zog er seinen Mantel an und griff nach dem Autoschlüssel. »Aber wer bin ich, dir zu sagen, wohin du gehen sollst …«

Er nahm mir meinen Koffer aus der Hand und wir gingen zu seinem Lada. In diesem Moment bog István um die Ecke.

»Ludwig, du lässt dein Volk zurück? Gefällt es dir bei uns denn nicht?«

»Doch, sehr …« Ich wollte nicht undankbar wirken. Es fehlte mir ja wirklich an nichts, sie bemühten sich vorbildlich um mich. »Es ist nur so – ich habe etwas zu erledigen.«

»Wir kümmern uns gerne darum«, sagte István. »Worum geht es denn?«

»Die Sache ist die – ich muss zurück nach Wien. Ich muss wieder arbeiten, morgen schon …«

»Ich verstehe«, sagte István. »Auch wenn es traurig ist mitanzusehen, wie diese Ungläubigen unsern Herrn schuften lassen und demütigen. Das ist im Grunde ein Skandal. Arbeitest du denn gerne im Spielzeuggeschäft, Ludwig?«

»Nun, ja … Es hilft nichts, ich bin dort angestellt, dort bekomme ich mein Geld.«

»Natürlich ist das deine Entscheidung. Wir können dich nicht zurückhalten.« So leicht hatte ich es mir nicht vorgestellt, ich hatte mit mehr Widerstand gerechnet. »Und Benedek ist also so freundlich und bringt dich zum Bahnhof?«

Benedek nickte zur Bestätigung und war alles andere als erfreut. Er blieb neben seinem Auto stehen und zögerte. »Aber du kehrst doch zurück, nicht wahr?«, fragte er mich noch einmal.

»Ja … Ich muss das nur mit meinem Arbeitgeber klären«, log ich erneut.

István lächelte mich an. »Also dann«, sagte er. »Du hast dein Bahnticket?«

»Kann man das nicht am Bahnhof kaufen?«, fragte ich.

»Wenn du Bargeld hast. Karten nehmen sie in Kiskunfélegyháza nicht, erst in Budapest. Sofern der Kartenleser funktioniert.«

Dann musste ich mir eben von Benedek etwas leihen. Aber das würde ich ihn erst während der Fahrt fragen.

»Und heute fährt also ein Zug nach Budapest?«, fragte István weiter. »Ich dachte, heute ist Dienstag.«

»Ja, heute ist Dienstag«, sagte ich. »Und es ist erst kurz nach zwölf Uhr.«

»Das ist aber dumm. Wenn ich es recht im Kopf habe, ist erst der Mittwoch wieder ein Budapest-Tag. Dienstag ist ein Szeged-Tag. Da fährt nur ein Zug nach Szeged. Morgen fährt einer nach Budapest. Aber ich mag mich auch irren. Hast du nachgeschaut?«

»Ich habe ja keinen Internetempfang«, sagte ich zerknirscht.

»Stimmt.«

»Ich habe ein Fahrplanheft«, sagte auf einmal Benedek.

»Danke, Benedek.« István blickte ihm nach, wie er im Haus verschwand. »Besser, wir schauen nach.«

Es stellte sich heraus, dass heute wirklich ein Szeged-Tag war. Der nächste Zug nach Budapest fuhr erst morgen. Das war aber viel zu spät. Bis dahin würde mich Herr Pospischil gekündigt haben.

»Ich muss unbedingt mit meinem Chef sprechen«, rief ich. »Ich muss das irgendwie erklären …« Ich nahm mein Handy hervor und wählte Herrn Pospischils Nummer. Was sollte ich ihm sagen? Es läutete einmal, dann erklang die Meldung: »Die von Ihnen gewählte Rufnummer ist uns nicht bekannt.« Ich versuchte es noch dreimal, aber jedes Mal ertönte der gleiche Satz.

»Du kannst gerne meins verwenden.« István hielt mir

sein Handy hin. Herrn Pospischils Nummer stand zu meiner Überraschung bereits auf dem Display. »Die habe ich sicherheitshalber gespeichert, noch von damals, als wir dich aufsuchten«, erklärte er.

Und dann geschah etwas, was ich nicht für möglich gehalten hatte: Herr Pospischil nahm zwar zuerst meine Entschuldigung, dass ich erst einen Tag später meinen Dienst wieder antreten würde, durchaus zähneknirschend zur Kenntnis und rügte mich, wie ich es nicht anders erwartet hatte. Das dürfe nicht noch einmal vorkommen. Im nächsten Satz aber verkündete er, dass er soeben meinen Urlaub um zwölf Arbeitstage verlängert habe. Er habe nämlich zufällig herausgefunden, dass meine nicht konsumierten Urlaubstage aus den zwei letzten Jahren nicht, wie er gedacht habe, verfallen seien, sondern dass diese mir – er suchte nach dem richtigen Wort – noch zustünden. Ich müsse sie jetzt aufbrauchen, bevor ich womöglich auf die Idee kommen könnte, mir in der Zeit vor Weihnachten freinehmen zu wollen. Außerdem müsste er mich ausbezahlen, falls er mich einmal kündigen sollte – oder falls ich das Arbeitsverhältnis beenden wollte, setzte er nach einer Pause hinzu. Derzeit gebe es ohnehin wenig Kunden, da könne er mich gut entbehren. Ich solle mich aber vor meiner Rückkehr telefonisch bei ihm melden – verlässlich.

Herr Pospischil hatte mich gar nicht gefragt, ob ich diese Urlaubstage überhaupt jetzt sofort aufbrauchen wollte. Zudem hatte ich gedacht, keine Urlaubstage mehr offen zu haben. Es war leicht möglich, dass mir Herr Pospischil nicht die Wahrheit darüber gesagt hatte. Aber gut, im Vertrag hatte ich auch nie nachgeschaut. Das waren also, von Mittwoch weg gerechnet, fast drei Wochen.

Während des Gesprächs stand ich etwas abseits, sodass mich István und Benedek nicht hören konnten.

»Und, was sagt der Herr Vorgesetzte?«, fragte István. »Ist er böse?«

»Er hat meinen Urlaub um drei Wochen verlängert.«

»Schön! Dann kannst du ja bleiben.«

Wieso hatte ich die Wahrheit gesagt und nicht, dass ich den morgigen Zug nehmen müsse, sonst würde ich meine Arbeit verlieren, es sei meine letzte Chance? Und wieso hatte ich mich nicht über Istváns Gelassenheit und das plötzliche Interesse meines Chefs für Arbeitnehmerrechte gewundert? Wenn ich an Verschwörungen geglaubt hätte, hätte ich gesagt, das könne kein Zufall sein …

»Ja, ich werde noch ein wenig bleiben«, hörte ich mich stattdessen sagen.

Über Benedeks Gesicht huschte ein Lächeln.

15

Ich hörte Schritte hinter mir und dachte zuerst an Benedek, aber dafür waren die Schritte zu leicht. Ich drehte mich um und sah Tina entschlossen auf mich zukommen. Sie packte mich am Arm.

»Schnell!«

Und schon bog sie mit mir vom Feldweg, der vom Dorf

wegführte, ab und drängte mich auf einen verwachsenen Weg im Akazienwald. Sie trug wieder ihre Jeansjacke, hatte diesmal aber die Haare offen.

»Ich möchte aber geradeaus gehen«, sagte ich trotzig, während ich versuchte, meine nackten Unterarme vor den Brennnesseln zu schützen, die von links und rechts nach mir griffen. Ich wollte wieder umkehren, aber sie hielt mich fest.

»Ich glaube, Béla ist soeben aus dem Haus dort getreten, aus dem mit der hässlichen blauen Fassade«, sagte Tina.

»Na und? Soll er doch aus einem hässlichen Haus treten, wenn er mag.«

»Es wäre nicht gut, wenn er uns zusammen sehen würde.«

»Gut, dann setze ich einfach meinen Spaziergang fort und du versteckst dich hier in den Brennnesseln«, sagte ich. »Dann sieht er uns nicht gemeinsam.«

Sie ließ mich nicht los, lockerte aber ein wenig ihren Griff und sah mir in die Augen. »Ich muss mit dir reden.«

Ich war immer schlecht im Erkennen von Augenfarben, einmal hatte es einen Riesenkrach mit Sandra gegeben, weil ich vor Freunden behauptet hatte, sie habe wunderschöne blaue Augen, dabei waren sie grün. Bei Tina war ich mir allerdings ziemlich sicher, dass sie braune Augen hatte.

Sie ließ meinen Arm los und ging langsam weiter, in das Wäldchen hinein.

»Hier sind aber überall Brennnesseln, außerdem habe ich Angst vor freilaufenden Hunden«, sagte ich und folgte ihr.

»Die Hunde sollten deine geringste Sorge sein. Glaub mir das.«

»Was ist dein Problem mit diesem Béla?«

»Verstehst du denn wirklich so wenig? Du bist erst seit Kurzem hier. Es müsste dir doch auffallen, was hier läuft. Sie glauben, du bist Jesus.«

So direkt ausgesprochen, mutete diese Feststellung tatsächlich mehr als befremdlich an.

»Das weiß ich, deswegen bin ich ja hier ... Aber so schlimm wird es wohl nicht sein. Und wenn schon, sie tun ja niemandem etwas ...«, erwiderte ich.

»Es geht ihnen um viel mehr, als dass du Jesus bist. Das ist nur der Anfang. Funktioniert schon dein Internet?«

»Heute in der Früh funktionierte es einige Minuten lang, dann war es wieder weg.«

»Waren das etwa deutschsprachige Seiten?«

»Was sonst?«

»Dann solltest du einmal Seiten aufrufen, die darüber berichten, dass die jüdisch-linksliberalen Verschwörer Ungarn fest im Griff haben und dass die Ungarn die älteste und großartigste Nation der Welt sind und dass Jesus Ungar war und zu seinem Volk zurückkehren wird.«

»Sag bloß, du liest das auch.«

»Diese Seiten funktionieren einwandfrei! István und seine Leute überwachen das Internet, sie sperren unliebsame Seiten und verfolgen das Onlineverhalten der Bewohner von Szentkukac. István weiß genau, was du so treibst im Internet.«

»Ich habe nichts zu verbergen«, sagte ich schnell und hatte das Gefühl, zu erröten, da mir einfiel, dass ich auch ganz andere Seiten zu öffnen versucht hatte, wobei allerdings die

Frauen, die auf dem Bildschirm erschienen waren, durchsichtige ungarische Trachten getragen und einen Volkstanz aufgeführt hatten. »Ich werde sehr freundlich behandelt von István und deinem Vater. Und Enikő kocht sehr gut.«

»Mein Vater hat ein großes Herz. Aber er war immer schon anfällig für übertriebenen religiösen und patriotischen Eifer«, sagte Tina. »Und vom Internet versteht er nichts. Er denkt, man könne das gesamte Internet auf eine Videokassette kopieren. Enikő hingegen glaubt alles, was sie im Internet findet. Aber sie findet ja nur die Seiten, die István zulässt. Das ist ein Teufelskreis.«

Wir gingen jetzt nebeneinander her durch den Akazienwald. Ich gab das Vorhaben, allein spazieren zu gehen, auf. Außerdem war ich auch nicht erpicht darauf, Béla über den Weg zu laufen.

»Er meint es nicht böse … Während der Zeit des Kommunismus wollte man ihn mundtot machen, aber er ließ sich nicht unterkriegen. Und mein Vater ist grundsätzlich keiner, der sich den Mund verbieten lässt.« Tina klang stolz. »Einmal, als er noch ein junger Pfarrer war und zu Hause wohnte, wurde er mitten in der Nacht von der Geheimpolizei abgeholt, sie klopften an die Tür und führten ihn einfach so ab, ohne Begründung, er konnte sich gerade noch von seinen Eltern verabschieden.«

»Und was ist dann passiert?«, fragte ich.

»Wir wissen es nicht, er hat nie davon erzählt. Er war eine Woche verschwunden, seiner Familie sagte man nicht, wo man ihn hingebracht hatte und was mit ihm geschehen würde. Ob er überhaupt noch am Leben war. Nach einer

Woche hielt ein schwarzes Auto vor dem Haus, die hintere Tür öffnete sich und mein Vater stolperte heraus. Angeblich war er stark gezeichnet und gealtert. Äußerliche Verletzungen am Körper waren aber keine zu sehen. Vielleicht stammt dieser rebellische Geist noch von daher – was ich ja ganz gut nachvollziehen kann.«

Wir schwiegen.

»Wie auch immer, das hier gerät inzwischen gewaltig aus den Fugen«, sagte Tina schließlich. »Wieso merkt er das nicht? Und du kannst dich auch nicht so leicht aus der Affäre ziehen.« Tina hatte ihren Tonfall geändert. »Du bist es schließlich, den sie für Jesus halten. Das Ganze wird noch böse enden …« Sie strich sich eine Haarsträhne aus dem Gesicht.

»Du übertreibst … Außerdem würden sie dann einfach einen anderen Jesus finden. – Erzähl lieber, wieso du vor Béla flüchtest. Da läuft doch nicht etwas?« Das war eine dämliche Bemerkung. Ich konnte mir beim besten Willen nicht vorstellen, dass Béla jemals etwas mit einer anderen Frau als mit seiner Mutter zu tun gehabt hatte.

»Béla nimmt das Ganze sehr ernst. Das ist sein Lebensinhalt. Wenn es nicht ich wäre – wer weiß, wie er reagieren würde.«

»Und die anderen im Dorf, die so ähnlich darüber denken wie du? Du wirst ja nicht die Einzige hier sein, die nicht daran glaubt, dass die ganze Welt sich gegen die Ungarn verschworen hat.«

»Die machen den Mund nicht auf. Oder sind schon weggezogen. – Das meine ich mit: *Béla*.«

Dann erzählte mir Tina von ihm. Das wohl Bemerkenswerteste war die Tatsache, dass er keinen Tropfen Alkohol anrührte, und das in einer Gegend, in der Männer vor der Arbeit im Morgengrauen in der Kneipe zwei bis drei Schnäpse kippten, sofern sie nicht arbeitslos waren und zu Hause tranken. Er war strenger Abstinenzler – auch wenn er das Wort wahrscheinlich nicht kannte, wie Tina anmerkte. Sein Vater hingegen war ein leidenschaftlicher Säufer gewesen, ebenso leidenschaftlich hatte er Béla bei jeder sich bietenden Gelegenheit verprügelt. Tina, die Béla seit ihrer Kindheit kannte, tat er damals leid. Oft trieb sich der kleine Béla stundenlang im Buschwerk und in den Wäldchen rund um Szentkukac herum, nachdem oder bevor ihn sein Vater verdroschen hatte – wozu es keineswegs eines Anlasses bedurfte.

Immerhin, Prügel hatte ich von meinem Vater niemals bezogen, dachte ich mir. Dafür hätte er ja da sein müssen.

Das Saufen war Bélas Sache also weniger, das Quälen von Tieren hingegen umso mehr. Béla hatte einen Hund. Dieser lebte nun schon seit fünf Jahren an einer Kette, die an einem Baumstamm im Garten befestigt war. Um den Baum herum befand sich ein gut einen halben Meter tiefer Graben, den der arme Köter vom ständigen Im-Kreis-Gehen in die Erde getrampelt hatte. Nachbarn sollen gesehen haben, dass Béla den Hund regelmäßig mit einer Peitsche, aus sicherer Entfernung, schlug oder mit dem Gartenschlauch abspritzte, was dieser hasste. Jeden Abend aber ließ Béla den Hund von der Kette. Wer da den Garten zu betreten gewagt hätte, wäre von ihm zerfleischt worden. »Damit mir kein Zigeuner oder afrikanischer Flüchtling die Äpfel vom Baum frisst«, pflegte Béla zu sagen.

Spätestens jetzt war ich froh, dass wir Béla aus dem Weg gegangen waren.

Schon als Kind, erzählte mir Tina weiter, habe Béla eine Faszination für das Schlachten entwickelt, für eine Tätigkeit also, die hier auf dem Land etwas Alltägliches und Notwendiges darstellte. Fast jede Familie hielt Hühner und ein paar Schweine, und die Tiere mussten geschlachtet werden, so war das nun einmal. Béla war schon als kleines Kind – als Sieben- oder Achtjähriger – bei Schweineschlachtungen dabei gewesen. In der Schule prahlte er dann stolz damit, dass er das Schwein festhalten durfte: Den Kopf klemmte er zwischen die Oberschenkel und zerrte die Schnauze nach oben, während sein Vater sich mit einem großen Messer daran machte, dem nun vergebens um sein Leben kämpfenden Tier die Halsvene durchzuschneiden. Noch während das Blut aus dem Hals des zappelnden und zuckenden, immer weniger lebenden Lebewesens floss, trat ihm Bélas Vater mit den Füßen in den Brustkorb und stach mit dem Messer die Hoden auf. Béla wiederum grub seine Fingernägel in die Nasenlöcher des Schweins. Diese Prozedur unternahmen Vater und Sohn bis in Bélas Teenageralter gemeinsam – ehe der Vater seiner Alkoholsucht erlag und er eines Tages selber tot auf dem Küchenboden gefunden wurde.

Das waren die wenigen Momente, in denen Béla und sein Vater sich verstanden, in denen Béla sogar einen Ansatz von Stolz auf diesen empfand. Es war eines der wenigen Dinge, die sein Vater in seinem Leben jemals zustande gebracht hatte. Das Schwein war immerhin ein jedes Mal verlässlich tot. Im Übrigen war er, dessen war sich Béla vollends bewusst, ein Versager auf der ganzen Linie.

Wir gingen schon seit einiger Zeit, spätestens seit der Erzählung über das Aufschlitzen der Hoden, auf einer etwas breiteren Schotterstraße, die aus dem Wald heraus und in die freie Weidelandschaft führte. Auf einer kleinen Erhebung, die man hier schon fast hätte Berg nennen können, erkannte ich ein paar Häuser, die einen größeren Gebäudekomplex bildeten.

»Und – Frauen?«, wollte ich, nach einer längeren Gesprächspause, wissen. »Béla und die Frauen?«

»Ach!« Tina machte eine wegwerfende Handbewegung. »Er hat da ganz strikte Vorstellungen. Es muss eine stolze Ungarin sein. Sie muss viele Kinder gebären wollen. Sie muss christlicher sein als Jesus Christus.«

»Das dürfte nicht schwer sein …«

»Das stimmt!« Sie lachte kurz auf. »Er muss auch sonst der erste Mann sein, mit dem sie – du weißt schon. Stell dir vor, du wärst eine Frau –«

»Das ist nicht so einfach.«

»– würdest du dein Leben lang auf so einen Ritter wie Béla warten?«

»Vermutlich nicht. Aber ganz so schlecht passt du nicht in sein Suchprofil. Reinrassige Ungarin, Pfarrerstochter, im besten Alter …« Auf das mit dem ersten Mann ging ich nicht ein. Ich verdrängte auch ganz schnell diesen Gedanken, bevor sich ein Bild hätte aufdrängen können.

»Das sieht er leider ähnlich. – Auf dieser Straße sollten wir nicht weitergehen«, wechselte sie abrupt das Thema, »wenn du wirklich Angst hast vor Hunden. Diese Farm dort bewachen drei Rottweiler, die glauben, dass die Straße schon zu ihrem Revier gehört.«

Wir bogen auf einen schmalen Pfad ein und standen nach wenigen Minuten, zu meiner Verblüffung, wieder vor dem Dorf. Anscheinend waren wir einmal im Kreis gegangen.

»Es ist besser, wenn wir getrennt ins Dorf zurückgehen«, sagte sie. Ich nickte. »Denk ein bisschen nach – Jesus. Halt dich nicht für dümmer, als du bist.«

Dann trennten wir uns.

DRITTER TEIL: MOHNSTRUDEL UND BOHNENEINTOPF

16

Außerhalb von Szentkukac begann die weite Steppe, die am Horizont durch keine Gebirgskette begrenzt war, irgendwo verschwand die Landschaft einfach, sie ging in den Himmel über, soweit man das erkennen konnte. Wenn man mit dem Rücken zum Ort stand, der wie eine Insel in diesem Meer von Gesträuch und hohem, trockenem Gras, Feldwegen und Ziehbrunnen und ganz viel Staub und Sand schwamm, konnte man in alle drei restliche Himmelsrichtungen aufbrechen – sofern man motorisiert oder beritten war, zu Fuß wäre man den Hunden und der brütenden Hitze oder dem rauen Wind, je nach Jahreszeit, wehrlos ausgeliefert.

In einem Westernfilm würden jetzt drei Cowboys mit ins Gesicht gezogenem Hut in diese Landschaft hinausreiten, die aufgefüllte Feldflasche und eine Wolldecke für die kalten Nächte am Sattel befestigt, zusätzlich zum umgeschnallten Colt jeweils eine Winchester an der Seite des Pferdes.

»Hey, James, was wollen wir eigentlich in Shoot Out Town?«

»Keine Ahnung, das erfahren wir, wenn wir dort sind, Big Bobby. Wir sollen nach einem gewissen Mister MacTaggart fragen.«

Mehr reden sie nicht, auch diese paar Sätze sind dem Dritten, der älter ist als die beiden anderen und schon einiges erlebt hat, zu viel. Er legt jetzt den Kopf in den Nacken und blinzelt in die glühende Mittagssonne. Um ihn nichts als eine unendliche Landschaft, ohne das geringste Anzeichen von menschlicher Anwesenheit, die nächstgelegene Siedlung mindestens zwei Tagesritte entfernt. Hier ist er zu Hause. Die Luft flimmert schmerzhaft vor seinen Augen. Er bedeckt mit der Krempe seines Hutes wieder sein Gesicht.

Jetzt müssen sie sich allerdings einen geeigneten Platz für die Rast suchen. Und die Pferde brauchen Wasser. Ganz in der Nähe soll ein Fluss sein, hat man ihnen in der letzten Stadt gesagt.

Enikő war die Anwesenheit ihrer Stieftochter mehr als unrecht. Sie war eifersüchtig. Sie hatte Attila nicht mehr für sich allein und der Schatten der Vergangenheit mit seiner früheren Frau kehrte mit Tina zurück. Benedek, der treue Weggefährte Attilas, schwärmte für diese Frau bis heute. Ähnlich wie Enikő musste es übrigens auch István sehen, denn als hätten sie sich abgesprochen, waren sie beständig auf der Hut, den alten Pfarrer nicht zu lange der aufmüpfigen Tina zu überlassen. Einmal fragte Enikő Tina, warum sie denn nicht einfach bei ihren Kommunistenfreunden in Budapest bleibe, wenn sie alles hier mit Füßen trete, worauf Tina erwiderte, dass es auch ihr Zuhause sei und sie es sich nicht von ein paar Wahnsinnigen nehmen lasse.

In Istváns Verhalten schien sich ein kleines bisschen Vorsicht geschlichen zu haben. Er achtete mehr auf seine Worte.

Er hütete sich aber davor, seine Abneigung offen zu zeigen, und schien Auseinandersetzungen mit Tina aus dem Weg zu gehen. So sehr sie ihn auch provozierte, er verlor nie die Fassung.

Und Attila – ja, Attila war aufrichtig traurig. Etwa darüber, dass sie sich für die Anerkennung der gleichgeschlechtlichen Ehe einsetzte, dass sie von Armut unter den Roma und Sinti statt von Zigeunerkriminalität sprach oder dass sie nicht an die dämonische Macht glaubte, die von Brüssel aus wie eine Krake nach der Seele der Ungarn griff – aber er wies sie nicht zurecht, sondern überließ das den anderen.

Immer wieder versuchte ich, ins Internet zu gelangen, aber ich konnte so gut wie keine ausländische Seite öffnen. Vielleicht war an Tinas Theorie, dass die Internetverbindung manipuliert wurde, doch etwas dran. Denn sobald ich nach Themen suchte, die mit Ungarn zu tun hatten, war die Suche erfolgreich. Dabei handelte es sich bei fast allen Ergebnissen um Seiten, auf denen die Ungarn als Helden oder als Opfer dargestellt wurden. Zur Untermauerung der großartigen Leistungen von Ungarn auf dem geistigen Gebiet wurden berühmte Menschen aus aller Welt zitiert. Viele von ihnen bedauerten, selber keine Ungarn zu sein. Besonders die ungarische Sprache hatte es vielen angetan. Auf einer Seite las ich zum Beispiel:

Jacob Grimm, deutscher Märchensammler und Sprachwissenschaftler (1820): »Die ungarische Sprache ist logisch, vollkommen, ihr Aufbau übertrifft jede andere.«

Sir John Bowring (1792–1872), britischer Staatsmann, Schriftsteller: »Die ungarische Sprache ist wie ein Naturstein, bestehend aus einem einzigen Stück, an dem die Stürme der Zeit keinen Kratzer machen konnten. Wer dieses Geheimnis löst, wird das göttliche Geheimnis lösen und zwar dessen erste These: ›Am Anfang war das Wort, und das Wort war bei Gott, und Gott war das Wort.‹«

George Bernard Shaw, irischer Schriftsteller (1856–1950): »Nachdem ich das Ungarische jahrelang studiert habe, bin ich überzeugt, dass mein Lebenswerk wesentlich wertvoller geworden wäre, wenn ich es als Muttersprache hätte. Denn mit dieser seltsamen, vor uralten Kräften strotzenden Sprache kann man viel genauer die winzigen Unterschiede und geheimen Regungen der Empfindungen beschreiben.«

Ole Berglund, schwedischer Arzt: »Heute, da ich von der Sprachstruktur einiges verstehe, stelle ich die Behauptung auf: Die ungarische Sprache stellt die höchste Leistung menschlicher Logik dar.«

Das ging ewig so weiter. Ich nahm mir vor, István bei Gelegenheit auf meinen Verdacht anzusprechen, das Internet werde überwacht. Er sollte sich ruhig rechtfertigen.

17

Um vor mir selber Rechenschaft abzulegen, sagte ich mir wiederholt: Ich konnte gar nicht widerlegen, dass Jesus Ungar war. Ich konnte gar nicht das Gegenteil beweisen. Die Menschen in Szentkukac waren mir bei Weitem überlegen, was geschichtliches Wissen und Bibelfestigkeit anging.

Wir waren soeben bei Istváns Haus angelangt, wohin er mich eingeladen hatte. »Ich werde dir dazu etwas erzählen.«

»Ich will ja nicht unhöflich sein«, sagte ich vorsichtig, »aber ich denke nicht, dass ich mich mit dem Gedanken, Jesus zu sein, jemals anfreunden kann.«

Statt darauf einzugehen, sagte er: »Gehen wir nach hinten.«

Wir durchquerten das kleine, dunkle Wohnzimmer und die Küche, die sauber und aufgeräumt war. István schien allein zu wohnen. Durch eine Tür im hinteren Teil gelangten wir nicht, wie ich erwartet hatte, in den Garten, sondern in ein kleines Wäldchen. Istváns Grundstück war größer als das seiner Nachbarn. Nadelbäume, nicht größer als ein Mensch, standen hier in Reih und Glied und ergaben ein symmetrisches Raster.

»Mein Hobby ist die Försterei. Ich versuche es mit Nadelbäumen«, erklärte István, ging vor einem Baum in die Hocke und betastete den dünnen Stamm. »Fichten, Föhren, Tannen. Aber die gibt es ja bei euch in den Bergen zuhauf.«

Ich zuckte mit den Achseln. Für mich gab es den Weihnachtsbaum, der hatte Nadeln und stand im Wohnzimmer. Wo er sich davor befunden hatte und was es für ein Baum war, interessierte mich nicht.

»Ich bin sehr gerne hier«, sagte István. »Es ist schön zu sehen, wie die Bäume von Jahr zu Jahr von selber immer größer werden, ohne unser Zutun. Ich hoffe, sie werden einmal so groß, dass sie im Sommer Schatten spenden. Gehen wir ein paar Schritte.«

Es war ein idyllischer Ort, man fühlte sich, mittendrin in Szentkukac, abgeschieden, und ich empfand erstaunlicherweise eine angenehme Distanz zu den kruden Verschwörungstheorien, von denen ich mich sonst umgeben sah und auf die ich keine Erwiderung fand. Mir schien, hier konnte ich vertraulich mit István reden. Ich nahm mir vor, ihn auch auf das Internet anzusprechen und ihn ganz direkt damit zu konfrontieren, was Tina mir erzählt hatte.

Wir gelangten auf eine kleine Lichtung mitten in diesem Wäldchen, in dem mehrere aus Holzstämmen geformte Sessel im Kreis standen und eine gemütliche Sitzgruppe bildeten.

»Du hast recht, Ludwig, auf den ersten Blick würde man wirklich nicht meinen, dass du Jesus bist«, stimmte mir István zu. Wir nahmen Platz und István begann zu erzählen. Vor ein paar Jahren habe er die Gelegenheit gehabt, in einer kleinen Kirche weit außerhalb von Rom in den Bergen an eine Kopie des Puszta-Kodex zu gelangen, dessen Original im Vatikan sicher verwahrt sei. Der ahnungslose Küster habe ihn mit dem Dokument allein gelassen. Er habe den Kodex nicht fotografiert, um ihn durch das Licht nicht zu beschädigen. Deswegen könne er ihn mir auch nicht zeigen.

Darin stehe, dass der Erlöser auf die Erde zurückkehren würde, wenn das auserwählte Volk Gottes in besonders großer Not sein werde – was heute zweifellos der Fall sei – und die Geschichte von Noahs viertem Sohn in Vergessenheit geraten sei. Damit Jesus nicht gleich von seinen Feinden entdeckt werde, würde er im Ausland auf die Welt kommen. Er werde sogar, zu seinem eigenen Schutz, nicht einmal selbst davon wissen, dass er Jesus sei.

»Das erklärt deinen Zweifel. Genau so steht es im Kodex. Es ist also ganz natürlich, dass du dir schwertust. Dort steht aber auch, dass der Messias mit einem Gen für die ungarische Sprache ausgestattet sein wird. Deshalb musstest du eine ungarische Mutter haben, um dir und vor allem deiner Umwelt vorzugaukeln, du hättest das Ungarische von deiner Mutter gelernt.«

»Ein ungarisches Sprach-Gen?«, unterbrach ich István und schüttelte ungläubig den Kopf.

»Ich weiß, das klingt in deinen Ohren wieder einmal nach Science-Fiction. Aber die modernen Naturwissenschaften fördern einiges zutage. Kennst du dich mit Genetik aus?«

Ich schüttelte den Kopf.

Ich fühlte mich wieder einmal von der Masse an Details und Fakten erschlagen, die István wie mit einem Kipplastwagen über mir ausleerte. Er wollte mir weismachen, dass die neuesten Forschungen nahelegten, dass man über ein bestimmtes Gen verfügen müsse, um überhaupt Ungarisch sprechen zu können. Und dieses Gen besäßen nur die Vertreter der ungarischen Spezies. Dass ich jedoch Ungarisch mit einem starken Akzent sprach, wie ich einwendete, ließ er nicht gelten, ganz im Gegenteil: Das würde nur beweisen, dass mein Ungarisch noch unverfälscht sei und ich so spräche wie die ersten Menschen, die mit diesem Gen auf die Welt gekommen seien und deren Sprache noch nicht durch den schädlichen Kontakt mit Fremdem verdorben worden sei. Gerade durch mein Leben in der Diaspora sei es mir möglich gewesen, mir die ursprüngliche Form des Ungarischen zu bewahren.

Mir fiel ein, dass die drei Nachbarsburschen, mit denen ich während der Sommeraufenthalte Cowboy und Indianer spielte, mein deutsch gefärbtes Ungarisch immer wahnsinnig lustig fanden. Sie konnten sich nicht einkriegen, wenn ich Wörter im Ungarischen erfand, die es gar nicht gab, weil mir die richtigen nicht geläufig waren, oder einfach deutsche anstatt der ungarischen verwendete und dabei versuchte, sie ungarisch zu betonen. Ich behauptete dann einfach immer, doch, das Wort gebe es sehr wohl, sie würden es halt nur nicht kennen.

Diese ersten Ungarn hätten jedoch noch etwas Weiteres gekonnt, fuhr István fort: mit den Tieren reden. »Auch daran ist der Erlöser zu erkennen, dass er das nämlich vermag.«

»Mit Tieren reden … Das meinst du doch nicht im Ernst?«

»Doch, natürlich. Damit niemand einen Verdacht schöpft, wird sich das in abgewandelter Form offenbaren«, setzte István unbeeindruckt fort. »Es heißt, er wird mit einem ›ausgestopften Tier‹ reden und dieses Tier wird ›seine Zunge verstehen‹. Es wird ein affenartiges Wesen sein.«

Hier hielt er inne und schaute mich erwartungsvoll an. Ich wusste nicht, worauf er anspielte.

»Benedek hat beobachtet, wie du mit Stofftieren redest. Weißt du noch? Der Stofflemur in der Spielzeughandlung in Wien. Mit dem hast du dich doch gerne unterhalten, oder?«

Das hatte Benedek also mitbekommen. Ich hatte immer gehofft, das würde niemand merken. Mir kam es oft so vor, als würden die Knopfaugen des Lemuren anders glänzen, wenn ich mit ihm redete. Meistens beschwerte ich mich über Herrn Pospischil oder die feinen Damen aus dem Ersten Wiener Gemeindebezirk. Es tat gut, dem Lemuren das zu erzählen. Aber geantwortet hatte er mir natürlich nie.

»Der Lemur – mein Gott ... Das machen doch viele.«

Sie waren wirklich gut informiert. Ich empfand wieder das unbehagliche Gefühl, das sich schon bei unserem ersten Treffen im »Paprika-Stüberl« eingestellt hatte. Unwillkürlich betastete ich meine Uhr, unter der sich das Muttermal befand. Ich wusste immer noch nicht, wie sie die Geschichte rund um die Operation in Erfahrung gebracht hatten.

Ich würde mich außerdem als Jesus auszeichnen, fuhr István unbeirrt fort, weil ich weder durch eine eigene Familie noch durch eine verantwortungsvolle Arbeit an der Ausübung meiner Erlösertätigkeit gehindert werde. Beides würde ja auf mich zutreffen, das könne ich nicht leugnen.

István bückte sich zu Boden, wo ein Käfer auf dem Rücken lag und mit den Beinen zappelte. Er drehte ihn mit dem Finger um und setzte ihn ins Gras. »Ich verstehe Vegetarier und Veganer sogar. Tiere sind unschuldige Wesen im Vergleich zu den Menschen.«

Ich musste lachen. »Soll es jetzt plötzlich zu meinem Vorteil werden, dass ich eine miese Arbeit habe und keine Freundin?«, fragte ich.

»Immerhin bist du zu uns hergekommen. Du hättest ja einfach in Wien bleiben können. Niemand hat dich gezwungen.«

Ich ignorierte seinen Kommentar. »Ihr überwacht das Internet! Ihr manipuliert die Suchmaschinen!«, trompetete ich stattdessen heraus. »Ich weiß jetzt, wieso ich nur ganz bestimmte Seiten öffnen kann. Tina hat mir alles erzählt!«

»Tina …« István lächelte. »Ein neugieriges Mädchen … Mit einer großen Vorstellungskraft. Nun, dass wir das Internet überwachen, ist der falsche Ausdruck …« Er sagte das mit einer Gelassenheit, wie er davor über seine Hobbyförsterei gesprochen hatte. »Vielmehr ist es so, dass wir das heimische Internet schützen. Wir bewahren es vor ausländischer Propaganda, vor Falschmeldungen, vor der Verbreitung von Lügen. Wir verteidigen die Meinungsfreiheit.«

Tina hatte recht gehabt.

»Daher müssen wir jede Information, die von außen in unsere Gemeinschaft eindringt, zuerst auf ihren Wahrheitsgehalt prüfen. Es ist nun mal so, dass fast alles, was da draußen über uns gesagt und geschrieben wird, falsch ist. Das muss nicht immer eine Lüge sein, versteh mich nicht falsch. Es kann ja auch einfach nur ein Irrtum sein oder lückenhaftes Wissen oder sogar die verzerrte Darstellung von etwas Wahrem. Aber es gibt auch eigens dafür ins Leben gerufene Einrichtungen, die dafür sorgen, dass im Internet Desinformation gestreut wird.«

»Falls das stimmt – das betrifft dann aber nicht nur die Ungarn!«

»Nicht ausschließlich, da stimme ich dir zu. Aber die meisten Fehlinformationen im Internet beziehen sich nun einmal auf Ungarn, das ist statistisch erwiesen. Die mediale Berichterstattung im westlichen, liberalen Mainstream stellt Ungarn nicht in einem objektiven Licht dar. Aber es gibt auch im Inneren Feinde. Die sitzen nicht nur im Ausland. Daher ist es unumgänglich, dass wir auch die Verhaltensweise der Nutzer unseres Internets verfolgen und, wenn es sein muss, eingreifen.«

»Eures Internets? Habt ihr etwa auch das Internet erfunden?«

»Wir arbeiten an einem nationalen Internet – einem sauberen, lügenfreien, magyarisch gesinnten Netz. Wir nennen es Hun-Net.«

»Was soll das für eine religiöse Gemeinschaft sein, die ihre Mitglieder überwacht? Würde das Jesus wollen? Wenn ich Jesus bin – dann sage ich euch: Lasst das sein!«

»Du musst das verstehen, Ludwig. Es ist alles zum Wohl unserer Gemeinde. Deswegen war es auch so wichtig, dass du hergekommen bist. Jetzt sehen die Menschen, dass das, was wir ihnen bisher gesagt haben, nicht nur eine der vielen Lügen ist, die durch die Welt geistern, sondern die Wahrheit. Die eine einzige Wahrheit.«

Ich musste schlucken. Zum ersten Mal kam mir der Gedanke, dass ich das Ganze irgendwie auch mitverschuldet haben könnte. Tina hatte also auch in diesem Punkt recht.

»Und – wer macht das? Wer schützt euer – Hun-Net?« Ich konnte es immer noch nicht glauben. »Béla? Oder etwa Benedek?«

»Béla …« István schüttelte schmunzelnd den Kopf. »Und Benedek ist ein guter Mann, aber das übertrifft seine Zuständigkeit. Nein, wir haben diese Tätigkeit ausgelagert. Es gibt eine IT-Firma in Turkmenistan, die sich auf das Erstellen von geschlossenen Internetsystemen spezialisiert hat.«

Da ich schwieg, fragte István nach einer Weile: »Welche Seiten würdest du gerne anschauen? Ich kann denen schreiben, dass sie die freischalten sollen.«

18

Enikős Essen wollte mir nicht mehr so recht schmecken. Stattdessen fielen mir immer mehr ihre zweideutigen Bemerkungen auf, die eigentlich eindeutig waren. Sie machte nicht nur Witze über Zigeuner, Schwule und Juden, sondern sie hielt diese Menschen auch wirklich für minderwertig, als sei das eine biologische Tatsache. Wieso wandte Attila nichts dagegen ein – als Mann Gottes, als moralische Autorität?

Eines Abends klopfte es an meine Tür. Ich befürchtete schon einen Besuch von Béla, aber es war Tina.

»Enikő schickt dir diesen Mohnstrudel. Sie hat Angst, unser Heiland könnte bis zum Frühstück verhungern.«

Ich nahm das liebevoll in Alufolie gewickelte Paket entgegen und legte es, ohne seinen Inhalt näher zu untersuchen, wie ich es vor Kurzem noch getan hätte, gleichgültig auf das Tischchen neben dem Holzstuhl.

»Eigentlich haben sie Benedek losgeschickt, aber ich holte ihn unterwegs ein und nahm ihm den Auftrag ab.«

Seit unserem ersten Gespräch auf unserer Flucht vor Béla hatte ich, wie mir in diesem Augenblick bewusst wurde, eine solche Situation herbeigesehnt, in der ich wieder allein mit

Tina zusammen sein konnte und die sich nun von selber ergab.

»So haben sie dich also untergebracht ...« Sie schaute sich um.

Ich hätte gerne locker gewirkt, schaffte es aber nicht, jetzt, da ich sie zwischen der Tür und meinem Bett – das nicht gemacht war, wie ich feststellte – stehen sah. Doch sie setzte sich schon auf mein Bett, stütze sich mit den Händen hinter sich ab und schlug die Beine übereinander. Sie trug wieder Jeans.

Da ich das Gefühl hatte, etwas sagen zu müssen, erwähnte ich mein Gespräch mit István und dass er unumwunden zugegeben hatte, das Internet zu überwachen.

»Du hast recht gehabt ...«

»Eigentlich wäre István ja sogar ein netter Kerl«, meinte Tina, zu meiner Verwunderung. »Wenn man ihn so in seinem Wäldchen sieht, umgeben von den halbwüchsigen Fichten und Föhren seiner Baumschule ... – Stehst du gerne?«

Nach einem Augenblick der Verlegenheit nahm ich ihr gegenüber auf dem unbequemen Holzstuhl Platz.

»Das hat mich immer erstaunt«, fuhr Tina fort, »wie kann jemand, der seine Bäume so liebevoll pflegt, in seinen Gummistiefeln und Arbeitshandschuhen – wie kann so jemand derart radikale Ansichten vertreten? Wieso macht er das? Denn an den ungarischen Jesus« – Tina hatte gar keine Antwort erwartet – »und seine Rückkehr kann er nicht glauben. Dafür ist er doch viel zu intelligent.«

Ich fühlte mich überrumpelt. Hätte ich mich auf dieses Treffen mit Tina vorbereiten können, hätte ich jetzt versucht, dem Gespräch eine Wendung in eine belanglose Richtung zu geben. Seit unserem Spaziergang hatte ich nicht mehr mit ihr unter vier Augen gesprochen. So nickte ich nur nichtssagend.

»Ich würde zum Beispiel nie befürchten, dass mir István in diesem Wald etwas antut.«

»Er hat sogar einem Käfer das Leben gerettet«, sagte ich.

»Mit Béla oder seinen Freunden hingegen möchte ich keine Minute allein sein. Aber bei István denke ich mir manchmal, wir würden uns sogar ganz gut verstehen, wenn es da nicht diese Sache mit Jesus gäbe.«

»Also mit mir?«

»Sei nicht albern. – Er muss etwas Größeres vorhaben. Du bist nur ein Werkzeug. Ein Zwischenschritt.«

»Ein Zwischenschritt?«

Es war wieder ihr belehrender Tonfall.

»Béla will sich nur austoben, alles kurz und klein schlagen, es allen zeigen. Er will von der Kette gelassen werden. Wie sein Hund. István aber pflanzt in aller Ruhe seine Bäumchen. Und zupft das Unkraut aus. Das ist der Unterschied zwischen den beiden.«

»Aber er freut sich an seinem Wald.«

»Vielleicht ist es ja das. Vielleicht will er einfach nur sein Werk bewundern.«

»Möchtest du ein Stück Mohnstrudel? Ich habe zufällig gerade einen frischen hier.« Und ich deutete auf die Alufolie auf dem Tischchen neben mir. »Ich mag keinen Mohn«, log ich.

Tina musterte mich skeptisch. »Bis jetzt hast du doch alles verdrückt, was man dir vorgesetzt hat. Vor allem, was aus Enikős Küche stammte.«

»Ganz so anspruchslos bin ich auch wieder nicht.« In Wahrheit gehörte Mohnstrudel zu meinen Leibspeisen.

»Mir schmeckt Mohnstrudel schon, nur der hier nicht …«, sagte Tina.

»Wegen Enikő?«, fragte ich.

»Mich stört gar nicht, dass sie die Frau meines Vaters ist, ehrlich nicht. Wieso soll er allein sein? Aber sie, sie würde ich auch verabscheuen, wenn sie eine Wildfremde wäre. – Wenn ich nur einmal die Möglichkeit hätte, länger mit meinem Vater zu reden, ungestört … Vielleicht würde er mich anhören und das eine oder andere überdenken. Aber er ist enttäuscht und traurig, dass ich nicht an sein Lebensprojekt glaube. Dass ich es lächerlich finde. Hast du schon einmal mit meinem Vater unter vier Augen gesprochen?«

Ich dachte nach.

»Natürlich nicht. István achtet penibel darauf, dass sich immer jemand in der Nähe des Pfarrers befindet. Zu seinem eigenen Schutz, wie es heißt. Weil er alt und gebrechlich ist. Nur Benedek, den lassen sie nicht gerne allein mit ihm. Der ist ihnen zu wenig fanatisch.«

»Und Enikő?«

»Die ist ein Geschenk Gottes!«, höhnte Tina. »Sie ist das Beste, was István passieren konnte. Sie ist selber so sehr überzeugt von dem ganzen Irrsinn, dass man sie gar nicht eigens abrichten und überreden muss. Sie sorgt von sich aus dafür, dass mein Vater gar nicht erst auf den Gedanken kommt, sich Fragen zu stellen. Und – Enikő achtet gleichzeitig darauf, dass ich meinem Vater nicht zu nahe komme. Sie weicht ihm nicht von der Seite und bemuttert ihn. Wenn

Mama noch leben würde, wäre vieles anders. Sie würde ihn schon zurechtbiegen.«

Sie verstummte. Vielleicht hätte ich jetzt nachfragen sollen. Aber mit solchen Situationen war ich schon immer überfordert gewesen. Ich wusste nicht einmal, was ich jemandem sagen sollte, der seine Katze einschläfern musste.

Nach einiger Zeit aber fügte Tina hinzu: »Immerhin kümmert sich Enikő um Papa, sonst müsste ich das tun. Vielleicht bin ich ja doch eine schlechte Tochter, weil ich nicht in Szentkukac wohne. Was man mir hier auch vorhält. Kein Wunder, sagen sie, dass ich ›geblendet‹ sei und die ›Wahrheit‹ nicht erkenne, wenn ich der links-liberalen, volksverräterischen Propaganda schutzlos ausgesetzt sei. Leider glaubt das mein Vater auch wirklich. Er war schon seit Jahren nicht mehr in Budapest und redet nur mit solchen Menschen, die ohnehin seiner Meinung sind und das sagen, was er hören will. Merkt er denn nicht, dass das aus den Fugen gerät? Dass es nicht mehr um Gott geht, wer das auch immer sein soll? Dass István schon längst das Kommando übernommen hat?«

»Das Kommando? Übertreibst du da nicht?«

»Aber wenn ihm jemand von der ungarischen Heimat, vom Wiederauferstehen der ungarischen Nation, von ›unserer‹ glorreichen Vergangenheit vorschwärmt und ein bisschen Gott und Jesus beimischt – dann hat man ihn schon. Honig um den Mund schmieren lässt er sich durchaus – nur verbieten lässt er sich den Mund nicht«, schloss Tina.

19

»Wir haben genug geschwafelt und freundlich gewarnt«, sagte Béla. »Das ist alles nur intellektuelles Gerede. Wir müssen diese Verräterschweine endlich loswerden! Wir müssen sie aufhängen und aufschlitzen!«

»Das schießt vielleicht über das Ziel hinaus ...«, beschwichtigte Attila.

»Ich fürchte, zu einem gewissen Teil hat Béla recht«, sagte István. »Es ist ja nicht so, dass jeder unserer Meinung sein muss. Wir leben in keiner Diktatur. Aber es gibt Menschen, die aktiv gegen uns vorgehen, die unser bisheriges gutes Zureden und unsere Toleranz ausnutzen.«

»Mag schon sein«, bestätigte Attila. »Aber was sollen wir gegen die unternehmen? Die sind ja nicht hier bei uns, sondern sitzen – wer weiß, wo. In Washington. Brüssel. Tel Aviv. Das Übliche eben.«

»Dort sitzen die Drahtzieher, das stimmt«, sagte István, »irgendwo dort draußen ist die Schaltzentrale. Aber ihr schädliches, magyarenfeindliches Gedankengut ist mittlerweile bis nach Ungarn durchgesickert. Bis nach Szentkukac.«

Attila schaute ungläubig. »Bis nach Szentkukac?«

»Die Verschwörung gegen das Ungarntum wird von außen hereingetragen«, erklärte István. »Die heimischen Journalisten, Politiker, Wissenschaftler und Historiker, die man eher Geschichtsfälscher nennen sollte – all diese Lügner sind in Wahrheit gar keine Ungarn, sie tun nur so. Ihre Hinterlist besteht gerade darin, dass sie sich ausgesprochen gut zu tarnen verstehen. Sie schleusen sich in unsere Reihen und wollen dort Zwietracht säen. Auch hier in Szentkukac.«

»Und wer soll das bitte sein?«, mischte sich jetzt Benedek ein.

»Zum Beispiel die Katholiken. Ihre Anweisungen erhalten sie vom Vatikan aus«, präzisierte István. Er wandte sich an Attila und sagte ernst: »Was du nicht weißt, Attila – wir wollten dich bis jetzt nicht damit beunruhigen, aber es ist besser, du erfährst es von uns –: Es mehren sich die Hinweise, dass die katholische Kirche von Szentkukac, so unscheinbar sie sein mag, daran arbeitet, die Gemeinde der Urmagyaren zu unterwandern und von innen heraus zu zersetzen.«

»Judas!«, rief Enikő aus.

»Das kann ich mir schwer vorstellen«, meinte Benedek. »Ich habe keine Probleme mit den Katholiken. Es sind anständige Menschen. Auch wenn sie an den Papst glauben.«

Dafür erntete er einen bösen Blick von Béla. István zuckte mit den Achseln und meinte: »Man sieht, ihr Plan funktioniert …«

»Und – was meinst du, was sollen wir jetzt unternehmen?«, fragte Attila. »Ich könnte mal zu ihnen hinübergehen, wenn auch ungern, und mit ihnen reden. Wir lassen sie in Ruhe, sie sollen uns auch in Ruhe lassen.«

»Das bringt doch alles nichts! Reden, reden …«, meinte Béla. »Ich gehe schon hinüber zu ihnen und – ›rede‹ mit ihnen …« Beim Wort »rede« zeichnete er mit Zeige- und Mittelfinger der beiden Hände Anführungszeichen in die Luft.

»Es sind allerdings nicht nur die Katholiken …«, fuhr

István ruhig fort. »Die Lutheraner und die Reformierten sind genauso Handlanger des Vatikans.«

»Des Vatikans?« Ich hatte mich zwar heraushalten wollen, konnte aber bei dieser Aussage meine Verwunderung nicht unterdrücken. »Ich dachte immer, die hassen den Papst.«

»Das ist nur ein Ablenkungsmanöver. Die stecken alle unter einer Decke, lieber Ludwig«, klärte István mich auf. »Sie machen Stimmung gegen uns und verbreiten allerlei Lügen. Die Pfarrerin der Lutheraner etwa ist der Ansicht, dass wir das lediglich erfunden hätten, dass Jesus Ungar sei, und dass er nie zu uns zurückkehren werde. Das erzählt sie überall herum.«

»Diese frustrierte Kuh«, grunzte Béla.

»Das darfst du nicht persönlich nehmen, Ludwig«, beschwichtigte Attila, »es zeigt nur, auf welche Irrwege dein Volk geraten ist. Aber jetzt bist du ja da.« Attila strahlte mich an. »Jetzt wird alles gut.« Er wusste nicht, dass ich bald heimfahren würde.

Istváns Blick streifte mich. Er war ganz anders als jener von Attila. Diese Augen sahen klar, das taten sie von Anfang an. Sie wussten auch, dass ich mich keine Sekunde lang für Jesus hielt – und auch, dass ich nicht den Mut aufbringen würde, die Wahrheit zu sagen. Vielleicht sollte ich doch gleich abreisen und nicht erst in zwei Wochen, dachte ich mir.

»Es sind natürlich nicht nur die paar verlorenen katholischen, lutheranischen und reformierten Seelen in unserem Dorf, die an der Vernichtung der Ungarn arbeiten«, sagte István. »Es ist ein weltweites Netz, das viele an vielen Ecken und Enden fest in ihren Händen halten und über uns auszubreiten versuchen. Wer es ursprünglich ausgeworfen hat, wird schwer mit absoluter Sicherheit auszumachen sein. Fürs Erste jedoch müssen wir vor unserer eigenen Haustür kehren – und dort lauern nun einmal die Katholiken, Lutheraner und Reformierten. Die Schergen dürften bereits einige mit ihrem Gedankengut infiziert haben«, schloss István. »Das ist unser Problem. Verstehst du, Attila?«

Der Pfarrer nickte nachdenklich.

Es hätte auch überhaupt keinen Sinn gehabt, zu widersprechen oder darauf zu beharren, nicht Jesus zu sein. Es war sogar besser, keinen Unmut auf mich zu ziehen und noch ein bisschen mitzuspielen, so lange, bis ich dieses Dorf hinter mir lassen würde.

»Man muss die Schädlinge ausfindig machen und entfernen«, hielt István fest.

20

Man schien tatsächlich verhindern zu wollen, dass Tina und ich unbeaufsichtigt miteinander redeten. Bei Tisch wechselten wir zwar oberflächliche Worte und tauschten Blicke, aber wenn wir einmal zu zweit abseitsstanden, gesellte sich sofort jemand dazu oder rief einen von uns unter einem Vorwand zu sich. Wann immer wir versuchten, ein Gespräch unter vier Augen zu beginnen, wurden wir gestört. So war ich wenig überrascht, als Tina eines Abends wieder vor meiner Tür stand. Diesmal ohne Mohnstrudel.

Sie huschte schnell herein, sobald ich die Tür geöffnet hatte.

»Die Wache ist eine Flasche«, sagte sie zur Begrüßung. »Ich kenne Gergő seit dem Kindergarten. Wenn sie einen blinden Taubstummen hingestellt hätten, würde der die Arbeit besser erledigen. Aber es zeigt, dass sie dich für harmlos halten.«

»Hast du diesmal keinen Strudel mit?«, fragte ich.

»Wir können uns ja ein Kokoscurry mit Kichererbsen und geriebenen Mandeln vom Inder liefern lassen. Oder bevorzugst du lieber gebratene Reisnudeln mit Meeresfrüchten vom Thailänder?« Sie lächelte sarkastisch und ging an mir vorbei, um sich, wie schon das letzte Mal, auf die Bettkante zu setzen.

»Ich nehme lieber Cashewkerne statt der Mandeln. Bis dahin: Nimm Platz«, sagte ich und deutete großzügig auf das Bett, auf dem sie bereits saß. Das war eine richtig gute Gesprächseröffnung, wie ich fand.

War mir bis jetzt nicht aufgefallen, wie eng ihre Jeans waren? Vielleicht lag das auch daran, dass ich ihr erst jetzt, als sie an mir vorübergegangen war, bewusst auf den Hintern geschaut hatte. Nein, eigentlich hatte es sich nur so ergeben, ich folgte ihrem Gang unwillkürlich mit den Augen, die von der Hüfte den Gürtel entlang zum Gesäß wanderten – wo sie hängen blieben. In die hintere Hosentasche jedenfalls passte bestenfalls ein Blatt Papier. Beim Hochrutschen des Beinsaums kamen violett-weiß gestreifte Socken zum Vorschein.

Sie rückte zur Seite und klopfte mit der flachen Hand auf das Bett neben sich. Ich setzte mich. Der leere Holzstuhl gegenüber starrte uns an.

Ich vermeinte, jenen sonderbaren, schönen Schwindel zu verspüren wie damals, als ich in der Schule neben der begehrenswert-widerwärtigen Ulrike saß, die ich aufgrund ihrer Hochnäsigkeit und Unberechenbarkeit eigentlich nicht ausstehen konnte – mal war sie honigsüß und übertrieben freundlich, dann wieder eine Hexe, ein Ekelpaket. Gleichzeitig aber war sie so heiß, dass ich regelrecht den Gleichgewichtssinn verlor, wenn ich neben ihr saß. Oft stützte sie, ganz unverblümt und ohne ein Geheimnis daraus machen zu wollen, ihren Ellbogen auf meinem Oberschenkel ab oder vollführte Bewegungen – ich wusste nicht, wie sie das zuwege brachte –, die ihren Busen meinen Oberarm streifen ließen. In solchen Augenblicken betete ich sie an, und wenn sie mich dann in der nächsten Pause wieder wie Luft behandelte, verabscheute ich sie und hätte ihr am liebsten Chilischoten in die Nase gerieben. Einmal, es war schon Juni und sehr heiß, ich trug eine kurze Hose, glaubte ich, dass sich meine Beinhaare Ulrikes glatter Haut entgegenreckten vor lauter Elektrisierung. Ich war mir sicher, dass wir uns nicht berührten, aber trotzdem kam es mir vor, als klebten wir aneinander. Bewegte sie ihr Bein nach innen, folgte ihm meines von selbst. So ähnlich fühlte ich mich auch jetzt, nur ohne den widerwärtigen Teil. Mir kam vor, als spürte ich die Wärme von Tinas Bein, durch den Stoff unserer beider Hosen hindurch. Ich wagte es nicht, mein an ihrer Seite befindliches Bein zu bewegen.

»Hast du eine Freundin?«, fragte Tina unvermittelt. Ich fühlte mich in meinen Gedanken ertappt.

»Ich war zwei Jahre mit einer Frau zusammen …« Dabei hätte ich diese Frage gerne bejaht, um interessanter zu wirken.

Und dann erzählten wir, nebeneinander auf meinem Bett sitzend, von unseren Beziehungen. Auch Tina war zuletzt mehrere Jahre in einer eher unaufregenden Beziehung gewesen, wie ich mit Sandra. Meine spannendste sexuelle Eskapade hätte während meiner einzigen Vorlesung auf der Universität stattfinden können, als mich der Greis vorne mit seinem Gerede langweilte – aber das verlief ja damals ganz anders. Davon erzählte ich Tina erst gar nicht. Ich erfuhr, dass sie seit fünf Jahren in Budapest lebte und dort arbeitete. Bis vor Kurzem war sie mit einem Informatikstudenten zusammen gewesen, dessen logisches, ausschließlich auf Algorithmen und Daten ausgerichtetes Denken sie zwar beeindruckte, da er selten über Politik redete, im Gegensatz zu den meisten Menschen, die sie kannte. Aber gleichzeitig wurde es unendlich langweilig mit ihm. Ja, Sex hatten sie, natürlich, das gehörte auch in seinen Augen zu einer Beziehung dazu, und gar nicht unbedingt den schlechtesten. Das war also nicht das Problem gewesen.

Ich nickte bei dem Wort »Sex« eifrig und bestätigte, dass das mit Sandra genauso gewesen sei.

Alles in allem war er ein anständiger Kerl, er hätte sie wahrscheinlich sogar eines Tages geheiratet. Aber – sie müsse gestehen, sie war nicht immer treu.

Hier machte sie eine Pause.

Weil ich nicht wusste, ob sie jetzt erwartete, dass ich entsetzt sei über dieses Geständnis, oder ob sie einfach mit dem Bericht über ihr Liebesleben zu Ende war, erzählte ich einfach, dass auch ich mir das eine oder andere Abenteuer erlaubt hätte. Es sei ja nicht so gewesen, dass Sandra die einzige attraktive Frau Wiens war.

Ich merkte, wie es mich angenehm aufwühlte, mit Tina darüber zu reden. Ich konnte nicht sagen, wieso, aber ich hätte ihr gerne allerlei erfundene Geschichten erzählt, die belegten, wie verwegen ich sein konnte.

Aber sie kam mir zuvor. Und ich stellte fest, dass sie bei Weitem spannendere Geschichten aufzutischen hatte. Eine Zeitlang ging sie regelmäßig auf Partys und fasste dort den festen Vorsatz, mit diesem schüchternen Philosophen dort in der Ecke oder mit jenem angeberischen Wirtschaftsstudenten mit der Designerbrille an diesem Abend mit nach Hause zu gehen. Und das habe sie auch ein jedes Mal geschafft. Es habe eine Zeit gegeben, da habe sie Dinge gemacht, die sie sich nie zugetraut hätte. Einmal waren es sogar zwei schüchterne Philosophen gleichzeitig.

Ich vermochte nichts anderes als »Wirklich? Beachtlich …« zu stammeln. Hätte ich vorgeben sollen, ich wäre mit so etwas vertraut? Oder so tun, als ob es zwar interessant sei, über eine solche Erfahrung zu hören, ich selber aber stehe darüber und müsse das gar nicht ausprobieren? Vielleicht hätte ich auch einfach die technischen und anatomischen Details bei der Aufgabenverteilung erfragen sollen.

Das Tragische an der Sache und was ihr dann die Augen geöffnet habe, fuhr Tina fort, sei gewesen, dass ihr Freund, mit dem sie ja während all dieser Ausflüge in fremde Betten zusammen war, nichts davon bemerkt habe. Er dachte sich nichts dabei, wenn sie abends nach dem Fortgehen nicht heimkam. »Wie kann das sein, dass jemand, der jahrelang mit dir zusammenlebt, mit dir in einer Beziehung ist, nicht merkt, dass er betrogen wird?« Da wusste sie, es sei vorbei.

Für eine Sekunde fühlte ich mit diesem Freund mit, ich versetzte mich in seine Lage und wurde wütend auf Tina, dann aber konnte ich nicht bestimmen, ob ich wirklich Eifersucht empfand oder nur Neid. Ich plagte mich mit der Vorstellung, etwas verpasst zu haben. In all der Zeit, in der mich Sandra langweilte, war es nie zu mehr gekommen als zu dem einen oder anderen Flirt mit einer anderen Frau, ab und zu zu einer Knutscherei und einmal zu einem spätpubertären gegenseitigen Begrapschen im Vollrausch auf einer Party, wobei wir beide auf ein Sofa in einem Nebenzimmer sackten und sofort einschliefen. Und auch danach quälte mich monatelang das schlechte Gewissen, bis ich es Sandra gestand und sie mir wiederum die nächsten Monate zur Hölle auf Erden machte und mich wie ihren persönlichen Sklaven behandelte. Auch das erzählte ich Tina nicht.

»Wie war das bei euch? Hat sie dich erwischt?«, wollte sie nun wissen.

»Ja, einmal schon … Nein, zweimal. Genau genommen …« Ich geriet ins Stocken. Ich wollte Tina nicht anlügen, sie war eine gute und aufmerksame Zuhörerin, es war schön, ihr etwas zu erzählen. Den verwegenen Casanova hätte sie mir ohnehin nicht abgekauft. »Um ehrlich zu sein, ganz so abenteuerlich, wie ich vorhin behauptet habe, ist es bei mir nicht zugegangen … Außerdem, Sandra wäre bestimmt dahintergekommen.«

»Du wolltest ihr nicht wehtun?« Das war eine Frage, die aus dem Mund jedes anderen Menschen abgedroschen geklungen hätte, Wortgeklingel – »jemandem wehtun«, das war eine Phrase, die in diesen Fernsehserien vorkam, deren 8725.

Folge unter der Woche am Nachmittag lief und in denen der eine dem anderen im strömenden Regen schluchzend vorhielt: »Du hast meine Gefühle verletzt, du Schuft.« Tina aber meinte die Frage aufrichtig.

»Ich weiß nicht …« Ich wusste es wirklich nicht. Nein, vorsätzlich verletzen wollte ich Sandra nie. Vielleicht war ich aber einfach nur zu träge, um mich an die konkrete Umsetzung eines Seitensprungs zu machen. »Aber frag jetzt ja nicht, ob sie mir fehlt!«, sagte ich schließlich und konnte damit dem Gespräch eine andere Wendung geben. Ich erzählte ihr nun von meinen Abenteuern als Spielwarenverkäufer und von Herrn Pospischil, den Tina sofort treffend als »Arschloch« charakterisierte.

Ich hätte gerne immer wieder ein neues Thema angeschnitten, nur um das Gespräch am Leben zu halten. An Schmetterlinge im Bauch und dergleichen glaubte ich nicht, sehr wohl aber gab es ein wohliges Gefühl in der Gegend, wo sich sonst Enikős Essen befand. Ich fragte mich, ob ich dieses Gefühl auch hätte, wenn mein Gesprächspartner männlich wäre, also ob das eine geschlechtsneutrale Sympathie war und wir einfach nur zwei Menschen waren, die sich gut verstanden. Dann aber spürte ich wieder ihr Bein an meinem kleben, ohne dass wir uns tatsächlich berührten. Außerdem ließen mich ihre Erzählungen von den sexuellen Abenteuern nicht kalt, und ich ertappte mich immer wieder dabei, wie ich versuchte, unter ihrer Bluse die Form ihres Busens zu erraten, indem ich unauffällig meinen Nacken in beide Richtungen streckte.

Nein, Tina war kein Mann. Und ich war froh darüber.

Zum Abschied aber sagte mir Tina etwas, das mich fast verletzte, obwohl ich gar nicht genau wusste, weshalb: »Hör zu, Ludwig: Du musst Szentkukac verlassen, solange es noch geht. Du bist schon zu lange hier.«

»Bellende Hunde beißen aber nicht, heißt es«, erwiderte ich.

»Diese hier bellen auch nicht. Sie knurren, ganz leise, durch die Nase, ohne das Maul zu öffnen.«

21

Im Garten und auf der Straße vor dem Gemeindesaal war eine Menschenansammlung, wie ich sie in Szentkukac nicht für möglich gehalten hätte. István hatte bereits angekündigt, dass viele von außerhalb kommen würden, aber das übertraf meine Vorstellungen. Mehrere Busse parkten entlang der Schotterstraße, die Menschen drängten sich zwischen ihnen und den hupenden Autos in Richtung Kirche, manche von ihnen trugen T-Shirts mit Aufschriften wie »Jesus liebt dich – weil du Ungar bist«, »Jesus ist dir schon näher, als du denkst«, »Für Jesus, Vaterland und den Schutz des Turul-Vogels« und »Mit Jesus gegen Chemtrails und Impfterror«. Eine Gruppe von Männern und Frauen war um eine schwarze Fahne versammelt, auf der stand: »Wo einer von uns hingeht, gehen wir alle hin«. Sie erinnerten mich an Fußballfans bei einem Auswärtsspiel. Es war nicht zu übersehen: Die Gemeinde der Urmagyaren wuchs.

Béla und seine Leute, die an diesem Tag alle graue Hemden und, soweit ich das erkennen konnte, schwarze Hosen trugen, hatten alle Hände voll zu tun, die Sicherheitskontrollen durchzuführen. Sie ließen nicht jeden hinein, wie die Türsteher vor einem Nachtlokal, die nach undurchschaubaren Kriterien eine Auswahl treffen, wem sie Eintritt gewähren und wem nicht. Einen jüngeren Mann mit gepflegtem Dreitagebart begleiteten zwei Béla-Leute sogar bis auf die Straße hinaus und warteten, bis er sich entfernt hatte. »So ein neunmalkluger Störenfried aus Judapest«, hörte ich einen der Wachleute murmeln.

Unter den im Garten herumstehenden Menschen stach mir ein Mann in einem rosa T-Shirt ins Auge, das schon lange nicht mehr gewaschen worden zu sein schien. Er drehte sich auf einmal zu mir und grinste mich mit seinen Zahnlücken verschwörerisch an. Jetzt erkannte ich ihn: Es war der Mann vom Budapester Bahnhof, der mich bedrängt hatte und mich mehr oder weniger dazu gezwungen hatte, in den Zug einzusteigen. Wie kam er nach Szentkukac?

Noch ehe ich Zeit gehabt hätte, meine Gedanken zu ordnen, führte mich Benedek schnell zum Hintereingang. »Das sind alles Urmagyaren …« Er war ganz aufgeregt. »Wenn die wüssten, dass du mitten unter ihnen wandelst … Zum Glück fallen wir in diesem Getümmel nicht auf. All diese Menschen …« Er kam aus dem Staunen gar nicht heraus.

Dort, wo ich Attila das erste Mal begegnet war, im kleinen Vorzimmer, nahm mich István in Empfang. Neben ihm stand ein Herr.

»Darf ich vorstellen«, sagte István förmlich: »Professor

Barna.« Sein Ton war seit unserem Gespräch in seinem Wald amikaler geworden.

Ganz im Gegensatz zum Professor in meiner einzigen Universitätsvorlesung hatte Professor Barna eine ausgesprochen saloppe Erscheinung. Er trug ein kariertes Holzfällerhemd und Hosenträger, die seine Hose unter seinem durchaus wohlgenährten Bauch vor dem Herunterrutschen bewahrten. Wie bei vielen anderen Männern hier war auch zwischen seiner Oberlippe und seiner Nase ein Schnauzer eingeklemmt, der schon ergraut war wie das Haar auf seinem Kopf auch. An seinem Hosenträger befand sich der gleiche rot-weiß-grüne Anstecker mit dem fabelartigen Vogel, der zu besonderen Anlässen auch an Attilas Revers geheftet war. Heute war anscheinend so ein besonderer Anlass. Überhaupt hatte ich diesen Anstecker in letzter Zeit immer öfter gesehen, auch von der Brust vieler Besucher, die beim Haupteingang auf den Einlass warteten, starrte dieser seltsame Vogel.

Professor Barna hatte einen festen Händedruck, er ließ meine Hand nicht los, während er István fragte: »Ich nehme an, das ist der junge Herr?«

István nickte.

»Nun, das ist sehr interessant …«, sagte er, musterte mein Gesicht von der Seite und ließ meine Hand los. Ein bisschen fühlte es sich an, als sei ich eine von der Safari mitgebrachte Trophäe. »Eine Hakennase hat er in der Tat nicht.«

Professor Barna war ein pensionierter Chemiker, der sich jetzt endlich, wie er mir sofort erzählte, seiner wahren Berufung widmen konnte, nämlich der Erforschung der ungarischen Urgeschichte, und zwar mit Hilfe der Genetik.

»Sie kommen also aus Österreich?«, wechselte er abrupt das Thema. »Sie fahren bestimmt Ski?«

»Eigentlich nicht.«

»Ich war einmal in Sankt Johann im Pongau Ski fahren. Erste Klasse. Das haben uns die Österreicher voraus, das muss man neidlos anerkennen.«

Ich versuchte ihn mir ohne Hosenträger und im Skianzug vorzustellen, aber es fiel mir schwer.

István unterbrach ihn höflich und bat uns in den Saal. Dieser war wie für eine Konferenz hergerichtet: Vorne, wo sich sonst die improvisierte Kanzel befand, standen eine weiße Leinwand auf drei wackeligen Füßen und ein Rednerpult, auf einem Tisch an der Seitenwand waren Thermoskannen mit Kaffee und Mineralwasserflaschen aufgereiht, und sie hatten sogar einige Sessel mit seitlich aufklappbaren Tischchen aufgetrieben, wie ich sie von einem Fortbildungsseminar kannte, zu dem mich Herr Pospischil einmal in die niederösterreichische Provinz nahe der tschechischen Grenze geschickt hatte. Es ging damals um die fachgerechte Zusammenstellung unterschiedlicher Stofftierarten im gleichen Regal oder etwas Ähnliches.

Zu meiner Überraschung war Tina auch da. Ich hatte sie seit ihrem Besuch in meinem Zimmer nicht mehr gesehen. Sie saß in der ersten Reihe. Ich konnte mir nicht vorstellen, dass sie freiwillig hergekommen war. Und tatsächlich wirkte es, als diente der Klapptisch, auf den sie ihre Unterarme stützte, eher als Absperrbügel denn als Schreibunterlage. Ich war erfreut und wollte zu ihr gehen, um sie zu begrüßen, doch sie bedeutete mir mit einer Kopfbewegung, es zu unterlassen.

Die Plätze links und rechts von ihr waren von Béla-Männern, beide mit dem Vogel auf der Brust, besetzt. Mein Platz war hingegen seitlich an der Wand, zwei Reihen hinter István und Attila und verdeckt von einigen anderen Besuchern. Ich hatte zwar eine schlechte Sicht auf die Leinwand, dafür aber eine gute auf Tina.

Professor Barna ging gemächlich nach vorne und brachte sich hinter dem Pult in Stellung. Er ordnete die Blätter vor sich und nahm einen Schluck Wasser. Er schien es nicht eilig zu haben. Er war wohl eher der Langläufertyp.

»Meine verehrten Damen, meine verehrten Herren«, begann er, »ich muss gestehen, als ich die Einladung der Gemeinde der Urmagyaren erhielt, war ich einigermaßen überrascht. Ich kann keine Predigt halten, ich bin ein einfacher Sprachforscher. Was könnte ich schon über Gott erzählen? Dann aber dachte ich nach und mir fiel ein, dass es doch Berührungspunkte gibt. Der Ursprung unserer Muttersprache, müssen Sie wissen – der liegt gänzlich im Dunklen. Bis jetzt zumindest.«

Und während Professor Barna bedauerte, dass er von den staatlich bezahlten Experten an den Universitäten geächtet werde, weil seine Ansichten von jenen der offiziellen Sprachwissenschaft abwichen, sagte ich mir, dass ich Tinas Rat befolgen und so bald wie möglich abreisen müsse, bevor sie mich auch hinter einem Klapptisch verstauten. Ja, ich würde gleich mit dem erstmöglichen Zug nach Budapest zurückfahren und nicht erst an meinem letzten Urlaubstag, wie ich es bis jetzt vorgehabt hatte. Ich müsste nur aufpassen, dass mir der Mann im rosa T-Shirt nicht folgte. Sie hatten mich also schon auf dem Budapester Bahnhof überwacht. Der Professor meinte inzwischen kopfschüttelnd, er verstehe nicht, warum die Medien und die wissenschaftliche Elite nicht an seinen erstaunlichen Ergebnissen interessiert seien. Aber jeder, wie er wolle.

Soweit ich es erkennen konnte, verdrehte Tina bei den Worten von Professor Barna die Augen. Hinderten diese beiden Affen im grauen Hemd an ihrer Seite sie wirklich daran, aufzustehen und den Raum zu verlassen? Tina war doch keine, die sich so leicht festhalten ließ. Zumindest hätte ich jetzt die Möglichkeit gehabt, in Ruhe und von der Seite die Form ihres Busens zu erforschen, aber sie hatte sich in eine relativ weite Sportweste gehüllt, als suche sie Schutz.

»Die Geschichte von der sogenannten Landnahme ist ein Ammenmärchen, das uns wie die Milch einer falschen Mutter eingeflößt wurde«, fuhr Professor Barna fort.

Das sei ja kein Wunder, rief eine Frau, man wolle die Ungarn eben davon abhalten, ihre ruhmreiche Vergangenheit kennenzulernen und unangenehme Fragen zu stellen.

Professor Barna nickte zufrieden. Man dürfe ihn übrigens jederzeit unterbrechen, er habe nichts zu verbergen – und er drehte die Flächen seiner großen Hand nach außen und wendete sie hin und her, wie jemand, der vorweist, dass er keine versteckten Karten im Ärmel hat.

»Ich aber erzähle Ihnen keine Ammenmärchen. Wenn Sie mir den Vergleich erlauben: Bei mir gibt es nur echte, unverfälschte Muttermilch.« Es gab vereinzeltes Gelächter. »Die ist allerdings nicht immer so leicht zu bekommen, man muss sich schon ein wenig anstrengen. Wenn wir schon bei

Müttern und Frauen sind: Mir geht es einzig und allein um die nackten Tatsachen, ich reiße den Schleier vom Antlitz der Geschichte, ich ziehe ihr, wenn es sein muss, die Burka vom Körper.«

Einige Männer kicherten, Béla grunzte ein »Hö hö hö« vor sich hin und schielte zu Tina hinüber.

Professor Barna hängte sich selbstzufrieden mit den Daumen in den Hosenträgern ein und wippte auf seinen Fußballen. Er wirkte trotz seines Alters jugendlich.

»Kehren wir aber von der Mutterbrust zurück zur Muttersprache.« Er ließ das Gummi der Hosenträger zurückschnalzen.

Mir kam vor, Tina und ich kannten uns schon seit Jahren, dabei waren es erst einige Tage. Am Anfang, als sie mir auf dem Feldweg hinterherlief, wollte ich sie ja noch loswerden. Inzwischen aber glaubte ich, sie würde das, was ich zu sagen beabsichtigte, besser verstehen als Sandra, mit der ich immerhin zwei Jahre zusammen gewesen war. Sogar wenn ich mir sicher war, mich nicht deutlich ausgedrückt zu haben, verstand mich Tina. Sandra hingegen –.

»Das weiß doch jedes Kind, dass die Ungarn nicht mit den nach Fisch stinkenden Finnen verwandt sind!«, riss mich ein erboster älterer Herr aus meinen Gedanken. »Das ist eine Lüge!«

Mittlerweile war Professor Barna bei einer Powerpoint-Folie mit Höhlenmalereien und einem Bibelzitat angelangt, das beweisen sollte, dass Ungarisch mit keiner anderen menschlichen Sprache verwandt, sondern die älteste Sprache der Welt sei.

Jetzt begann er auf und ab zu gehen, geradezu energisch. Sah er so beim Langlaufen aus? »Im Anfang war das Wort … und das Wort war bei Gott … und das Wort *war* Gott.«

Er stützte das Kinn mit der Faust, als würde er nachdenken und nicht wissen, wie es weiterging.

»Johannes, 1,1!«, rief ihm Attila zornig zu – dabei war er augenscheinlich nicht auf ihn zornig, sondern auf die Menschen, die immer noch nicht einsehen wollten, dass Ungarisch die Ursprache der Menschheit war und diese Tatsache in der Bibel stand.

»Noch bevor der Mensch einen Fuß auf den Planeten setzte, hatte Gott bereits die Sprache erfunden«, setzte Professor Barna fort. »Und als er die ersten Menschen erschaffen hatte, schenkte er ihnen logischerweise seine eigene Sprache. Alles andere wäre widersinnig.«

Die Leute hörten gebannt zu.

»Wie wir wissen, sprachen die ersten Menschen Ungarisch. Der Umkehrschluss lautet daher: Gott sprach Ungarisch – unsere Muttersprache. Im Anfang war die ungarische Sprache. Und die ungarische Sprache war bei Gott.«

Tina schaute demonstrativ auf die Spitze ihrer Sportschuhe. Dann aber hob sie für einen kurzen Moment den Kopf und ihr Blick streifte mich durch ihr offenes Haar hindurch. Es war eine Mischung aus Traurigkeit und Spott. Ich bildete mir ein, dass sie froh war, sich mit mir für eine Sekunde verbünden zu können. »Siehst du? Und du bist immer noch da«, sagte mir ihr Blick. Das hier war kein Spaß.

Würden wir in Kontakt bleiben nach meiner Abreise? Würden wir uns jemals wiedersehen? Vielleicht würde man sie nicht mehr weglassen aus Szentkukac und sie brauchte meine Hilfe. Und mich – wer sagte, dass sie mich einfach gehen lassen würden? Béla – der Mann im rosa T-Shirt …

»Wir sprechen die Sprache Gottes. Das ist doch interessant. Finden Sie nicht auch?« Professor Barna lehnte lässig am Rednerpult. Auf seine Unterlagen hatte er kein einziges Mal geschaut. Er trug völlig frei vor.

»Wir sind Gottes auserwähltes Volk!«, schrie Attila. Er war aufgestanden und stampfte mit seinem Fuß laut auf. Die Gemeinde blickte ehrfürchtig zu ihm auf.

Aber es war noch lange nicht zu Ende. Der Professor erörterte nun, warum das ungarische Wort für Gott von Gott selber stamme.

Ich hatte letzte Nacht vor dem Einschlafen an sie gedacht. Das fiel mir jetzt ein. Manchmal ist es ja so, dass man erst im Laufe des Tages sich daran erinnert, was man in der Nacht geträumt hat. Es dürfte die Übergangsphase zwischen Wachsein und Träumen gewesen sein. Ich wusste jetzt nur mehr, dass da eine Sehnsucht war, nach etwas, nach jemandem, die sich auf eine wohlige Art durch mein Inneres fraß.

»Unsere Vorfahren brachten auch den Tieren Ungarisch bei, es war ganz alltäglich, dass ein Bauer und seine Gans …«

Auf einmal war ich neben ihr auf dem Feldweg, dann brachte ich sie durch eine Bemerkung, die ich mittlerweile vergessen hatte, zum Lachen. Ich wusste nun nicht mehr, was davon im Traum war und was die Gedanken im Wachzustand. Interessanterweise war ich ihr in diesem Traum-Nachdenken körperlich nicht nahegekommen, kein Küssen, kein Anfassen. Das war ein deutlicher Unterschied zu den Ulrike-

Tagträumen, in denen es drunter und drüber ging und sich alles um ihre Schenkel drehte und das, was dazwischen lag.

»Das passte den Menschen natürlich nicht. Und so begannen sie, die Tiere zu schlachten, die sie bei der Unterhaltung mit Vertretern des ungarischen Volkes erwischten. Das sprach sich schnell herum, und die Tiere waren gut beraten, so zu tun, als könnten sie nur jaulen und krähen und grunzen und schnalzen.«

Oder war Tina nicht doch einfach nur jemand, mit dem ich mich gut verstand, mit dem ich mich sehr gut verstand, wie ich es bis dahin nicht gekannt hatte? Ein ganz normaler Freund, nur eben weiblich? Aber das Elektrisieren von ihrem Bein aus – das Blatt Papier, das nicht in ihre hintere Hosentasche passte – das Warten darauf, dass sie ihre Sportweste irgendwann öffnen würde und ich von der Seite …

»… und aus diesem Grund ist für uns Ungarn das Pfingstfest so besonders. An diesem einen Tag ist es noch möglich, mit diesem Vogel zu kommunizieren – den so viele von euch und ich selber auf der Brust tragen.« Professor Barna umfasste mit Daumen und Zeigefinger den Anstecker. »Nein, der Turul-Vogel ist kein Fabelwesen. Er existiert. Dieses schöne und stolze Tier lebt nur sehr zurückgezogen, in einem unzugänglichen Gebirge in Siebenbürgen, damit unsere Feinde ihn nicht finden und erfahren, dass er unsere Sprache versteht.«

Sie glaubten an sprechende Vögel – es gab Schlimmeres. Man durfte das alles nicht so ernst nehmen. Die paar Tage konnte ich auch noch bleiben. Tina hatte einen Hang dazu zu übertreiben.

Tina, ach Tina …

22

Die drei Wochen waren um und übermorgen stand ich wieder im Murmeln & Co. Es war Samstag und ich wollte Herrn Pospischil anrufen, um mich, wie ausgemacht, für den Dienstantritt am Montag zurückzumelden. Ich konnte von meinem Handy aus immer noch nicht telefonieren – vielleicht lag Szentkukac in einem Funkloch, wenn es so etwas noch gab, es konnte aber auch sein, dass in meinem Vertrag keine Auslandsanrufe enthalten waren. Tina hätte bestimmt wieder gesagt, mein Handy werde überwacht.

Ich ging daher zu Benedek, um sein Telefon zu benutzen. Er wusste zwar, dass ich nach Wien fahren würde, allerdings ließ ich ihn im Glauben, ich müsse nur etwas erledigen und würde dann wieder zurückkommen. Ich brachte es nicht übers Herz, ihm die Wahrheit zu sagen. István hingegen mied es zu meiner Überraschung, meine heranrückende Abreise zu thematisieren. Es durfte ihm ja nicht entgangen sein, dass die drei Wochen, die ich verlängerten Urlaub bekommen hatte, vorüber waren. Attila wusste von nichts und ahnte auch nichts. Wie würde er reagieren, wenn er erfuhr, dass Jesus verschwunden war? Daran wollte ich lieber nicht denken. Und Tina wäre endlich zufrieden. Wieso wollte sie mich eigentlich unbedingt loswerden?

Zu meiner Überraschung lief im Wohnzimmer Jazzmusik. Ich nahm die CD-Hülle in die Hand. Weiße Zähne leuchteten aus einem schwarzen Gesicht hervor. Das war wahrscheinlich ein Vorurteil, aber ich hatte eher erwartet, dass

Benedek ungarische Volkslieder hören würde. Stattdessen lief Art Tatum.

»Aber das ist ja gar kein Ungar«, merkte ich an. »Er ist –«

»Ein Neger. Aber das stört dich doch nicht?«, fragte Benedek verunsichert. »Sind nicht alle Menschen gleich?«

»Doch, ich denke schon ...«

»Die machen richtig gute Musik, die haben es im Blut«, sagte er erleichtert. »Ich finde, es gibt eine Welt jenseits des rot-weiß-grünen Tellerrandes ...«

»Sieht das der Herr Pfarrer auch so?«, wollte ich wissen.

Statt direkt darauf einzugehen, sagte Benedek nach einiger Zeit: »Ich hoffe, Attila weiß, was er da tut ... Hast du das schon gelesen?« Er legte eine Zeitung namens »Ostungarische Rundschau« neben die CD-Hülle. »Wir werden bekannt. Schade, dass du gerade jetzt für ein paar Tage verreisen musst.«

Auf dem Titelblatt stand: »Treffen der Urmagyaren in Szentkukac: Wissenschaftler bringt Licht in die Urzeit der ungarischen Sprache.«

»Ich mache uns in der Zwischenzeit einen Kaffee.«

Und während Benedek in der Küche mit der Mokkakanne hantierte, las ich den begeisterten Bericht über Professor Barnas Vortrag. Der Verfasser des Artikels schwärmte vom Goldenen Zeitalter, auf das die Region Südliche Große Tiefebene und vielleicht bald schon ganz Ungarn zusteuere und das sich in naher Zukunft auf das weltweite Ungarntum ausweiten werde. Man müsse kein Linguist sein, um zu wissen, dass es für Nicht-Ungarn im Grunde unmöglich sei, diese Sprache zu erlernen. Der Professor habe nur ausgesprochen, was ohnehin die meisten schon gewusst hätten: dass nämlich die Ungarn vor allen anderen Völkern da waren. In einem Kästchen wurde die Herkunft des ungarischen Wortes für »Gott« zusammengefasst: Das Wort »Isten« gehe zurück auf »ez tény« und bedeute so viel wie »Das ist eine Tatsache«. Mit diesen Worten habe sich Gott seinem Volk offenbart.

Aus der Küche wehte heimelig der Duft von Kaffee herüber. Ich durfte nicht vergessen, Herrn Pospischil anzurufen. Am Samstag war er nicht so lange im Geschäft.

Ob Gott selber Ungarisch spreche, das müsse man noch überprüfen, meinte ein Historiker in einem Interview, das den Bericht ergänzte. Andererseits müsse man sich auch vor Augen halten, dass der Mensch dazu neige, neue, überraschende Erkenntnisse zunächst einmal kritisch zu beäugen. Er brauche Zeit, sich an etwas Neues zu gewöhnen. Als sich herausstellte, dass die Erde keine Scheibe sei, sondern eine Kugel, wollten das anfangs auch viele nicht wahrhaben. Wir dürften nicht vergessen, so der Historiker, dass es die Aufgabe der Mainstream-Wissenschaftler sei, eine antimagyarische Ideologie unters Volk zu bringen, dafür würden sie schließlich auch bezahlt. Das gelinge ihnen dank der gleichgeschalteten Medien sehr gut, weshalb es wichtig sei, dass es Medien gebe, die auch wirklich unabhängig seien und sich nicht nur als solche bezeichneten.

Benedek kam mit der dampfenden Mokkakanne und zwei winzigen Tassen zurück. Auf einem Teller hatte er Kekse mit Schokoladenstückchen darin im Halbkreis platziert.

»Ich habe leider nichts Selbstgebackenes …«

»Darf ich dir etwas unter vier Augen sagen?«, fragte ich.

»Ich spreche diese reine Ursprache, von der Professor Barna erzählt, nicht.«

Nachdem er einen Moment lang innegehalten hatte, erwiderte er: »Das ist doch ganz egal.« Benedek war über mein Geständnis keineswegs verwundert oder enttäuscht. »Es geht doch um etwas anderes. Jesus ist zu uns zurückgekehrt. Du bist hier, unter uns. Du hast uns nicht im Stich gelassen. Ich würde dich auch als unseren Heiland empfangen, wenn du rabenschwarz wärst und eine Buschsprache mit Schnalzlauten sprechen würdest.«

Benedeks Augen hatten etwas Ernstes und auch Müdes an sich, sie strahlten nicht, aber sie ließen dennoch eine Freude durchscheinen, die von irgendwo tief drinnen kam.

Ich fühlte mich mies. Wie würde er reagieren, wenn ich ihm jetzt sagen würde, ich sei nicht Jesus, ganz bestimmt nicht, und ich würde auch nie mehr wieder nach Szentkukac zurückkehren?

Art Tatum haute jetzt richtig in die Tasten, es klang, als spiele er in einem Saloon Banditen schwindlig, die mit Halstüchern vor dem Gesicht und jeweils einem Revolver in jeder Hand den Barkeeper bedrohten.

»Man würde nicht glauben, dass er blind war …«, meinte Benedek. »Du wolltest doch noch telefonieren, oder?«

Es war eines dieser alten Telefone, mit Muschel, großen Tasten und einem in die Wand führenden Kabel. Benedek bemerkte meine Verwunderung. »Der Vorteil ist, sie können uns nicht so einfach – Ich lass dich jetzt allein«, brach er abrupt ab und ging zurück ins Wohnzimmer zu seinem schwarzen Pianisten.

»Schau an, Herr Neustätter«, war am anderen Ende des Telefons Herrn Pospischils Stimme zu hören. »Sie rufen an wegen dem Dienstzeugnis, nehme ich an?«

»Wegen dem Dienstzeugnis?«

»Oder wünschen Sie, dass ich es Ihnen zuschicke? Falls Sie immer noch bei Ihrer Verwandtschaft weilen und vorhaben, nach Ungarn auszuwandern … Das Porto geht aufs Haus, als Abschiedsgeschenk sozusagen …«

»Ich wollte mich nur melden, Herr Pospischil, und Bescheid geben, dass ich, wie ausgemacht, am Montag wieder zum Dienst antrete.«

»Am Montag? Sie sind mir ein Scherzbold … Ich habe gestern und heute auf Sie gewartet und Ihr eindeutiges Nicht-Erscheinen als Kündigung interpretiert. Zwölf Urlaubstage bedeuten nicht bezahlten Urlaub bis zur Pensionierung.«

Zwölf Urlaubstage … Ich rechnete schnell nach: Bei fünf Arbeitstagen pro Woche und beginnend mit dem Mittwoch vor zwei Wochen waren die zwölf Tage diesen Donnerstag abgelaufen, also vor zwei Tagen. Heute war Samstag. Ich war um zwei Tage zu spät.

Ich versuchte noch, um meine Stelle zu kämpfen, bettelte Herrn Pospischil sogar an, es half alles nichts: Ich war gekündigt. Er habe sogar schon Ersatz für mich gefunden, ließ er mich wissen.

»Ist sie jung und sind ihre Röcke auch kurz genug?«, rutschte es mir heraus.

»Ich verstehe nicht, was Sie meinen.«

Ich hätte ohnehin schon längst etwas Besseres in Aussicht, richtete ich ihm aus, was nicht einmal ganz gelogen war, und dass ich jetzt auflegen müsse, man warte auf mich. Damit war meine Karriere als Spielwarenverkäufer beendet.

»Und, alles in Ordnung?«, wollte Benedek wissen, als ich ins Wohnzimmer zurückkehrte.

»Ja, alles bestens …« Sobald bekannt werden würde, dass ich meine Arbeit in Wien verloren hatte, würde mich István sicher nicht fahren lassen. Benedek würde es auch nicht verstehen.

»Um wieviel Uhr sollen wir morgen abfahren?«, fragte Benedek. »Ich tue es zwar ungern, aber du kommst ja zurück.«

Das war meine Chance. Wenn ich meine Kündigung einfach verschwieg, würde er mich morgen zum Bahnhof fahren, und sobald ich im Zug Richtung Budapest säße, wäre ich die Gemeinde der Urmagyaren los, ein für alle Mal. Ich musste nur lügen. Dann könnte ich immer noch persönlich bei Herrn Pospischil vorstellig werden und die Sache ins Reine bringen. Dafür kannten wir uns doch lange genug, ich würde schon die richtigen Worte finden.

»Ich habe soeben gekündigt«, hörte ich mich stattdessen sagen. »Soll doch jemand anderer Teddybären und Holzklötze verkaufen.«

»Das ist ja wunderbar!« Benedek strahlte wie Art Tatum auf dem Cover. »Dann musst du ja gar nicht diesen gefährlichen Ausflug in dieses fürchterliche Land unternehmen!«

»Genau. Ich bleibe.«

23

Wenn ich den Feldweg entlangspazierte, der mir von meinen Rundgängen mit Benedek und Tina schon vertraut war und auf dem ich keine freilaufenden Hunde zu befürchten hatte, sah ich in der Ferne, dort, wo die Kargheit und Leere der Steppe im staubigen Dunst in den Himmel überging, eine Baumgruppe – empor aus dem Boden ragende Pappeln und andere Bäume. Ich fragte mich, was sich dahinter befand. Ein abgelegenes Gehöft? Ein verlassenes Bauernhaus, dessen Strohdach verfallen und dessen Fensterscheiben zerbrochen waren – wie geschaffen für das geheime Versteck einer Bankräuberbande, die sich von dort Schießereien mit den Gesetzeshütern lieferte?

Einmal verließ ich den Feldweg und ging einige Schritte in die Heidelandschaft hinein. Der Boden unter meinen Füßen war uneben, ich musste aufpassen, nicht umzuknicken oder in Erdlöcher zu treten. Im Kleinen war die Landschaft alles andere als flach wie eine Tischplatte, stellte ich jetzt fest. Wenn ich den Blick hob und ihn in die Weite richtete, merkte ich kaum, dass ich mich vorwärtsbewegte, die Baumgruppe, der ich mich doch zu nähern glaubte, wurde nicht und nicht größer, auch hätte ich nicht sagen können, in welche Richtung ich unterwegs war, wenn ich nicht Szentkukac im Rücken gewusst hätte. Aber ich ging weiter, immer weiter, stieg über Grasbüschel und wich Unebenheiten aus. Ich wurde immer geübter in der Fortbewegung auf diesem Gelände. Als ich mich umdrehte, war Szentkukac schon ziemlich weit entfernt. Den Feldweg sah ich nicht mehr, ich stand mittendrin im Puszta-Meer. »Wie damals, als Jesus übers Wasser wandelte …«, scherzte ich für mich.

Die Baumgruppe war inzwischen doch ein Stück näher gerückt. Mir kam vor, als hörte ich menschliche Laute. Vielleicht auch das Klirren einer Hundekette – einer losgebundenen? Dann aber wieder klang es wie der Wind, der durch Geäst blies.

In meinem Kopf tauchten erneut die drei Cowboys auf, die auf dem Weg nach Shoot Out Town waren und eine Nacht unter dem freien Himmel der Prärie verbrachten hatten.

Sie satteln ihre Pferde und schnallen ihre Colts um. Sie möchten noch vor Sonnenuntergang die Stadt erreichen, wo man sie erwartet. Big Bobby tritt mit seinen Stiefeln die letzte Glut des Lagerfeuers aus und verstaut die Pfanne und die Blechtassen in seiner Tasche hinter dem Sattel. Den übrig gebliebenen Kaffee gießt er über die zischenden verkohlten Holzstücke. Seit zwei Wochen ernähren sie sich von Bohnen aus der Dose und Speck, aber das ist eben der Preis für ihre Freiheit.

Es ist schon dunkel, als sie in Shoot Out Town einreiten. Sie können es kaum erwarten abzusteigen und freuen sich auf das erste richtige Bett seit Langem. Die Pferde binden sie vor dem Saloon an und betreten den Innenraum. Die meisten der Tische sind besetzt, an manchen wird Poker gespielt, an anderen sitzen sich erschöpfte Gestalten mit ins unrasierte Gesicht gezogenen Hüten stumm gegenüber, und der eine oder andere trinkt auch allein vor sich hin. Kaum einer dreht sich nach den drei Fremden um, sie erwecken nicht den Eindruck, als suchten sie Ärger. Vielleicht liegt das auch daran, dass Sam, der Älteste, vorangeht, er, der immer Ruhe und Bestimmtheit ausstrahlt; dabei sind sich die beiden anderen, James und Big Bobby, nie sicher, ob er nicht in dem einen Moment, in dem es darauf ankommt, blitzartig zum gnadenlosen Rächer würde, zum Krieger, der er womöglich einmal war. Dass er mit dem Revolver umgehen kann, bezeugen nicht zuletzt die zahlreichen durchlöcherten Hemden auf dem Friedhof von so mancher Stadt.

»Wir hätten gerne drei Betten für diese Nacht«, sagt James zum Barkeeper, der sich auf der anderen Seite des Tresens zu ihnen gesellt.

»Zwei von euch werden sich das große Bett teilen, der Dritte muss auf der Sitzbank schlafen. Das ist das einzige Zimmer, das ich noch habe. Ich kassiere aber drei volle Nächtigungen«, antwortet der Wirt, ohne das Abtrocknen der Gläser zu unterbrechen.

»Geht klar«, sagt James.

»Darf es etwas zu trinken sein?«, fragt der Barkeeper, auf einmal freundlicher.

»Danke, nein«, sagt James.

»Ach, Jamie, ein Gläschen hat noch niemandem geschadet …«, bettelt Big Bobby.

»Wir müssen morgen einen guten Eindruck machen«, mahnt James. »Ich bin mir sicher, Säufer hat Mister MacTaggart genug hier. Wir gehen schlafen.«

»Sieh an«, ertönt es auf einmal hinter den drei Cowboys, »Papi ist so streng mit dir?« Es ist eine fette, speckige Gestalt, der Bauch quillt unter dem zu kurz gewordenen Hemd hervor, der Mund möchte sich zu einem spöttischen Grinsen verziehen, aber es reicht nur für eine tierische Fratze, kojotengleich. Mit ihm würden die drei schon fertig werden, aber dahinter bauen sich drei weitere Männer auf, die jung, schlank und kräftig sind, vielleicht, weil ihnen der Fettwanst das Essen weggefressen hat.

»Ich denke, ein Mann hat das Recht, schlafen zu gehen, wann immer er möchte«, entgegnet Sam.

»Ach, denkst du?«, sagt der Fettwanst, und einer seiner Männer, mit dicken, dunklen Brauen und eng beieinander liegenden Augen, zieht langsam seinen Colt aus dem Halfter und richtet ihn auf Bobbys Stiefel. »Da wir heute Abend leider keine Musik haben, wir aber Unterhaltung verdammt gern haben, vor allem Tanz …« Und er entsichert seinen Revolver. Bobby schaut abwechselnd auf den Pistolenlauf und hilfesuchend zu Sam und James.

»Darf ich hereinkommen?«

Noch ehe ich antworten konnte, stand István bereits in meinem Zimmer, wohin ich in der Zwischenzeit zurückgekehrt war, und schloss die Tür hinter sich.

»Du hast ja mitbekommen, welche Gerüchte in Szentkukac umgehen. Dass Jesus gar nicht Ungar sei, dass das alles nur erfunden sei …«, begann er ohne Umschweife und setzte sich auf mein Bett. Ich hätte fast gesagt: »Das ist Tinas Platz!«

Ich nickte. Er forderte mich auf, mich neben ihn zu setzen.

»Und einige Menschen sagen sich nun: Die reden immer von Jesus und dass er zu uns zurückkehren wird. Du hast ja gesehen, wie viele Anhänger die Gemeinde der Urmagyaren mittlerweile hat. Und es werden immer mehr, die herreisen, um ihren Erlöser zu sehen. Mittlerweile berichten schon überregionale Medien über uns. Natürlich nicht die offiziellen. Die wollen uns totschweigen.«

Es war mir unangenehm, Istváns körperliche Nähe zu spüren. Ich versuchte an Tina zu denken.

„Attila, Enikő, Professor Barna – Béla – stell dir vor, einer von denen kommt auf die Idee, dass dieser nette junge Mann aus Wien gar nicht unser langersehnter Erlöser ist, sondern sich nur für diesen ausgibt und sich hier einen feinen Urlaub auf unsere Kosten gönnt. Ein All-inclusive-Aufenthalt in der ungarischen Puszta, authentisches Essen, mit Transfer von der Bahn ins Hotel. Und zurück. Die Pferdeshow müssen wir noch nachholen. – Du verstehst?«

Ich schwieg.

István rückte näher. »Das könnten sie den Menschen erzählen. Die wären ziemlich aufgebracht. Ein Scharlatan. Ein Betrüger. Würden sie – ungerechtfertigterweise natürlich – sagen. Das mag man hier nicht.«

Ich rutschte ein Stück zur Seite.

»Aber ich habe doch gar nie behauptet –«

Ich brach ab. István hatte mich verunsichert. Immerhin hatte ich bis jetzt mitgemacht und auch nicht ausdrücklich abgestritten, Jesus zu sein.

István ging gar nicht auf meinen Halbsatz ein. Er lächelte verständnisvoll, wie ein Wärter im Irrenhaus lächelt, wenn ihm ein Insasse erklärt, dass er in Wahrheit gar nicht verrückt sei.

»Ludwig, du musst zu ihnen sprechen«, sagte er stattdessen. »Ich meine, eine Rede halten. Worte an sie richten. Du musst ihnen etwas offenbaren. Sie wollen Gottes Wort hören. Aus dem Mund seines Sohnes.«

»Was soll ich ihnen denn bitte sagen? Was sagt Gottes Sohn?« Ich fühlte mich in die Ecke gedrängt und hatte das Gefühl, dass, was immer ich jetzt sagen würde, es das Falsche wäre.

István schien auf diese Frage gewartet zu haben. »Keine Sorge, ich habe mir etwas einfallen lassen.« Er griff in seine Sakkotasche, holte ein zusammengefaltetes Blatt Papier heraus und überreichte es mir. »Du musst das dann nur mehr vorlesen. Besser wäre natürlich, wenn du es auswendig lernen könntest. Das Fernsehen wird da sein. Später wirst du natürlich noch mehr sagen müssen. Fürs Erste wird es aber reichen.«

Ich nahm das Blatt entgegen und betrachtete es. Es war eine auf dem Computer vollgeschriebene Din-A4-Seite. Ich legte es neben mich aufs Bett. Das wäre wohl der Zeitpunkt gewesen, abzulehnen und auszusteigen, die Konfrontation mit István zu wagen. Aber dann fielen mir Béla und seine Freunde ein. Und Istváns Worte – oder war es eine Drohung? – über den Umgang mit Betrügern. Ich hätte zugeben müssen, die Wahrheit über mich verschwiegen zu haben. Machte mich das schon zum Lügner? Benedek kam mir in den Sinn, der ein aufrechter, gläubiger Mensch war.

Bevor ich mit meinen Gedanken weiterkommen konnte, sagte István schon: »Wir haben uns also geeinigt?« Das war nicht als Frage gemeint. Und er erwartete auch gar keine Antwort von mir.

István klopfte mir auf den Oberschenkel, stand auf und wünschte mir eine gute Nacht, bevor er die Tür hinter sich schloss und mich mit seiner Rede allein ließ.

24

Wir lagen auf meinem gemachten Bett, Tina und ich, nebeneinander auf dem Rücken. Ich hatte mich zuvor, wie sonst auch, auf die Bettkante gesetzt, doch Tina streckte sich längs aus und daraufhin legte ich mich neben sie und schaute wie sie zur Decke.

Von meiner Kündigung und der daraus folgenden Konsequenz, dass ich noch etwas länger in Szentkukac bleiben würde, hatte ich ihr nicht erzählt, auch Istváns kürzlichen Besuch verschwieg ich. Es schien, als nähmen wir uns eine Auszeit von den Vorgängen um uns, als würden diese uns gar nicht betreffen, wenn wir uns nur über etwas anderes unterhielten. Stattdessen ließ ich mir von Tina über das Budapest unserer Generation erzählen, ein Budapest, das ganz anders war als das meiner Tanten und Großonkel in verstaubten, dunklen Wohnungen voller Verdruss über ihnen angetanes Unrecht. Gerade in Budapest gab es inzwischen europaweit angesagte Clubs – halb abgerissene Wohnhäuser, in denen, von Girlanden und bunten Glühbirnen beleuchtet, bis in die Morgenstunden junge Menschen aus allen Ländern auf mehreren Ebenen tanzten und tranken und auf Englisch, Italienisch oder Spanisch über die Zukunft Europas debattierten.

Auf den Straßen zwischen diesen verfallenden Häusern wurde weitergefeiert, auf dem Randstein sitzend Bier aus Dosen getrunken, mit den Taxifahrern über den Tarif gestritten und mit der Polizei über den Begriff der Ruhestörung verhandelt. Unter Tags konnte man Galerien von zeitgenössischen Künstlern besuchen, erfuhr ich, versteckt in Hinterhöfen oder in unscheinbaren Seitengassen, einen Kaffee in einer französisch anmutenden Bäckerei abseits der Touristenströme trinken oder auf der Margareteninsel mit kindergroßen Figuren auf einem auf den Asphalt gemalten Brett Schach spielen.

Ich sagte zu Tina, dass sie mir dieses Budapest zeigen müsse, dass ich mit ihr all das anschauen wolle. Sogar in eine Kunstgalerie würde ich mit ihr gehen, dachte ich mir, wohin mich Sandra mit keinem Versprechen der Welt hatte locken können. Ich stellte mir vor, wie wir in einem Straßencafé an einem kleinen Tischchen saßen und man uns für ein Pärchen hielt, wie sie mich ihren Freunden vorstellte.

Sie war es, mit der ich es mir ausmalen konnte, in die Prärie hinauszureiten, jeder auf seinem Pferd, bewaffnet lediglich mit einem Ein-Mann-Zelt und einer Pfanne, in der wir abends über einem Lagerfeuer Bohneneintopf kochten, meinetwegen mit Sojageschnetzeltem, wenn sie das wollte. Sie war es, mit der ich in eine fremde Stadt reiten wollte, sagen wir Shoot Out Town, ohne Plan und ohne Geld, nur wir zwei, und es würde uns nichts geschehen und wir würden ein Zimmer bekommen im Saloon.

Stattdessen erzählte ich ihr, dass meine Verwandten in Budapest mich immer gezwungen hatten, Obstsaft zu trinken und widerliche Ostblockschokolade zu essen, und dass ich im Sommer bei meinem Onkel das Plumpsklo im Garten benutzen musste und Angst gehabt hatte, in das dunkle Loch unter mir hineinzufallen.

Aber was, wenn ich mich auf dem Holzweg befand – wie schon so oft bei Frauen – und Tina nicht ansatzweise so von mir dachte wie ich von ihr und ich allein den Bohneneintopf kochen und leeressen musste? Sie war ja schon mit einigen Männern im Ein-Mann-Zelt verschwunden. Was hatte das also schon zu bedeuten, wenn wir, Schulter an Schulter und noch dazu angekleidet und nebeneinander, auf einem Bett lagen, während sie mit anderen Männern nicht angekleidet und nicht nebeneinander, sondern – ich wollte diesen Gedanken nicht weiterdenken. Vielleicht machte ich mir etwas vor, wie an jenem heißen Junischultag neben Ulrike, und ich hätte längst nach Wien zurückfahren sollen.

Die Matratze federte leicht. Tina hatte sich zu mir gedreht und lag nun auf der Seite. Sie hatte heute orange-weiß geringelte Socken an, wie ich erkennen konnte, wenn ich meinen Kopf leicht hob und das Kinn gegen die Brust drückte. Ich drehte mich ebenfalls zu ihr. Unsere abgewinkelten und an den Oberkörper angelegten Ellbogen mussten sich jetzt berühren, das ging gar nicht anders, sie justierte ihre Stellung nach und ihre Zehen kamen auf meinem Schienbein zu ruhen. Ich lag gerade und steif wie ein Brett. Obwohl ihr Gesicht bestimmt eine halbe Armlänge von meinem entfernt war, war ich mir sicher, noch nie jemandem so nahe gewesen zu sein. Ich überlegte, wann ich das letzte Mal Zähne geputzt hatte.

Vielleicht sollte ich offensiver sein, dachte ich mir, wer wusste, welche Chance ich mir gerade entgehen ließ. Vielleicht rätselte sie gerade, wie sie unser Verhältnis – unsere Beziehung – unsere Freundschaft einschätzen sollte, und ich könnte ihre Zweifel gerade jetzt aus dem Weg räumen. Vielleicht wartete sie nur darauf.

Sollte ich einfach meine Hand ausstrecken und hinübergreifen – wohin? Ihr die Haare hinters Ohr streichen? Meine Hand auf ihre nackten Oberarme legen – mit welchem Ziel? Auf ihren Hintern? Das dünne Blatt Papier in ihrer hinteren Hosentasche zum Rascheln bringen? Nein, dadurch würde ich alles zerstören. Oder umgekehrt – würde das alles lösen? Über die Form ihres Busens könnte ich mir jetzt ein für alle Mal Klarheit verschaffen, nur einmal die Hand ausstrecken …

»Trägst du eigentlich immer geringelte Socken?«, fragte ich stattdessen.

Ihr Mund formte sich zu einem Lächeln, einerseits erheitert über diesen unbeholfenen Annäherungsversuch, andererseits die Anmerkung dankend als Kompliment annehmend.

»Die gibt es in einer Fünferpackung«, sagte sie.

»In Szentkukac?«

»In Budapest.«

Wir lagen eine Zeitlang wortlos nebeneinander. Ich wagte es nicht, meine Position zu verändern, um ihre Zehen nicht von meinem Schienbein zu lösen. Sie zog ihren Ellbogen unter sich hinein. War das ein Rückzug? Ein Zeichen, dass ich ihr zu nahe gekommen war? Gab es vielleicht in Budapest ohnehin wieder jemanden, zu dem sie zurückfuhr? Sie drehte sich jetzt wieder auf den Rücken, ihre Zehen zeigten zur Decke, mein Schienbein lag verwaist da. Spielte sie nur mit mir? Wieso sagte sie nichts?

Ihre Brust hob und senkte sich, zwischen den Knöpfen ihrer Bluse konnte ich die weißen Spitzen ihres BHs erkennen, über ihrem Gürtel waren drei Fingerbreit Haut zu sehen, bis zum Nabel, der beim Ausatmen leicht zitterte. War sie doch nur der gute Freund, ein Kumpel mit Brüsten? Immerhin der einzige, den ich hier hatte.

Ich platzte in das Schweigen hinein mit den Worten: »István will, dass ich zu den Menschen rede. Als Jesus.«

»Der spinnt …«, sagte sie nun, nach einer kurzen Nachdenkpause, verächtlich. »Ich habe ihn zwar immer für intelligent gehalten, aber jetzt dreht er wirklich durch.«

Mir war klar, ich hatte noch nicht das Ganze gestanden. Jetzt musste alles heraus.

»Ich habe zugesagt.«

Tina setzte sich ruckartig auf und stützte sich mit der Hand seitlich ab. Die Öffnung zwischen den Knöpfen ihrer Bluse war wieder verschlossen.

»Das ist nicht dein Ernst? Fährst du nicht sowieso in wenigen Tagen heim?«

„Ich hätte schon vor mehreren Tagen wieder arbeiten müssen. Ich habe mich verrechnet. Ich bin gekündigt und bleibe hier.«

»Wieso hast du zugestimmt?«, fuhr sie mich jetzt an. »Wieso hast du das getan?«

Noch bevor ich etwas antworten konnte, sprang sie vom Bett auf.

»Ich weiß auch nicht …« Ich setzte mich ebenfalls auf. »István ist genau da gesessen … und hat auf mich eingeredet und eingeredet … Er hat die Rede für mich auch schon geschrieben, ich muss sie nur vorlesen. Man kann ihm so schwer widersprechen … Ein Nein hätte er nicht akzeptiert … Du kennst ihn ja.« Von der versteckten Drohung durch István und meiner Angst davor, was sie hier mit Scharlatanen tun würden, erzählte ich Tina nichts. Ich hätte mich zu armselig gefühlt.

»Ich dachte, du seist nicht ganz so dumm wie all die anderen hier … Dabei bist du noch viel dümmer. – Du wirst die Rede nicht halten.«

Was hatte Tina von mir erwartet? Man kann doch von jemandem nur enttäuscht werden, wenn einem dieser nicht ganz gleichgültig ist.

»Du hast leicht reden. Dich halten sie ja nicht für Jesus«, versuchte ich zu relativieren.

»Bist du darauf jetzt auch noch stolz oder was? Oder soll ich Mitleid haben mit dir?«

Tina schlüpfte in ihre Turnschuhe, umständlich vor zorniger Erregung. Die Streifen ihrer Socken und das Rascheln des Papiers waren nun so fern wie Shoot Out Town. Sie griff nach ihrer Jeansjacke, die sie über die Lehne des Holzstuhls geworfen hatte, und fuhr in die Ärmel, als gälte es, am anderen Ende in einen Sandsack zu boxen.

»Nein, du bist nicht dumm … Du bist einfach nur feig.«

»Glaubst du, mir macht das Spaß? Ich wollte nie in euer seltsames Dorf kommen, ich wurde gewissermaßen entführt.«

»Du bist freiwillig hergekommen.«

»Ich wollte ja abreisen, aber dann hatte ich auf einmal keine Arbeit mehr, und wie hätte ich das erklären sollen, dass ich trotzdem wegfahren muss?«

»Sieh an, unser Messias schafft es nicht, aus diesem Nest fortzukommen!«

Ich kam mir von ihr gedemütigt vor, wie ich jetzt auf dem Bett saß und sie in Schuhen und Jacke an der Tür stand, zum Gehen bereit.

»Wieso unternimmst nicht du etwas?«, fragte ich sie. »Wieso stehst du daneben, nörgelst herum und machst schlechte Laune mit deinen zynischen Bemerkungen? Dein Vater und Enikő und all die anderen, die glauben wenigstens an etwas, denen ist nicht alles egal.«

»Denkst du allen Ernstes, auf mich würde jemand hören? Ich bin die Inkarnation der antimagyarischen Verschwörung, ein Opfer der internationalen jüdisch-bolschewistisch-islamistischen Lügenpresse. Du bist so naiv, das glaubt man gar nicht. Du wirst diese Rede nicht halten!«

Wieso machte sie mir zuerst Hoffnungen und befahl mir anschließend, was ich zu tun hatte und was nicht? Wieso legte sie sich zuerst neben mich und beschimpfte mich anschließend?

Sie hatte die Tür schon geöffnet und wollte gehen.

»Woher nimmst du dir das Recht, ständig über andere zu urteilen?«

Sie blieb auf der Schwelle stehen und sagte kopfschüttelnd: »István hat schon den Richtigen gefunden.«

25

Die Kirche war bis auf den letzten Platz besetzt, entlang der Wand standen die Menschen dicht gedrängt. Bélas schwarzgrau gekleidete Männer hielten sich zwar im Hintergrund, waren aber nicht zu übersehen. In einer Ecke konnte ich eine Kamera auf einem Stativ ausmachen, hinter dem ein Mann mit Kopfhörern auf einem Drehhocker saß und die Kamera durch den Saal schwenkte. Die Kanzel wurde von großen rot-weiß-grünen Fahnen und dem Wappen mit dem Turul-Vogel flankiert.

Das Ganze würde schnell vorüber sein – wie eine unangenehme Untersuchung beim Arzt, vor der man lange Stunden im Warteraum zu verbringen glaubt, die aber, sobald sich die dicke, weiß gepolsterte Tür hinter einem geschlossen hat, an einem vollzogen wird, noch ehe man Zeit hat, sich der herbeigefürchteten Situation bewusst zu werden.

Ich hörte noch den Pfarrer poltern, dass es nur einen richtigen Glauben geben könne, nur eine richtige Kirche und dass einzig die Gemeinde der Urmagyaren diesen einen wahren Glauben vertrete, der jetzt endlich auch die Welt außerhalb von Szentkukac erreiche.

»Wir haben euch nicht angelogen, wie manche Nestbeschmutzer und Ungläubige behaupten!« Attila hob die geballte Faust abwechselnd kämpferisch in die Höhe und ließ sie wuchtig auf das Tischchen krachen. »Wir haben den Beweis! Jesus, der Sohn Gottes, der ungarische Sohn des ungarischen Gottes – er ist hier unter uns!« Direkt in die Kamera sagte er: »Jesus ist zurückgekehrt!«

Die Reaktion der Menschen darauf bekam ich nicht mit, denn ehe ich wusste, wie mir geschah, stand ich schon vorne und entfaltete mit zitternden Händen Istváns Blatt. Es musste drunter und drüber gegangen sein, denn schlagartig war eine solche Stille eingekehrt, die unheimlich war, voller Spannung und Erwartung, wie die Sekunden, in denen der letzte Schütze den Ball auf dem Elfmeterpunkt zurechtlegt, oder wie vor dem finalen Schusswechsel zwischen dem bösen und dem guten Revolverhelden, die sich gegenseitig belauern und mit den Blicken durchbohren, während sich ihre Finger heimlich Richtung Abzug strecken. Verschwommen erkannte ich Bélas Männer vor mir, die eine Kette bildeten und die Menschen daran hinderten, die Kanzel zu stürmen. Ich kniff die Augen zusammen und fokussierte auf die Buchstaben vor mir – wie wenn man in der Nacht betrunken nach Hause fahren will und mit größter Aufmerksamkeit die Fahrplananzeige studiert, um ja nicht in die falsche Straßenbahn zu steigen.

Ohne aufzublicken, las ich nun Istváns Text vor. Ich hatte ihn mir vorher einmal durchgelesen, da ich nervös war. Unter anderem schilderte ich meine Kreuzigung und zeigte dabei meine Narbe und mein Muttermal her. Ich musste auch des Öfteren den Satz sagen: »Ich bin Jesus.« Diesen hatte István mit einem Leuchtmarker grün angestrichen. Beim ersten Mal fiel es mir schwer, beim zweiten und dritten Mal aber ging es mir schon leichter über die Lippen.

Als ich mich etwas beruhigt hatte und einmal den Blick hob, machte ich Tina im Publikum aus. Sie schaute mich spöttisch an, voller Schadenfreude – nun müsste ich ertragen, was ich mir selber eingebrockt hätte. Sie war aber auch wütend. Es war klar, dass sie nicht freiwillig da war, Béla kauerte hinter ihr und links und rechts waren zwei junge Männer in grauen Hemden postiert. Ihrer Körperhaltung konnte ich klar entnehmen: Ich hatte sie enttäuscht. Dann verschwammen ihre Konturen wieder.

Ich las meine Rede stotternd zu Ende, verbeugte mich unpassenderweise wie bei einem Referat in der Schule und ging, gefolgt von den Blicken der Kamera und sämtlicher Augen, wieder auf meinen Platz. István nickte mir zu. Ich hatte bestanden, die Untersuchung war vorbei.

Jetzt war ich wirklich Jesus.

VIERTER TEIL: DIE HUNDE BEISSEN ZU

26

Nach meinem Outing wurden die Wachen vor meinem Haus drastisch verstärkt. István bestand darauf, und er hatte recht. An einen normalen Alltag war nicht mehr zu denken. Ich konnte nicht auf die Straße treten, ohne dass Gläubige sich vor mir auf die Knie warfen und mich abküssten. Über Nacht war ich zum Superstar geworden, der Wunder tätigen konnte. Neben der »Ostungarischen Rundschau« berichteten nun mehrere ungarische Zeitungen von den Vorgängen in Szentkukac, das Video von meiner Ansprache in der Kirche dieses kleinen Dorfes kursierte im Internet. Nur die großen Medien schwiegen. Aber diese Lügenpresse werde sowieso nicht benötigt, machte István klar.

Gleich am nächsten Tag klopfte es in aller Früh an meine Tür. Entgegen Istváns Warnung machte ich auf. Es hätte ja Tina sein können. Zuerst dachte ich, es sei ein Streich von Kindern, die anläuteten und davonrannten, da ich ins Leere blickte, aber dann erkannte ich einen von einem Tuch verhüllten Kopf auf der Höhe meiner Lenden.

»Ja, bitte?«, fragte ich nach unten.

Statt einer Antwort kam eine knorrige Hand unter dem Umhang zum Vorschein und hielt mir einen ovalen, goldfarbenen

Bilderrahmen entgegen, wie er in Wohnungen alter, verstorbener oder beinahe verstorbener Menschen zu finden ist.

Die alte Frau, die zu der knorrigen Hand und zum verhüllten Kopf gehörte, sagte immer noch nichts, schüttelte aber das Bild, wie als Aufforderung, es zu nehmen. Als ich den eiförmigen Rahmen in der Hand hielt, bemerkte ich, dass es nicht ein altes Bild war, sondern ein Foto. Und dieses Foto zeigte: mich.

Es war eine Aufnahme, die ich vor zwei oder drei Jahren als Profilbild in ein soziales Netzwerk gestellt hatte und die auf einem schlechten Patronendrucker ausgedruckt worden war. Mein Gesicht war durchzogen von hellen Streifen, ein bisschen wie ein Grillkäse, nur dass bei diesem die Streifen dunkel waren.

»Was soll ich damit?«

Der Kopf blieb unten. Dafür aber fuchtelte die Frau mit der Hand neben meinem Knie und sagte wie bei der Litanei in der Kirche: »Oh Herr … mein Erlöser … Ich bin deines Anblickes nicht würdig. Retter aller Ungarn, segne dieses Bild.«

Ich wollte sie so schnell wie möglich loswerden, also fragte ich: »Meinetwegen. Und wie? Einfach küssen? Das Bild, meine ich …«

»Wie Ihr für richtig befindet.«

Ich drückte meine Lippen gegen das Glas und reichte das Bild wieder nach unten. Die Alte aber weigerte sich, es entgegenzunehmen.

»Nein, nein. Dreimal müsst Ihr es küssen.«

Also küsste ich meinen eigenen Mund dreimal und gab ihr

das Bild, worauf sie, ohne ihre gebückte Haltung aufzugeben und mit gebeugtem Kopf, im Rückwärtsgang davontrippelte.

Erst jetzt kam einer der Wachmänner die Stufen heraufgehechtet, beschimpfte die alte Frau und entschuldigte sich bei mir, er habe nur für einen Augenblick die Augen geschlossen, das werde nicht wieder vorkommen. Ich solle bitte weder István noch Béla – dem erst recht nicht! – etwas erzählen. Ich beruhigte ihn, ich würde schweigen wie ein Grab. Er trat abschließend mit dem Fuß nach der Alten, die immer noch neben ihm kauerte, und verschwand.

Wenn ich auf der Straße unterwegs war, näherten sich mir immer wieder Menschen und griffen nach meinem Ärmel, meiner Hose oder versuchten, meine Hand zu ergreifen. Einmal warf sich sogar ein Mann vor mir auf den Boden, worauf ich vor Verwunderung stehenblieb, obwohl mich die beiden Wachmänner, die mich nun bei jedem Ausgang verlässlich begleiteten, zum Weitergehen drängten.

Das Internet funktionierte jetzt sehr gut, es wurde dafür gesorgt, dass jedes Haus mit einem schnellen Internetanschluss versorgt war. Allerdings ließen sich ausländische Seiten gar nicht mehr öffnen, dafür wurde man auf andere Seiten verwiesen, mit Hinweisen wie: »Ihre Suche ergab leider keinen Treffer. Meinten Sie vielleicht: Die Verschwörung der Rothschilds gegen die Ungarn?« Die turkmenische IT-Firma lieferte saubere Arbeit.

Neu war hingegen, dass von den antimagyarischen Verschwörungen nun auch in den gedruckten Regionalzeitungen zu lesen war, zumindest in jenen, die in Szentkukac zugestellt wurden. Eine dieser Zeitungen, die man mir täglich aufs Zimmer brachte, berichtete von einer neuen Studie, die vor den Nebenwirkungen durch Impfungen warnte. Wissenschaftler hätten herausgefunden, dass die Impfungen, die in Ungarn erhältlich seien, die Frauen sterilisierten und auf lange Sicht eine Reduktion der Bevölkerung bewirkten. Andere behaupteten sogar, diese Impfungen würden eine tödliche Krankheit verursachen und das übergeordnete Ziel sei nichts weniger als ein Völkermord. Und damit sich auch alle impfen ließen, würde man in einem Labor ein auf Ungarn beschränktes Virus züchten, das noch viel schlimmer sei als das Coronavirus, und – angeblich zu ihrem eigenen Schutz – eine Impfpflicht für die ganze Bevölkerung einführen.

Eine andere Zeitung wiederum widmete eine Doppelseite den Kondensstreifen, die die Flugzeuge am Himmel hinterließen. Diese würden chemische Stoffe enthalten, die Schritt für Schritt die Denkfähigkeit der Menschen lähmten, bis sie die Lüge glaubten, dass die Ungarn ein primitives Nomadenvolk aus dem fernen Osten seien und nicht die Wiege der Menschheit.

Zufall sei das keiner, dass gerade über Ungarn der Flugverkehr massiv ausgebaut werde. Wie könne es sonst möglich sein, dass der Flug von Budapest nach London billiger sei als die Fahrt zum Flughafen? Da gehe es gar nicht darum, von A nach B zu reisen, sondern darum, genug Passagiere ins Flugzeug zu bekommen, damit es einen Vorwand gebe, die mit Chemikalien versetzten Kondensstreifen über Ungarn zu versprühen. Ein Pilot, der anonym bleiben wollte, gab in einem Interview zu, dass die Zwischenlandungen in Frankfurt nur dazu dienten, irgendeine Substanz in den Tank zu füllen.

Er sehe vom Cockpit aus einen kleinen Lieferwagen, aus dem Männer in weißen Kitteln stiegen und sich am Tank zu schaffen machten. Er könne aber nicht sagen, was da hineinkomme.

27

Es fanden nun regelmäßig Pressekonferenzen statt, die im Fernsehen übertragen wurden und die dazu dienten, die Öffentlichkeit auf den neuesten Stand zu bringen und Journalisten die Möglichkeit zu bieten, Fragen zu stellen. Publikum war auch zugelassen. Es sollten, wie István betonte, keine medialen Inszenierungen wie gewöhnliche Pressekonferenzen werden, wo die Journalistenfragen meist abgesprochen waren, sondern solche, bei denen sich jeder vor Ort überzeugen konnte, dass nichts gespielt war.

Bei der ersten dieser Konferenzen kam mir die Ehre zuteil, neben István Platz zu nehmen. Das müsse sein, versicherte István, das Volk habe ein Recht darauf, Fragen an Jesus zu richten. Man dürfe nicht den Eindruck erwecken, wir hätten etwas zu verbergen. Nachdem ich ja öffentlich zugegeben hatte, Jesus zu sein, und Tina anscheinend ohnehin böse auf mich war, schreckte ich davor nicht mehr zurück.

Die erste Frage lautete, ob ich die ganze Bibel gelesen hätte. Ich dachte nach. István schaute mich hilfsbereit an und wollte schon antworten, aber ich sagte: »Nein, nicht alles, aber neben meinem Bett liegt eine Bibel, in die ich immer wieder einen Blick werfe.« Das war nicht einmal gelogen.

»Mögen Sie das Alte oder das Neue Testament lieber?«

Das war eine Fifty-Fifty-Chance. »Das Alte, eindeutig«, sagte ich professionell. Wieso auch immer.

»Aber da kommen Sie ja gar nicht vor.«

»Es ist immer gut zu wissen, was vor der eigenen Zeit passiert ist.«

Es lief bis jetzt ganz gut. Was wäre, wenn ich vor laufender Kamera mit der Wahrheit herausrücken würde?

Als hätte István meine Gedanken erraten, beantwortete er die nächsten beiden Fragen für mich. Ob ich mich an meine Kreuzigung erinnern könne? Nein, aber die Narbe und das Muttermal seien handfeste Beweise dafür, so István. Und ob ich mich selber umgebracht hätte, wenn Pilatus damals auf seine Frau gehört und mich begnadigt hätte? Schließlich wäre ich ja sonst nicht für die Menschen gestorben und die ganze Geschichte mit der Auferstehung wäre nicht passiert. Das sei eine blasphemische Frage, erwiderte István zornig, er werde nicht zulassen, dass diese ernstgemeinte Pressekonferenz durch atheistische Propaganda gestört werde.

Die nächste Frage war harmlos: »Werden Sie sich wieder die Haare wachsen lassen?«

Ich wartete ab. Aber István überließ diesmal das Antworten wieder mir.

»Nun ja, das kommt sehr auf den Friseur von Szentkukac an ...«

Die Antwort gefiel den Menschen.

»Wie nahe standen Sie eigentlich Maria von Magdala?«

István wies diese Frage zurück. »Bitte keine persönlichen Fragen.«

»Haben Sie vor, eine Autobiographie zu schreiben?«

»Warum nicht?«

»Dafür wird er leider keine Zeit haben, was glauben Sie, was Jesus den ganzen Tag so macht?«, mischte sich István wieder ein. »Das Wichtigste steht ohnehin im Neuen Testament. Nächste Frage.«

»Was passiert mit all jenen Menschen, die nicht an den ungarischen Jesus glauben?«

»Nun, ich bin mir sicher, für die wird es eine Rettung geben«, sagte ich.

István schaute mich böse an.

An der nächsten Pressekonferenz drei Tage darauf nahm ich nicht mehr teil. István ließ den Medien ausrichten, Jesus habe keine Zeit für solchen menschlichen Kram.

Mir war es nur recht. Tina hatte ich seit meinem ersten öffentlichen Auftritt als Jesus nicht mehr gesehen, nicht einmal bei den Mahlzeiten in Attilas Haus. Jetzt bot sich eine gute Gelegenheit, etwas in Erfahrung zu bringen, da Béla bei der in Kürze stattfindenden Pressekonferenz im Einsatz war, und Gergő, den taubstummen Wachmann, würde ich schon irgendwie loswerden. Ich wollte Benedek aufsuchen und ihn nach Tina fragen. Ich kam aber nur bis zur Stiege, wo mir zwei Béla-Männer, die ich bis jetzt noch nicht gesehen hatte, entgegenkamen und einen alten, schweren Röhrenfernseher herauftrugen.

»Der ist für dich, mein Herr. Béla schickt ihn. Die Pressekonferenz wird im Fernsehen übertragen.«

Noch ehe ich entgegnen konnte, ich würde mir die Füße

vertreten, drängten sie mich ins Zimmer zurück und stellten das riesige Gerät auf das Tischchen. Der eine fummelte an der winzigen Antenne herum, während der andere auf der Fernbedienung, die es zu meiner Überraschung zu diesem Modell schon gab, herumdrückte.

»So. Er läuft. Bitte sehr.« Sie drückten mir die Fernbedienung in die Hand.

»Danke. Ich wollte mir aber eigentlich gerade die Füße vertreten.«

»Die Pressekonferenz beginnt jetzt.« Und damit verließen sie mein Zimmer und schlossen die Tür hinter sich. Immerhin war es ein Farbfernseher.

Auf dem Bildschirm waren István und Professor Barna zu sehen, die hinter einem Tisch mit Mikrofonen saßen. Neben ihnen nahm gerade eine Frau Platz. Darunter war ihr Name eingeblendet: »Dr. Katalin Pokoli, Expertin für Magyarenkunde.«

Ich schaltete um, aber alle anderen Kanäle waren leer, da flirrten nur schwarze und weiße Punkte über den Bildschirm. Es gab einen einzigen Sender: »Urmagyar TV«. Ich drehte ab und wollte noch ein wenig warten, um sicherzugehen, dass die beiden weg waren. Da ging die Tür auf.

»Ist mit dem Gerät etwas nicht in Ordnung?« Einer der beiden schaltete den Fernseher wieder ein.

»Wo ist Gergő?«, wollte ich wissen.

»Der wird anderweitig eingesetzt. Ab jetzt sorgen wir für deine Sicherheit, mein Herr.« Und damit war ich wieder allein im Zimmer.

Ob ich wollte oder nicht, ich musste mir diese Pressekonferenz anschauen. Ob ich wollte oder nicht, ich bekam mit, wie István den gebannt zuhörenden Journalisten eröffnete, dass die neuesten wissenschaftlichen Erkenntnisse zutage gefördert hätten, dass nicht nur Jesus, sondern auch dessen Vater, Gott, ein Ungar sei. Wenn man bedenke, dass, wie mittlerweile allseits bekannt, Gott Ungarisch spreche, sei es nur die logische Schlussfolgerung, dass er auch Ungar sein müsse.

»Aber niemand anderer ist befugter, uns die wissenschaftlichen Fakten näherzubringen, als die neben mir sitzende reizende Frau Dr. Pokoli. Kati, wenn ich dich bitten darf.« István schob das Mikrofon zu ihr hinüber.

Dr. Katalin Pokoli war im Vergleich zu István und Professor Barna eine geradezu jugendliche Erscheinung mit ihren rund vierzig Jahren, auf die ich sie schätzte. Die langen dunklen, etwas fettig wirkenden Haare waren zu einem mädchenhaften Zopf geflochten, dazu im Kontrast standen allerdings die für ihr Alter relativ vielen Falten im Gesicht, die vor allem bei Großaufnahmen die Gesamterscheinung dominierten. Schon bald hatte ich das Gefühl, dass diese weniger vom jahrelangen Studieren als vielmehr vom ebenso langen Hegen von Wut und Hass stammten, die sich nun endlich den Weg nach draußen bahnen konnten. Ihre rechteckige funktionale Brille passte eher zu einer Informatikerin.

Sie selber stellte sich als Astrosoziologin vor – »Sie können mich auch ruhig Ufologin nennen, ich habe kein Problem mit dieser Bezeichnung« –, die ihr Doktorat an einer aserbaidschanischen Privatuniversität in Extraterrestrischer

Kulturkunde erworben hatte. Es war ihr wichtig zu betonen, dass sie nicht an einer der gleichgeschalteten und der antimagyarischen Verschwörung verschriebenen staatlichen Universitäten studiert hatte, sondern an einer unabhängigen, einer, die sich tatsächlich der Erforschung der Wahrheit verpflichtet sah.

Sie setzte nun auseinander, dass Gott, der ja schon vor dem ersten Menschen Ungarisch gesprochen habe, eines Tages die Selbstgespräche satt hatte und daher den Menschen erschuf, um einen Gesprächspartner zu haben. Es sei höchst unwahrscheinlich, dass Gott das erste Volk mit einer Sprache ausgestattet habe, die er selber nicht verstand.

Professor Barna pflichtete ihr mit einem entschiedenen Nicken bei.

»Sie reden mit Ihren Kindern ja auch Ungarisch, oder?«, sagte Dr. Pokoli gehässig.

Man müsse außerdem die neuesten Erkenntnisse der Genetik mit in Betracht ziehen, ergänzte Professor Barna, die belegten, dass zum Sprechen dieser göttlichen Sprache nur befähigt sei, wer über die entsprechende genetische Ausstattung verfüge.

Neben zustimmenden Zwischenrufen gab es unter den Anwesenden auch Gehüstel und Gemurmel, das war sogar durch das Fernsehen zu hören. Dann hob eine Journalistin die Hand: »Mein Name ist Ildikó Horváth, vom ›Budapester Nachrichten-Express‹. Ich bin mir nicht ganz sicher, ob ich das jetzt richtig verstanden habe: Sie wollen also behaupten, dass Gott ein Ungar ist? Entschuldigen Sie, aber meinen Sie das ernst?«

»Halt's Maul, du Hexe«, fuhr sie jemand an. »Wenn du eine Ungläubige bist, dann hau ab.«

»›Budapester Nachrichten-Express‹ – das ist bestimmt so ein liberales Blatt. Hinaus mit ihr!«, ertönte es aus dem Publikum. »Hinaus mit allen Kommunisten!«

»Planen Sie, in Szentkukac eine Art Diktatur zu errichten?«, fragte die Journalistin etwas verunsichert weiter.

Am Bildschirmrand war zu erkennen, wie Béla sich an der Seite des Saales auf die Journalistin zubewegte und auf der Höhe ihrer Reihe stehenblieb. Zwei Männer, beide in schwarzer Hose, grauem Hemd und einer schwarzen Lederweste, machten sich auf den Weg durch die Reihen zu ihrem Sitz. Die Kamera folgte ihnen dabei. Am linken Arm trugen sie, ebenso wie Béla, eine Binde. Sie war in schmalen rot-weißen Streifen gehalten. Auf dem Kopf saß eine dunkelgrüne Schirmmütze mit einer Art Wappen vorne, das ich aber nicht erkennen konnte.

»Es haben sich Verräter unter uns gemischt!«, brüllte jemand. Es wurde unruhig.

»Sie sind mitten unter uns!«, riefen andere.

»Die Schlampe wird sicher von den Rothschilds bezahlt!«

»Haltet eure Augen und Ohren offen! Sie tarnen sich!«

In den Augen der Journalistin, die man nun in Großaufnahme sah, zeigten sich Verstörung und Angst. Die beiden Uniformierten standen nun unmittelbar vor ihr.

Auf einmal hörte man, mitten im Tumult, die ruhige Stimme Istváns. Die Kamera schwenkte auf ihn: »Aber meine lieben Freunde … Wir dürfen nicht die Fassung verlieren. Das ist es doch, was sie wollen.« Er schaute in Richtung Béla und machte mit dem Kopf eine wegwischende Bewegung. Man sah nun, wie Béla und seine zwei Männer von der Journalistin abließen und sich zurückzogen. »Natürlich gibt es Medien, die von reichen Bankiers finanziert werden.«

»Die Bankiers dürfen nicht als Letzte lachen!«, unterbrach ihn ein Zwischenruf.

»Genau! Die sollte man an einem sicheren Ort konzentriert festhalten!«

»Vergessen Sie nicht, die Muslime und die Schwulen und die Lesben mitzunehmen«, sagte Dr. Pokoli.

»Stoppt die Schwulen! Weg mit den Kinderschändern!«

»Schiebt alle Feministinnen ab!«

»Gibt es in Szentkukac überhaupt Feministinnen?«

»– aber ich bin mir sicher, liebes Fräulein Horváth«, setzte István unbeirrt fort, »dass Ihr geschätztes Blatt – wie heißt es noch einmal? – ›Budapester Espresso‹? – nicht dazu gehört. Sie müssen wissen, dass es wohl keinen anderen Ort in Ungarn gibt, an dem man sich so bedingungslos für Meinungs- und Pressefreiheit einsetzt wie hier bei uns in Szentkukac. Es ist unser erklärtes Ziel, die unterschiedlichsten Stimmen zur Frage des Magyarentums zu Wort kommen zu lassen. Damit beantwortet sich auch Ihre, nun ja, zynische Frage: Nein, wir errichten keine Diktatur.«

»Dafür müssen Sie schon nach Budapest zurückgehen«, ergänzte Professor Barna. »Oder ins Königreich Brüssel … Dort haben Sie Ihre linksliberale Gesinnungsdiktatur.«

»Um auf Ihre erste Frage zurückzukommen«, setzte István fort, »wenn Sie den Ausführungen von Dr. Pokoli gefolgt sind, Fräulein Horváth, dann ist Ihnen bestimmt nicht entgangen, dass sämtliche wissenschaftliche Fakten, die heute auf dem Tisch liegen, darauf hindeuten, dass Gott Ungar war. Aber Sie können gerne das Gegenteil beweisen.«

Aus dem Publikum erklang Applaus, vereinzelt war ein »Amen« zu vernehmen.

»Ich hätte noch eine Frage, die an die Kollegin vom ›Budapester Nachrichten-Express‹ anknüpft«, meldete sich ein Journalist zu Wort.

»Tut mir leid, aber die Pressekonferenz ist beendet«, sagte István und erhob sich. »Vielen Dank für Ihr reges Interesse und gute Heimfahrt. Gott segne die Ungarn.«

Nach der Signation folgte eine Werbung in Dauerschleife: »Urmagyar TV – der neue Sender für echte Ungarn. Der einzige Sender Mitteleuropas, der unabhängig ist. Willst du unzensierte Nachrichten hören? Dann schaue: Urmagyar TV.«

Ich schaltete aus. Meine Tür blieb zu.

28

»Männer mit Männern ... Eine Sünde«, sinnierte Attila.

»Widerlich!«, befand Enikő.

Im Anschluss an die Pressekonferenz gab es im Garten einen Empfang, allerdings nur mehr für geladene Gäste. Professor Barna hatte Attila soeben über die neuesten Trends des Multikulti in der Hauptstadt unterrichtet, wo Schwule und Feministinnen mit ihrer abartigen Ideologie versuchten, Jugendliche zu verwirren und Familien zu zerrütten und auf diese Weise das Fundament der Gesellschaft zu zerstören.

Auch ich war eingeladen, wobei ich nicht den Eindruck hatte, dass mir wirklich eine Wahl gelassen wurde. Zugleich hatte ich mir aber Hoffnungen gemacht, Tina dort anzutreffen. Und ich sollte recht behalten. Auch wenn es alles andere als so wirkte, als sei sie freiwillig hier.

»Sag, Tina, gibt es das unter den Jungen in Budapest wirklich?«, wandte sich Attila an seine Tochter. »Wir müssen ihnen helfen.«

Sie zuckte gleichgültig mit den Schultern.

»Nicht nur das. Auch Frauen mit Frauen!« Dr. Pokoli schob sich, mit ihrer Gabel in einem Tortenstück stochernd, in den Kreis. Ihre Augen funkelten hinter den schlierigen rechteckigen Brillengläsern.

Tina war es durchaus recht, nicht darauf eingehen und ihren Vater in der Öffentlichkeit bloßstellen zu müssen. Sie schien von ihrer Widerstandskraft eingebüßt zu haben.

»Und Männer, die sich für Frauen halten, und Frauen, die sich für Männer halten!«, fuhr Dr. Pokoli fort. »Und es gibt solche, die gar nicht wissen, was sie sind, und es gar nicht wissen wollen!«

»Hören Sie auf!«, bat Enikő.

»Wir müssen aufpassen.« Dr. Pokoli fuchtelte mit der Gabel in der Luft. »Draußen in Europa ist das Alltag. Dort gilt es als abnormal, wenn Mann und Frau ein Kind zeugen wollen, wie Gott ihnen das befohlen hat.« Sie redete mit vollem Mund und verlor dabei Tortenkrümel, von denen sich einige im Topfen, der an ihrem Kinn klebte, verloren.

»Die wollen unseren Niedergang«, sagte Attila erbost.

»Das ist alles Teil eines breit angelegten Plans«, sagte Dr. Pokoli. Sie war einen Schritt aus dem Kreis hervorgetreten. Mir fielen ihre unrasierten Beine unter dem von der Taille trichterförmig abstehenden und knapp unter den Knien endenden Faltenrock auf. »Sie wollen uns Ungarn ausrotten. Weil angeblich heimische Arbeitskräfte fehlen, überfluten sie uns mit Flüchtlingstsunamis, statt die ungarische Rasse zu vermehren. Deswegen impfen sie auch unseren Kindern schon im Kindergarten das Gift der Genderideologie und des Feminismus ein, denn wenn alle nur mehr schwul und lesbisch und weiß der Teufel was sind, dann gibt es bald auch keine ungarischen Kinder mehr – und wir brauchen noch mehr Ausländer mit minderwertigen Kulturen, heidnischen Religionen und verlausten Kopftüchern.«

Enikő schüttelte angeekelt den Kopf, Attila hörte gebannt zu.

»Und erst dieser Feminismus: Wenn die Frau sich in den Kopf setzt, dass sie Karriere machen muss – wer gebärt dann die Kinder? Etwa der Mann?«

»Sehr wahr«, fanden einige der Gäste, die sich um uns versammelt hatten. »Irgendwann werden sie noch die Männer zwingen, die Kinder auszutragen und sie zu stillen …«

Ich hatte Tina bis jetzt noch nie im Rock gesehen. Vielleicht, weil sie dazu nicht ihre Ringelsocken tragen konnte. Aber warum eigentlich nicht? – Wo war sie jetzt? Ich schaute mich nach ihr um. Sie stand etwas abseits. Mir kam es nun als Verrat vor, in einem Atemzug an Tinas und Dr. Pokolis Beine zu denken. Ich sollte mich mit Tina versöhnen.

»Diese ganzen frustrierten Emanzen sehnen sich regelrecht nach einer Gruppenvergewaltigung«, sagte jemand – zu meinem Schrecken war das ein junger, gut gebauter Mann, dem so etwas auch durchaus zuzutrauen war. Unter seinem engen T-Shirt zeichneten sich seine durchtrainierten Bauchmuskeln ab.

»Viele lassen sich auch künstlich befruchten, manche sogar dann, wenn sie keinen Partner haben«, schaltete sich nun Professor Barna ein. »Das wird technisch immer einfacher und billiger. Ich nehme an, die Europäische Union stellt dafür Fördergelder zur Verfügung …«

»Oder ein bestimmter Mann, der zufällig jüdischer Abstammung ist«, sagte Dr. Pokoli. »Wir wissen alle, wer damit gemeint ist. Aber: Was fast noch schlimmer ist – so geben sie ihre kranken Gene weiter.«

»Angeblich treiben sie es auch mit Tieren!«, warf eine Frau um die fünfzig ein – und wurde dafür vom Mann mit den Bauchmuskeln mit einem schelmischen Lächeln bedacht. Mir kam vor, er zwinkerte ihr sogar zu.

Ich hatte jetzt das unbedingte Bedürfnis, in Tinas Nähe zu gelangen. Aber wo war sie?

Jemand berichtete nun erbost, dass der neueste Trend im Westen der sogenannte Veganismus sei – »Ist das so etwas wie der Islamismus?«, fragte die Frau von vorhin. Die Veganer würden in ihrem Fanatismus behaupten, den Klimawandel aufhalten zu können, wusste jemand anderer.

»Ach ja, das Märchen vom Klimawandel …«, sagte Dr. Pokoli. »In Wahrheit ist das ja ganz anders: Durch den Verzicht auf tierische Produkte wird einerseits die ungarische

Landwirtschaft geschädigt und andererseits soll dadurch die Bevölkerung verweichlicht werden. Das übergeordnete Ziel ist die Zerstörung der traditionellen Lebensweise.«

Ich entdeckte nun Tina und Benedek, die am Gartentor standen und sich unterhielten, den Garten aber nicht verließen. Ein junger Bursche in Uniform verstellte den Ausgang. Es war offensichtlich, dass Tina festgehalten wurde.

Ich bewegte mich langsam von der Gruppe weg, die nun die Frage erörterte, ob jemand, der nur Gemüse esse, genug Testosteron hätte, um im Kriegsfall seine Heimat zu verteidigen, und näherte mich, alibihalber über einen Umweg zu den Fruchtsäften, Tina und Benedek. Ich ging nun geradewegs auf sie zu.

»Ludwig, du verlässt uns schon?« István trat von der Seite her zu mir und legte seine Hand auf meine Schulter. »Ich bin mir sicher, der Herr Pfarrer freut sich sehr, wenn du uns noch ein wenig Gesellschaft leistest.« Er lächelte mich an.

Ich ließ mich von seiner Hand an meiner Schulter zur Gruppe zurückdrehen.

Als ich wenig später wieder zum Gartentor hinüberspähte, stand dort Benedek allein. Tina war verschwunden.

29

Seit meiner Kündigung bei Herrn Pospischil und seitdem ich gewissermaßen festsaß in Szentkukac – wenn auch nicht ganz unverschuldet –, waren mittlerweile mehrere Wochen vergangen. All die Uniformierten, die seit einiger Zeit an Kreuzungen standen, auf den Straßen marschierten oder einfach herumlungerten, die mein Haus und das Gartentor bei Attila bewachten, waren Mitglieder der von Béla gegründeten Urmagyarischen Wachmannschaft. Man sah sie – übrigens ausschließlich Männer, fast alle zwischen zwanzig und höchstens fünfunddreißig – nun überall in Szentkukac. Sie traten als eine Gruppe in Erscheinung, die an der einheitlichen Kleidung für alle zu erkennen war: eine schwarze Hose, ein graues Hemd – ordentlich in die Hose gesteckt –, darüber eine schwarze Lederweste, die vorne offen war, eine dunkelgrüne Schirmmütze und die rot-weiß gestreifte Armbinde, die mir schon bei der Übertragung der Pressekonferenz aufgefallen war. Das Wappen vorne auf der Mütze stellte den Turul-Vogel dar, dieses seltsame Tier, mit dem ich angeblich sprechen konnte. Und die schmalen rot-weißen Streifen, wurde ich von István belehrt, seien die Farben der Árpád-Fahne, die die Ungarn bis vor rund 1000 Jahren verwendeten. Das untere Ende der Uniform bildeten bis fast zu den Knien zugeschnürte Stiefel.

»Fesch schauen sie aus! Adrett!«, zeigte sich Enikő angetan. »Béla wird langsam zu einem Mann.«

Die folgenden Gottesdienste und Pressekonferenzen sollten durch keine Querulanten mehr gestört werden. Wie ich erfahren hatte, waren die paar Menschen, die Bedenken über den ungarischen Gott geäußert hatten, aus Szentkukac »weggezogen«, wie es István ausdrückte. Es habe sie aber niemand dazu gezwungen, anscheinend habe es ihnen nicht mehr gefallen hier. Nur ein Mann habe länger überlegt, ob er nicht doch bleiben solle, immerhin habe er das Haus selber gebaut und seine Familie würde seit vielen Generationen in Szentkukac wohnen, aber nachdem Béla mit einem Kollegen auf einen Tee bei ihm vorbeigeschaut habe, habe er auch auf einmal Umzugswünsche geäußert.

Man habe aber, so István, um die Sicherheit in Szentkukac zu gewährleisten, eine Liste mit all jenen Personen innerhalb und außerhalb des Ortes erstellt, die eine potentielle Gefährdung für die Gemeinde der Urmagyaren und das öffentliche Gemeinwohl darstellten. Diese werde man in Zukunft genau beobachten, um im Notfall sofort eingreifen zu können und Unruhestiftern von außen die Einreise gar nicht erst zu ermöglichen.

Für diesen Zweck habe man das Hun-Net weiter ausgebaut. In Szentkukac sei jetzt nur mehr diese Version des Internets verfügbar. Ein auffälliges Internetverhalten werde sofort, über die turkmenische IT-Firma, an die Gemeinde der Urmagyaren weitergeleitet.

»Sehr gut«, befand Enikő.

Man bedenke nur, wie schwierig das früher gewesen sei, schwärmte István, als man noch Wohnungen nach verbotenen Büchern und Zeitungen und versteckten Schreibmaschinen habe durchsuchen müssen. Das Telefon musste umständlich abgehört, Wanzen mussten in Ecken und unter Tischen befestigt werden. Das Problem sei allerdings, warnte István, dass es immer noch viele Menschen gebe, vor allem ältere, die das Internet kaum verwendeten und nur Zeitungen auf Papier läsen. Diesen müsse man die Vorteile der Internetnutzung schmackhaft machen. Zeitungen, die antimagyarische

Propaganda verbreiteten, würden zwar nicht mehr zugestellt werden, das habe man im Griff, aber es bestünde immer noch die Gefahr, dass jemand eine Zeitung oder ein Buch nach Szentkukac hereinschmuggle.

»Jedes Auto bei der Einreise zu untersuchen, würde auffallen«, sagte István.

»Diese Zeiten sind vorbei«, seufzte Professor Barna.

Am nächsten Sonntag erfuhren wir, was es hieß, wenn Béla nach dem Rechten sah. In der Nacht auf Samstag hatten sich Mitglieder der Gemeinde der Urmagyaren unter dem Beistand der Urmagyarischen Wachmannschaft in die drei anderen Kirchengebäude von Szentkukac gesetzt: in die der katholischen, der reformierten und der lutherischen Kirche. Die katholische Kirche war offen, wie immer. Die Tür zur lutherischen Kirche gab sofort nach, als sich drei von Bélas Leuten dagegenstemmten. An jener der reformierten Kirche – der größten und stolzesten im Ort – mussten sie hingegen länger arbeiten. Erstens war es eine dicke Holztür und zweitens war sie zusätzlich mit einem Sicherheitsschloss versehen. Aber das hielt die Männer nicht auf.

Als dann in der Früh die Gläubigen den Gottesdienst besuchen wollten, fanden sie die Eingangstür durch Bélas Wachmänner, von denen einige bewaffnet waren, verstellt. Diese erklärten, dass da schon Menschen drinnen säßen, und zwar Angehörige der Gemeinde der Urmagyaren. Das sei nun ihr Kirchengebäude. Entweder sie würden beitreten und ihrem falschen Glauben abschwören – dann könnten sie in der Kirche Platz nehmen – oder sie müssten Szentkukac verlassen.

Béla überwachte die Aktion von einem Pferd aus, auf dem er von Kirche zu Kirche ritt, Anweisungen gab und mitunter Menschen, die nicht gleich gehorchten, einschüchterte, indem er zu einem Angriff mit dem Pferd ansetzte und dann knapp vor ihnen abbrach.

Dr. Pokoli, die von den Wachmännern, mit denen sie sich gut verstand, liebevoll Kati genannt wurde – sie sei ihresgleichen, ließ sie diese wissen, nur sei ihre Waffe die Wissenschaft –, verfolgte das Geschehen aus unmittelbarer Nähe und zeigte sich begeistert von der Entschlossenheit der schwarz-grauen Truppe.

Zu Mittag war die Operation abgeschlossen. Die drei Kirchen waren in den Besitz der Gemeinde der Urmagyaren übergegangen und die Angehörigen der katholischen, reformierten und lutherischen Kirche glaubten jetzt entweder an den ungarischen Gott und den ungarischen Jesus oder sie äußerten, wie István das formulierte, den Wunsch nach einem Tapetenwechsel und packten ihre Sachen. Dafür wurde ihnen eine Frist bis Montag gegeben.

Natürlich gab es auch Dorfbewohner, die weder in die eine noch in die andere Kirche gingen, und von einem verpflichtenden Gottesdienstbesuch sah István einstweilen ab. Das geschah nicht zuletzt auf Attilas Bestreben hin, der den Standpunkt vertrat, die Menschen lieber durch Überzeugung als durch Gewalt zum richtigen Glauben zu bekehren. Solange man nicht aktiv gegen die Kirche, die nun die einzige war, vorging, wurden keine Schritte gegen einen unternommen.

Gewisse Probleme jedoch bereitete der Tierarzt. Dr. Zsolt Madár nahm zwar keine ausdrücklich anti-urmagyarische

Haltung ein – er selber sagte, Kirche und Heimatland würden ihn kaltlassen, es solle jeder nach seiner eigenen Fasson glücklich werden –, allerdings lehnte er eine Anfrage Istváns vehement ab: Er als Veterinärmediziner sollte bestätigen, dass Gänse Ungarisch verstanden. Das wäre, wie er ja bestimmt wisse, ein wichtiger Beweis dafür, dass Ungarisch die Sprache Gottes sei. Sogar Dr. Barna, der ja ein ausgewiesener Experte auf dem Gebiet der Gottessprache war, versuchte ihm gut zuzureden, sozusagen von Fachmann zu Fachmann, aber vergeblich. Der Tierarzt war stur wie ein Ochse, er wollte nichts davon wissen, man solle ihn in Ruhe lassen. Nicht einmal den Pfarrer wollte er mehr anhören, als es dieser noch einmal bei ihm versuchen wollte. Als letztes Zeichen des Entgegenkommens bot man Herrn Madár an, dass er Szentkukac heimlich verlassen könne, bevor die Öffentlichkeit Wind von seinem Verrat bekommen würde, und man lasse Gras über die Sache wachsen. Aber auch das schlug der Tierarzt aus, er werde diesen Irrsinn – so er wörtlich – aussitzen, irgendwann würden die Hitzköpfe schon wieder verschwinden.

István blieb nichts anderes übrig. Er ließ Dr. Madár durch die Urmagyarische Wachmannschaft verhaften und einsperren. Zu diesem Zweck wurde die Sakristei in der katholischen Kirche, die ja jetzt frei war, zu einem Kerker umfunktioniert, indem man den schweren Beichtstuhl vor die Tür schob und diese von einem jungen Mann in grauem Hemd, schwarzer Hose und Armbinde bewachen ließ. Wer weiß, vielleicht werde man so einen Raum in Zukunft noch öfters brauchen, meinte István. Béla nickte hämisch.

30

Benedek waren Uniformierte ganz grundsätzlich zuwider – gerade weil er die Hälfte seines Lebens in einer Diktatur zugebracht hatte, in der Uniformierte aller Art unter dem Vorwand, dem Gemeinwohl zu dienen und nur das Beste für das Volk zu wollen, willkürlich Menschen auf der Straße verhaftet, bei Widerstand gerne den Schlagstock ausgepackt und in der Nacht an Wohnungstüren geklopft und die Bewohner abgeführt hatten.

»Wir müssen jetzt alle an einem Strang ziehen«, verkündete István. Wir saßen im Gemeindesaal, tranken schwarzen Kaffee und aßen Enikős Pogatschen mit Grammeln. Tina war wieder einmal nicht anwesend. »Wir haben schon sehr viel erreicht. Gut neunzig Prozent der Bevölkerung von Szentkukac sind Mitglieder unserer Gemeinde und von nahezu hundert Prozent genießen wir die Unterstützung. Jetzt können wir es uns nicht erlauben, dass Einzelne von uns Schwäche zeigen oder mit einer zögerlichen Haltung die weitere Entwicklung behindern. Benedek« – István wandte sich plötzlich an ihn – »was hältst du von den Fortschritten unserer Gemeinde?« István nahm seelenruhig einen Schluck Kaffee.

Benedek betrachtete kurz seine Pogatsche, in die er soeben hatte hineinbeißen wollen, und führte sie vom Mund wieder weg. Er schien darauf gewartet zu haben, zur Rede gestellt zu werden, auch wenn er jetzt unvorbereitet wirkte.

»Ich bin stolz auf meine Heimat«, sagte er schließlich, »auf unsere Geschichte, mit allen Höhen und Tiefen –«

»Tiefen?« Dr. Pokoli runzelte die ohnehin schon runzelige Stirn.

»– und ich bin grundsätzlich überzeugt von den Ideen der Gemeinde der Urmagyaren.«

»Grundsätzlich …«, wiederholte István skeptisch.

»Ich bin nicht lediglich ein Mitläufer. Ich war ja schließlich in der Geburtsstunde dabei« – er schaute Attila an – »wir haben damals, als wir beide noch bei den Reformierten waren, nach und nach gemeinsam den Gedanken entwickelt, eine neue christliche Bewegung zu gründen. Da warst du, Béla, noch gar nicht dabei. Du warst noch ein kleiner Bub.«

Béla erwiderte nichts, sondern kratzte sich mit dem Daumennagel ein Grammelstück zwischen den Zähnen hervor, steckte es sich wieder in den Mund zurück und rückte seine Schirmkappe zurecht.

»Das war nicht die Frage«, beharrte István. »Es ist uns aufgefallen, dass du dich bei unseren Erfolgen erstaunlich reserviert verhältst. Freust du dich denn gar nicht?«

Benedek legte die Pogatsche, die er immer noch in der Hand hielt, zurück auf seinen Teller. »Ich freue mich, dass ich vor Langem Halt in meinem Glauben gefunden habe. Dieser hat mich auch über die Zeit nach dem Tod meiner Frau gebracht. Einmal war ich sogar schon auf der Gegenfahrbahn, es war Winter und schon früh dunkel, und erst als die Scheinwerfer des herannahenden Lastwagens unmittelbar vor mir waren und der Fahrer um sein Leben hupte, wechselte ich zurück auf die andere Seite. Das ging so schnell, dass da Er« – mir war sofort klar, dass Benedek ein groß geschriebenes Er meinte – »eingegriffen haben muss – und gleich zwei Leben rettete. Darüber freue ich mich. Und darüber, dass Er seinen Sohn zu uns geschickt hat.« Er schaute mich einen Moment lang an. Es war mir unangenehm. »Aber soll ich mich darüber freuen, dass ihr den Tierarzt in die Sakristei gesperrt habt? Ist das eine Heldentat?«

»›Sakristei‹ …«, bemerkte Enikő abschätzig. »So sagen doch nur diese Ungläubigen dazu. Das ist im besten Fall ein Schweinestall. Und dort werden die entsprechenden Personen eben auch verwahrt.«

»Und irgendwann muss jeder Stall auch ausgemistet werden«, sagte Dr. Pokoli.

»Du bist doch nicht etwa mit Zsolt befreundet?«, hakte István nach.

»Wir spielen manchmal Karten«, sagte Benedek.

»Und du hörst wirklich diese Negermusik, wie einige behaupten?«, wollte Attila weiter wissen.

Benedek erwiderte nichts.

»Es gibt Gerüchte, Benedek«, sagte István ernst, »dass du nach wie vor Kontakt hältst zu den Reformierten. Manche behaupten sogar, du würdest heimlich nach Bugacpusztakisháza in den Gottesdienst der Reformierten fahren.«

»Aber das stimmt doch sicher nicht, oder, Benedek?« Attila war es sichtlich unangenehm, seinem alten Freund und Weggefährten etwas Derartiges zu unterstellen, das an Hochverrat grenzte.

»Du verlässt ja regelmäßig Szentkukac, das ist kein Geheimnis«, ergänzte Enikő. »Und du fährst doch so gerne Auto.«

Das Ganze wirkte immer mehr wie ein Kreuzverhör.

Dr. Pokoli grinste hämisch, wobei sich ihr Gesicht so

krampfhaft verzog, dass ihre Falten beinahe die eckige Brille von der Nase stießen. Aber ihre Freude kam von Herzen. Sie nestelte erregt am Saum ihres Faltenrocks.

Ich saß nur daneben, schwieg, wurde aber auch nicht nach meiner Meinung gefragt. Ich hatte immer stärker den Eindruck, dass das Ganze mit mir nicht mehr viel zu tun hatte.

»Ist es denn verboten, Szentkukac zu verlassen?«, fragte Benedek. »Es stimmt, ich fahre gerne durch die Tiefebene. Ich fühle mich verwurzelt da.«

»Was sollen wir mit solchen Leuten groß diskutieren?«, brüllte auf einmal Béla und sprang von seinem Plastikstuhl auf, der dabei umfiel. Er stand Benedek direkt gegenüber – in seiner schwarz-grauen Uniform mit der rot-weißen Armbinde. »Der verhandelt mit dem Feind und macht sich auch noch lustig über uns! Den müsste man ganz woanders hinfahren mit dem Auto!«

Benedek wich, auf dem Sessel sitzend, mit seinem Oberkörper ein wenig zurück. Aber er wollte Béla nicht den Triumph lassen, Angst zu zeigen.

»Béla, das reicht!«, rief nun der Pfarrer und stand ebenfalls auf.

Ohne noch etwas zu sagen, stürmte Béla aus dem Saal. Attila schaute ihm zornig nach. István schwieg.

»Ein einfaches Bahnticket bis zur Endstation, ohne Rückfahrt, würde auch reichen«, fügte Dr. Pokoli murmelnd hinzu. »Es finden sich bestimmt noch einige Reisegefährten. Und ein Viehwaggon, in dem alle Platz haben.«

Keiner erwiderte etwas darauf.

Béla stattete in der folgenden Nacht Dr. Madár einen Besuch in seinem Verlies ab. Er wollte ihn dazu zwingen, eine medizinische Bestätigung über die Ungarischkenntnisse von Gänsen auszustellen. Zu diesem Zweck hatte Béla ein Blatt Papier und einen Kugelschreiber mitgenommen. Als Dr. Madár ihn darauf hinwies, dass das sowieso niemand für glaubhaft halten würde, wenn er mit einem Kugelschreiber auf ein zerknittertes Blatt Papier kritzeln würde, dass Gänse der ungarischen Sprache mächtig seien, schlug Béla das erste Mal zu. Der Tierarzt blieb bei seiner Haltung und verweigerte jede Zusammenarbeit. Béla prügelte daraufhin mit Fäusten auf ihn ein und traktierte ihn mit Fußtritten, ohne ein weiteres Wort zu sagen oder ihn zu beschimpfen. Als Dr. Madár regungslos auf dem Boden zu liegen kam, griff Béla nach einem schweren Kelch, der auf der Kredenz stand, und hätte ihn auf seinen Kopf fallen lassen, wenn er nicht von den beiden Wachmännern daran gehindert worden wäre.

Nach einigem Überlegen und nachdem István, der in der Zwischenzeit von dem Vorfall erfahren hatte, sich neben dem blutüberströmten, immer wieder in die Bewusstlosigkeit fallenden Tierarzt eingefunden hatte, hielten sie es für das Beste, die Rettung zu rufen. Als diese, nach einer guten Stunde, aus Kecskemét eintraf, meinte der Notarzt, während er Dr. Madár mit einer kleinen Taschenlampe in die Augen leuchtete, die Stellen an seinem Körper, die nicht blutig waren, mit dem Zeigefinger antippte und ihm die Schulter tätschelte, eigentlich, wenn man es genau nähme, müsste er die Polizei benachrichtigen. Die würde dann wissen wollen, was passiert sei. Die beiden Sanitäter standen mit in die Hose gesteckten Händen teilnahmslos daneben. Und wenn er es nicht täte, würde das Personal im Krankenhaus es tun. Wenn sie ihn einliefern würden. Dann schwieg er.

Ob er denn wirklich ins Krankenhaus müsse, fragte István. Gäbe es da keine andere Lösung? Sie könnten das bei einem Bier besprechen.

Nach zwei, drei Bier und nachdem ein Kuvert den Besitzer gewechselt hatte, einigte man sich darauf, dass es dem Tierarzt nun erheblich besser gehe und dass im Einsatzbericht stehen würde, er wäre bei der Untersuchung eines Bullen von diesem angegriffen und verletzt worden. Der Notarzt behandelte Dr. Madár so weit, dass er aller Voraussicht nach überleben würde, schüttelte István die Hand und fuhr mit den beiden Sanitätern im weißen Rettungsauto wieder davon.

Tina hatte ich seit dem Pfarrcafé, wo ich es nicht geschafft hatte, mit ihr zu reden, nicht mehr gesehen. Sie war auch beim Essen nicht mehr erschienen und ihr Fernbleiben wurde nicht kommentiert. Ich machte mir Sorgen und wollte Benedek fragen – was sich als ebenfalls schwierig erwies, denn auch ihn schien man mir vom Leib halten zu wollen. Einmal aber gelang es mir, als wir das Pfarrhaus zu zweit verließen und bis zum nächsten Wachmann, der gelangweilt und unaufmerksam an der Straßenecke lungerte, noch ein Stück zu gehen war. Benedek bestätigte in knappen Worten, was ich schon befürchtet hatte: Tina stand unter Hausarrest, sie sollte nicht mehr durch lästige Fragen stören. Mehr wisse er auch nicht.

»Aber frag besser nicht nach.«

Dann waren wir auch schon beim Wachmann angelangt, er grüßte uns, und wir verabschiedeten uns formell.

Auf dem kurzen Weg in mein Zimmer ging ich an zwei weiteren Wachmännern vorbei. Entweder waren sie erst seit Kurzem da postiert oder sie waren mir bislang nicht aufgefallen.

Stand ich etwa auch unter Hausarrest – mit ein paar wenigen Freiheiten, die man mir, Jesus, gewährte? Oder trug ich eine unsichtbare Fußfessel? Würde man Jesus auch im Schweinestall verstauen, wenn er beginnen würde, unliebsame Fragen zu stellen? Dann allerdings hätte ich erst recht keine Möglichkeit mehr, Tina zu sehen.

31

James, Big Bobby und der alte Sam sitzen in Shoot Out Town fest. Der Auftrag, den ihnen MacTaggart versprochen hat, wird von Tag zu Tag hinausgezögert. Sie fühlen sich hingehalten. Der Sheriff, der mit MacTaggart unter einer Decke steckt, hat ihnen die Waffen abgenommen und die Pferde beschlagnahmt. Joe, sein dummer Hilfssheriff, kontrolliert mit seinen Schergen die Stadt, erpresst Händler und tyrannisiert Bewohner nach Belieben. Der Mann, der an ihrem ersten Abend einen Streit vom Zaun brechen wollte im Saloon, gehört zu Joe und hat es seitdem auf sie abgesehen.

Überhaupt ist fast alles in Shoot Out Town in MacTaggarts Besitz. Auf der Hauptstraße befinden sich mehrere Geschäfte mit der Aufschrift »MacTaggart«: »MacTaggart's

Barber«, »MacTaggart's Drug Store«, »MacTaggart & Co. Guns«, sogar ein Bestattungsunternehmen gibt es, das MacTaggart Namen im Titel trägt.

Seit einigen Tagen wird knapp außerhalb der Stadt ein Gerüst aufgebaut. Balken für Balken wird montiert, Schraube für Schraube befestigt, immer ein bisschen mehr, immer ein Stückchen höher, so dass es den Bewohnern kaum auffällt, dass da langsam, vor ihren Augen, etwas aus dem Boden wächst.

Sam aber sagt eines Tages, als sie wieder an der Baustelle vorübergehen, zu James und Big Bobby: »Sie bauen einen Galgen. Jetzt wird gerade die Falltür gezimmert.«

»Einen Galgen?«, fragt James. »Für wen?«

Sam zuckt die Achseln. »Es wird sich schon wer finden.«

»Wo ist Béla?«, fragte Enikő, als sie die Suppe servierte. »Sollen wir auf ihn warten?«

Es war eine kalte Obstsuppe. Sie hatte eine rosaartige Farbe und Kirschen oder Weichseln schwammen in ihr – ich hatte das noch nie unterscheiden können. Ich war skeptisch. Eine Suppe sollte meiner Meinung nach warm und pikant sein.

»Er kommt nicht«, sagte István. »Er hat eine Beratung mit der Wachmannschaft. Die nimmt ihn in letzter Zeit ziemlich in Anspruch.« Er nahm sich einen Schöpflöffel Suppe.

Nach Tina fragte keiner. Hielten sie mich für so naiv, dass sie annahmen, mir würde das nicht auffallen? Oder dachten sie einfach nur, ich würde ohnehin mitspielen – weil mir im Grunde nichts anderes übrigblieb?

»Diese Wachmannschaft – darüber wollte ich mit dir reden, István«, begann der Pfarrer. »Jetzt, wo wir unter uns sind.« Attila meinte damit ganz offensichtlich nicht lediglich die Abwesenheit von Dr. Barna und Dr. Pokoli, sondern vor allem jene von Béla. »Brauchen wir diese, wie soll ich sagen: Truppe überhaupt? Ich habe gehört, bei der Übernahme der drei Kirchengebäude soll es zu unerfreulichen Vorfällen gekommen sein. Einige von Bélas Leuten sollen die Menschen bedroht haben, einer soll sogar ein junges Mädchen angefasst und ihm unanständige Dinge gesagt haben.«

»Es gab ein Gerangel, einige wurden zu Boden gestoßen«, ergänzte Benedek. »Und Béla ist mit seinem Gaul absichtlich so nah an den Menschen vorbeigaloppiert, dass diese gegen die Kirchenmauer gedrängt wurden. Eine ältere Frau stürzte dabei und brach sich den Oberschenkelhals.«

»Sollen wir das Pferd etwa verklagen?«, höhnte Enikő. »Allerdings würden dann diese linksradikalen Tierschützer in Brüssel wieder laut aufheulen wie kleine Kinder, denen man das Spielzeug wegnimmt. – Hätte die Alte eben besser aufgepasst.«

»Und dieser Vorfall mit Dr. Madár«, fuhr Attila fort. »Das hätte nicht passieren dürfen.«

»Das Schlimmste haben wir ja noch abwenden können«, fand István und meinte damit offensichtlich eine Einweisung ins Krankenhaus und weniger die Tatsache, dass der Tierarzt nicht tot war. »Vielleicht wäre das Ganze nicht passiert, wenn Benedek Béla nicht provoziert hätte.«

Niemand sprang Benedek zur Seite. Béla hatte ja in der Tat erst die Fassung verloren, nachdem Benedek ohne Reue zugegeben hatte, gelegentlich mit dem Auto Szentkukac zu verlassen, und damit offenließ, ob er vielleicht nicht doch heimlich in einer anderen Ortschaft den Gottesdienst der Reformierten besuchte. Gleichzeitig stand nun der Vorwurf der mangelnden Loyalität Benedeks gegenüber der Gemeinde der Urmagyaren im Raum. Wieso stritt Benedek nicht einfach alles ab?

»Lassen wir Béla und seine Leute gewähren«, sagte schließlich István. »Sollen sie sich die Hände schmutzig machen. Ich stimme zwar nicht in jedem Punkt mit Béla überein – aber er hat recht, nur mit Worten allein kommen wir jetzt nicht mehr weiter, wir haben die nächste Ebene erreicht. Wir brauchen auch Menschen, die nicht immer alles hinterfragen, bevor sie handeln. In unserer derzeitigen Lage wäre es unvernünftig, auf die Dienste der Urmagyarischen Wachmannschaft zu verzichten.«

»Können wir sie aber auch wieder loswerden?«, fragte Benedek.

Tatsächlich handelte Béla immer selbständiger und die anderen, sogar István, erfuhren von seinen Aktionen oft erst im Nachhinein. Meistens ging es darum, dass er Bewohner heimsuchte, die der Nähe zu einer der feindlichen Kirchen verdächtigt wurden oder sogar einer antimagyarischen Gesinnung, ihre Wohnungen auf den Kopf stellte und sie einschüchterte. Einmal ließ er auch seinen Hund im Hühnerstall einer nicht zur Einsicht gewillten alten Bäuerin von der Leine, der in der Folge alle elf Hühner zerbiss.

Um die Störenfriede und Querulanten leichter ausfindig zu machen, zog Béla Daten über die Nutzer des Hun-Nets heran, zu denen eigentlich nur István hätte Zugang haben sollen. Aber anscheinend befanden sich unter den Mitgliedern der Wachmannschaft mittlerweile nicht nur Schläger und Halbstarke, sondern solche – in erster Linie Studenten –, die mit modernen Medien vertraut waren und an die Daten gelangten, die István von der turkmenischen IT-Firma bezog.

Bélas Truppe war zwar dem Namen nach urmagyarisch, hatte aber abgelehnt, sich auch offiziell mit der Gemeinde der Urmagyaren zu vereinigen. Über die Urmagyarische Wachmannschaft hatte Béla die alleinige Oberhand.

»Vielleicht war es ein Fehler«, dachte Attila laut nach, »zu behaupten, alle, die nicht glauben, dass Gott Ungar ist, seien unsere Feinde. Das hätte ich nicht sagen sollen.«

»Doch. Du hast etwas Wahres ausgesprochen«, bestätigte ihn István.

»Manchmal lasse ich mich zu etwas hinreißen, wenn ich in Rage gerate, was ich nicht ganz so meine. Dann formuliere ich überspitzt.« Der Pfarrer verstummte. Er wirkte nachdenklich.

Enikő unterbrach die Gesprächspause: »Ich war stolz auf dich. So stolz wie schon lange nicht. Du hast es diesen Verrätern gezeigt. Du und Béla.« Und sie tätschelte seine knorrige Hand, die neben dem Suppenteller auf dem Tisch ruhte.

»Meinst du?« Attila blickte verunsichert zu ihr auf. In seinen Augen funkelte kindliche Dankbarkeit.

Damit schien die Angelegenheit erledigt zu sein. Wir löffelten die Obstsuppe, bevor sie warm wurde, und machten uns anschließend über den Hauptgang her: gefüllte Palatschinken (mit Hackfleisch). Enikő hatte schon einmal besser gekocht. Nach der kalten und süßen Suppe jetzt pikante statt süße Palatschinken? Immerhin waren sie warm.

Doch dann überraschte der Pfarrer alle, als er auf einmal – als hätte er die ganze Zeit darüber nachgedacht – von seiner Palatschinke aufschaute und sagte: »Fragen wir doch Jesus, was er davon hält. Schließlich sitzt er ja mit uns am Tisch.«

Ich hätte mich beinahe verschluckt. Bis jetzt hatten sie mich noch kein einziges Mal nach meiner Meinung gefragt. Das war meine Chance. Béla war nicht da, ebenso wenig die beiden anderen Besserwisser, Professor Barna und Dr. Pokoli. Um Zeit zu gewinnen, tat ich so, als müsste ich zuerst das Stück Palatschinke fertigkauen und hinunterschlucken, obwohl ich gewöhnlich keine Hemmungen hatte, mit vollem Mund zu sprechen – das war auch so ein Punkt, den Sandra gerne an mir kritisierte: »Mit dir kann man ja nicht einmal schön essen gehen, du hast Tischmanieren wie ein Bauer aus dem tiefsten Burgenland.«

István aber kam mir zuvor: »Ach, damit wollen wir ihn nicht behelligen, das ist unser irdisches Geschäft und hat ihn nicht zu belasten.«

»Doch, doch, ich möchte seine Meinung hören«, beharrte Attila, der nun Messer und Gabel auf den Tisch legte. »Was hältst du von der Urmagyarischen Wachmannschaft?« Benedek schaute mich ebenfalls an, erwartungsvoll.

»Was soll ich sagen … Mit ihren Uniformen schauen sie wirklich einheitlich aus, das muss man ihnen lassen. Sie stehen an jeder Straßenecke und überwachen alles. Ist es aber nicht gefährlich, dass sie Schusswaffen tragen? Sie erinnern mich an – ich weiß nicht – auf den Fotos aus den Dreißigerjahren –«

»Danke, vielen Dank«, unterbrach mich István und ließ mich nicht mehr zu Wort kommen, »das ist wirklich sehr freundlich von dir, Ludwig, aber wir lassen dich jetzt damit in Ruhe. Deine Palatschinke wird kalt. Es schmeckt wieder einmal vorzüglich, liebe Enikő!«

32

Es regnete in Strömen. Ich lag in meinem Bett, bis zum Kinn unter der Decke, und konnte nicht einschlafen, obwohl es schon gegen Mitternacht sein musste. Ich fröstelte. Die ersten Nächte hier in Szentkukac hatte ich wie ein Baby geschlafen, ich war alle meine Alltagssorgen losgeworden und fühlte mich wohl in der neuen Umgebung. Mein Zimmer wurde regelmäßig aufgeräumt, es wurde gekocht für mich und das eine Hemd, das ich dabei hatte, wurde sogar immer wieder gewaschen und gebügelt. Aber seit einiger Zeit verlängerte sich die Einschlafphase von Nacht zu Nacht. Ich war mittlerweile seit über zwei Monaten in Szentkukac.

»Jesus ist kalt«, dachte ich mir. »Hat er nicht auf einigen Bildern ein in alle Richtungen leuchtendes, glühendes Herz? Das sollte ihn doch wärmen.«

In was war ich da hineingeraten? Wann war der Zeitpunkt gewesen auszusteigen? Wahrscheinlich spätestens am

Bahnhof in Budapest, wo ich mich von dem Kerl im rosa T-Shirt in den Zug Richtung Kiskunfélegyháza hatte drängen lassen. Hätte ich jetzt nur bei den Lemuren und Bauklötzen sein können!

Da klopfte es auf einmal an meiner Tür. Ich fuhr erschrocken zusammen. Kamen mich die Hunde holen? Vielleicht hatten sie herausgefunden, dass ich ein Betrüger war. Einfach nur Ludwig Neustätter, ein mittelmäßiger Spielwarenverkäufer, inzwischen arbeitslos, ohne Ausbildung, der für ein paar Wochen in die Rolle des Messias geschlüpft war. Hunde hatten angeblich eine gute Nase. Oder Jesus war den Leuten zu wenig magyarisch. Zu wenig patriotisch. Zu wenig christlich. War Jesus überhaupt christlich?

Ein Fluchtversuch war überflüssig. Im Pyjama und barfuß würde ich nicht weit kommen. Ein rot-weiß gestreifter Arm würde schon bald nach mir greifen.

Es klopfte noch einmal.

Ich beschloss, mich tapfer meinem Schicksal zu stellen – wie ein richtiger Mann, hätte man im Wilden Westen gesagt –, und öffnete mit schlotternden Knien die Tür.

Vor mir stand Tina, völlig durchnässt, ihre Haare hingen ihr in nassen Strähnen ins Gesicht und an den Seiten herunter. Sie trat, ohne ein Wort zu sagen, ein und schloss die Tür hinter sich.

Ich wollte Licht machen.

»Lass das«, sagte sie. »Hier werden sie mich nicht suchen. Zumindest werden sie es nicht wagen, hier einzubrechen – hoffentlich …«

»Wer?«

»Béla und seine Meute.«

Also doch.

»Sind wir wieder gut?«, fragte ich.

»Du bist zwar nach wie vor ein Hornochse, aber immer noch der kleinste unter all den anderen hier.«

»Ich habe gehört, du bist eingesperrt.«

»Naja, eingesperrt … Sie glauben, sie können mich wie einen ungezogenen Teenager in mein Zimmer sperren. Ich soll nicht unter Menschen, sie haben wohl Angst, ich könnte diese auf falsche Gedanken bringen.«

»Also: Was ist passiert?«

Tina erzählte: Béla war in ihr Zimmer eingedrungen. Er stand auf einmal vor ihr, einfach so, wie aus dem Nichts. Er war allein. Er stotterte herum und suchte nach Worten. Zuerst erheiterte es Tina noch, ihn so hilflos zu sehen, so ganz ohne seine Kameraden, dann aber wurde ihr aus den Wort- und Satzfetzen der Grund für seinen Besuch klar. Sie würden sich ja schon so lange kennen, schon als Kinder hätten sie miteinander gespielt, stammelte Béla, und auch wenn sie nicht immer einer Meinung seien, so wären sie doch füreinander bestimmt.

»Nicht einmal, wenn es nur mehr Turul-Vögel und dich auf der Erde gibt! Das weißt du ganz genau!«, entgegnete Tina.

Mich schüttelte es bei der Vorstellung.

Dann packte er ihr Handgelenk, er drückte fest zu – Tina rieb sich, während sie erzählte, die Stelle – und riss sie an sich. Sie hatte genau seinen Adamsapfel auf Augenhöhe und beobachtete, wie er schnell auf und nieder wanderte, während

Béla tief schluckte. Béla wusste mit dieser Nähe nichts anzufangen, er war gänzlich überfordert mit der Situation, in die er sich selber manövriert hatte. Als er, wahrscheinlich aus Mangel an weiteren Worten, ihr Handgelenk noch fester umklammerte, griff sie mit der freien Hand nach der hart gebundenen Bibel auf der Kommode, holte aus und schlug ihm mit dem Buchrücken zwischen die Beine. Er wich wimmernd zurück. Genau in diesem Moment waren Schritte auf dem Gang zu hören. Beide verstummten. Es war Attila.

Béla wartete noch ein wenig ab, murmelte etwas von »Du wirst noch … Das wird dir noch …« und schlich sich dann aus dem Haus.

»Dreckskerl!«, rief ich.

»Pst. Ich habe keine Lust, ihn oder seine Freunde heute Nacht noch einmal zu empfangen«, sagte Tina. »Ich bleibe bei dir.«

»Heißt das, wir sind wieder versöhnt?«, fragte ich.

»Glaubst du, ich würde zu jemandem fliehen, der sich allen Ernstes für Jesus hält?«

Obwohl sie das mit dem für sie typischen Zynismus sagte, wirkte sie doch erschöpft und zu keiner Auseinandersetzung bereit.

Und noch ehe ich etwas Weiteres sagen konnte, zog sie ihre nassen Jeans, ihren Pullover, von dem das Wasser tropfte, und ihre Bluse aus und kroch, nur mit BH und Höschen bekleidet, in mein Bett. Ich stand daneben, in meinem Pyjama, barfuß.

Die Socken hatte sie angelassen. Es waren diesmal hellblau-grau geringelte. Sandra hatte immer geschimpft, wenn ich im Bett Socken trug. Das turne sie ab, pflegte sie zu sagen.

Wieso musste ich gerade jetzt an Sandra denken? Tinas Socken störten mich überhaupt nicht.

»Jetzt sei nicht kindisch«, sagte sie, »leg dich wieder hin. Reden können wir auch morgen. Wir sind erwachsene Menschen.«

Sie hatte recht. Und mir war kalt. Ich legte mich auf die andere Seite des Bettes. Was sollte ich jetzt tun? Immerhin teilte ich mit einer Frau eine Decke, die nur Unterwäsche trug und die bereits Schwindelgefühle in mir auslöste, wenn wir nebeneinander saßen, und das in vollständig angezogenem Zustand. Ich empfand heftige Verachtung, Ekel für Béla, Abscheu – aber nicht Hass, dessen war er nicht wert.

Ich hatte vorhin nicht darauf geachtet, ob ihre Unterwäsche blickdicht war oder nicht. Aber das war jetzt auch unerheblich, man sah ohnehin nichts, und außerdem lag sie ja unter der Decke. Es wäre schäbig gewesen, wenn ich Nutzen aus dieser Situation gezogen hätte.

Wieso musste ich immer so viel grübeln, wenn ich in eine aussichtsreiche Situation mit einer Frau geriet? War das nicht mein Problem mit den Frauen – zumindest ein Teil davon? Noch vor wenigen Tagen, bei Istváns unerwartetem Besuch, hätte ich viel für eine solche Situation gegeben, in die ich nun ohne mein Zutun gestolpert war. Und jetzt wusste ich nicht, was ich damit anfangen sollte.

»Lass uns einfach schlafen«, sagte Tina, als hätte sie meine Gedanken erraten. Sie grub sich in die Decke, drehte mir den Rücken zu und zog die Beine an. Dabei berührte ihr Hintern leicht meinen Bauch. Ich wagte nicht, mich zu rühren, um diese Stellung nicht zu verändern.

So lagen wir sicher mehrere Minuten lang, vielleicht zehn, ohne etwas zu sagen. Ich wusste nicht, ob Tina schon schlief oder nicht. Angeblich kann man das am Atmen erkennen, aber dazu war ich viel zu aufgeregt.

Wenn ich jetzt wegrücken würde, bedeutete das entweder, dass mir diese Berührung unangenehm war – was von der Wahrheit in etwa so weit entfernt war wie Szentkukac von Paris – oder aber dass ich ganz unverschämt diese Minuten des Körperkontakts ausgenutzt hatte.

Am besten war es wohl, nichts zu unternehmen und einfach so liegenzubleiben und es wirken zu lassen, als sei ich mir dieser Berührung gar nicht bewusst. War sie Tina aufgefallen? Oder nahm sie es einfach hin, als Begleiterscheinung der Tatsache, dass das Bett zu eng war für zwei? – Für zwei: für sie und für mich … – Wie viel Platz hatte ich denn noch bis zur Bettkante? Es wäre sich schon ausgegangen, eine Handbreit von ihr wegzurücken, aber dann wäre ich Gefahr gelaufen, aus dem Bett zu fallen. Also war es durchaus legitim, so neben ihr zu liegen.

Es war irgendwann in den frühen Morgenstunden, als ich aufwachte, früher als sonst. Ich hatte so gut geschlafen wie schon lange nicht mehr, worüber ich mich nun ein wenig ärgerte in Anbetracht der Tatsache, dass ich eine ganze Nacht lang Tina so nahe gewesen war, wie ich es mir niemals hätte träumen lassen.

Ich streckte mich und streifte dabei Tinas Seite – ihr Bein und ihre Hüfte, auf der ich ihre Unterhose fühlen konnte. Sie schien noch zu schlafen. Ich zog mein Bein wieder an und streckte es erneut, ich reckte mich und versuchte dabei, möglichst oft und möglichst zufällig ihre Haut zu berühren – so, als seien das unbewusste Bewegungen im Halbschlaf.

»Ist das deine Morgengymnastik?«

Ich zuckte zusammen.

Tinas Gesichtsausdruck war noch mild vom Schlaf, gleichzeitig aber schon wachsam und intelligent, wie eh und je. Aber es lag auch etwas Neues darin, etwas bis dahin Unbekanntes, das ich nicht deuten konnte.

»Wir – wir wollten noch reden«, sagte ich. »Bist du mir eigentlich noch böse?«

»Reden, reden ... Das ist außerdem gar nicht deine Stärke.« Tina stützte sich auf ihren abgewinkelten Arm. Die Decke rutschte zurück. Ja, ihr BH war blickdicht.

Ich musste ziemlich lange dahin gestarrt haben, denn ich hatte gar nicht bemerkt, wie sich Tinas Gesicht meinem genähert hatte. Sie zog jetzt mein Kinn zu sich hinauf und küsste mich.

Dann wusste ich nichts mehr, keine Details, keine Abfolge, nicht, wie lange wir brauchten, ob wir noch etwas redeten – ob ihre Haare zuerst von oben auf mich herabfielen und mir übers Gesicht strichen, immer wieder, immer wieder, und ich mich danach in ihr Haar neben ihrem Ohr grub oder umgekehrt, ob ich die Konturen ihres BHs noch in Ruhe mit den Fingern studieren konnte oder ob sie ihn schon längst in eine Zimmerecke geschleudert hatte, wo wir ihn nachher fanden – ich konnte nicht rekonstruieren, wie es dazu kam, dass sie die eine hellblau-grau geringelte Socke verlor, nicht aber die andere, was mir auffiel, als ich meine Fingernägel in ihre Sohlen bohrte und mich an ihnen festhielt.

Irgendwann lösten wir uns wieder voneinander und lagen Seite an Seite, wieder einmal, aber diesmal auf ganz andere Weise – und so, wie ich noch nie neben einer Frau gelegen war.

Tina angelte nach der auf den Boden gerutschten Decke und warf sie über uns beide. Dass mir jetzt eigentlich warm war und ich keine Decke brauchte, behielt ich für mich.

33

»Vor gut 150 000 Jahren hat sich der Homo sapiens auf den Weg gemacht von Ostafrika in Richtung Westafrika, Europa und den Rest der Welt. Auf dieser Wanderung hat er sich mit den anderen damals noch lebenden Menschenarten gepaart, was das Zeug hielt. Als er vor ungefähr 45 000 Jahren in Europa ankam, war dort jedoch der Neandertaler beheimatet. Auch mit diesem paarte sich der Homo sapiens munter. Es herrschte Sodom und Gomorra.«

Professor Barna war für seinen Fernsehauftritt in ein frisches Holzfällerhemd geschlüpft. Dr. Pokolis Haare glänzten schwarz im Studiolicht. Sie drückte immer wieder ungeduldig mit ihrem Zeigefinger ihre eckige Brille zurück auf die Nasenwurzel, während Professor Barna dem Moderator und dem Publikum die Herkunft des Menschen erläuterte.

»Der heutige Homo sapiens, müssen Sie wissen, ist alles andere als genetisch rein – er hat Gene vom Neandertaler, vom Homo soloensis, vom Homo floresiensis, vom Homo erectus und wie diese Homos alle heißen. Ein Koreaner hat andere Gene als ein Nigerianer oder ein Europäer, weil er sich im Laufe der Geschichte mit jeweils anderen Menschenarten vermischt hat. Der Genpool des Homo sapiens ist Kraut und Rüben. Stellen Sie sich einen Homo sapiens vor – zum Beispiel einen Franzosen, einen Engländer oder einen Japaner –, wie er eine Vertreterin einer anderen Tierart begattet. Wir alle sehen jeden Tag in den internationalen Nachrichten, was dabei herauskommt.«

»Wieso bist du nicht dort?«, fragte Enikő.

»István war der Meinung, die Reise wäre zu beschwerlich für mich«, antworte Attila knapp.

»Das stimmt. Das ist aufmerksam von ihm …«, sagte Enikő. »Andererseits bist du aber der Pfarrer der Gemeinde.«

Wir saßen im Wohnzimmer des Pfarrhauses und schauten eine Talkshow auf Urmagyar TV. Als Studiogäste waren Professor Barna und Dr. Pokoli eingeladen, die zur Urgeschichte der Ungarn interviewt wurden. Urmagyar TV hatte ein Studio in Budapest angemietet, wo sonst die landesweiten Sender ihre Shows aufzeichneten, und die Sitzreihen für die Besucher irgendwie vollbekommen. Ich erkannte das eine oder andere Gesicht aus Szentkukac, aber es waren auch viele uns unbekannte Menschen im Publikum, die mit den Ideen der Urmagyarischen Gemeinde offensichtlich noch nicht so vertraut waren und interessiert zuhörten.

»Verstehe, Herr Professor Barna«, sagte der Moderator. »Aber was bedeutet das für die Geschichte unserer Vorfahren?«

»Das sind die Fakten, die auf dem Tisch liegen. Wir müssen sie nur mehr richtig deuten. Das Problem des Homo sapiens war: Er konnte Gott nicht verstehen, weil ihm die genetische Ausstattung dafür fehlte.«

»Das heißt, der Homo sapiens kann im Grunde gar nichts dafür?«

»Natürlich nicht. Es war nicht seine Schuld, er war biologisch einfach nicht in der Lage dazu. Ist ein Igel schuld daran, dass er nicht fliegen kann? Na sehen Sie. Deshalb schickte Gott zur Rettung des Homo sapiens sein eigenes Volk, das wir Fachleute Homo hungaricus nennen. Dieser Homo hungaricus war, im Gegensatz zum Homo sapiens, kein Mischling, nicht halb Mensch, halb Affe, sondern rein und unverdorben, wie Gott, der erste Magyare, ihn nach seinem Bild geschaffen hatte. Nur der Homo hungaricus verfügte über das spezifische Gen, das es ihm erlaubte, mit Gott zu kommunizieren. Es handelt sich dabei um das Hungaro-Gen. Ein Sprach-Gen, das es unserer Spezies ermöglicht, mit Gott zu sprechen.«

»Das erklärt einiges. Herr Professor, Sie sagten vorhin: Als die Ungarn die Erde betraten. Wie ist das zu verstehen?«

»Wörtlich. Die Neandertaler sind bekanntlich vor 30 000 Jahren ausgestorben oder, besser gesagt, sind zu diesem Zeitpunkt ganz im Homo sapiens aufgegangen. Es war also nur mehr der Homo sapiens übrig, und Gott erbarmte sich seiner und beschloss, dass er diese Menschenart retten wollte. Warum auch immer. Eine Gruppe Urmagyaren landete bald nach dem Verschwinden des Neandertalers im Karpatenbecken. Weil es dort auch damals schon sehr flach war, war das ein günstiger Landeplatz für das Raumschiff, das besonders groß sein musste, denn es waren ja alle Vorfahren der heutigen Ungarn an Bord.«

»Ist das nicht alles wahnsinnig aufregend, Ludwig?«, fragte mich Enikő. »Wie gut, dass wir heute schon Fernsehen haben und das alle sehen können.«

»Mit anderen Worten«, übernahm nun Dr. Pokoli, deutlich hastiger sprechend als Professor Barna, »die Ungarn stammen von einem anderen Planeten. Gott selber ist dort geblieben, hat aber seine Kinder ins Weltall geschickt. Das heißt, es gibt noch viele andere von uns da draußen.« Dr. Pokoli zeigte zur Decke des Studios. »Die sogenannten Außerirdischen, die immer wieder gesichtet werden, sind unsere Verwandten, die uns besuchen wollen. Glauben Sie also keine Märchen von grünen Marsmännchen und einäugigen Wesen mit Antennen auf dem Kopf – das sind einfach nur Ungarn. Aber die Menschen erfinden lieber allerlei Fantasiegeschichten, als die Wahrheit zu erkennen, die so klar vor ihnen steht und sie so hell anleuchtet, dass sie blendet.«

»Wie war das mit der Sprache nochmal?«, fragte der Moderator. »In der Schule hat man uns ja versucht einzureden, Ungarisch sei eine finnisch-ugrische Sprache. Aber das kann ja kaum stimmen.«

Dr. Pokoli lachte laut auf, um sofort einen bösen Blick zu offenbaren. »Bitte nehmen Sie dieses grauenhafte Wort nie wieder in den Mund …«

»Finnisch-…?«

»Das ist eine der dreistesten Lügen, die die weltweite Verschwörung jemals gegen uns in Stellung gebracht hat!«, sagte

Professor Barna. »Diese böswillige These, die im 19. Jahrhundert von den Habsburgern erfunden wurde, um das ungarische Nationalgefühl zu untergraben, ist längst widerlegt, auch wenn einige selbst ernannte Universitäten bis heute an diesem Hirngespinst festhalten.«

»Es ist reine Gotteslästerung, zu behaupten, Ungarisch sei eine finnisch-ugrische Sprache …«, sagte Attila wütend vor dem Fernseher.

»Sie müssen sich vorstellen«, sagte Professor Barna, als erzähle er einen Witz, »es gibt in Wien ein eigenes Institut für Finno-Ugristik …«

»Unglaublich …« Der Moderator schüttelte den Kopf.

»Die sogenannten Wissenschaftler haben dort keine andere Aufgabe, als ihren armen Studenten diese antimagyarische Verschwörung in den Kopf zu hämmern. Aber wir sollten wieder ernst werden. Kati, du bist doch die Expertin auf dem Gebiet.«

»Danke. Ich dachte schon, wir wollen uns jetzt allen Ernstes über diese Pseudowissenschaft unterhalten. Dafür wäre mir meine Zeit zu kostbar. – Wie wir also wissen, ist Ungarisch die älteste Sprache der Welt und einzigartig. Sie wurde vom Homo hungaricus auf die Erde gebracht. Alle heutigen Sprachen sind Nachahmungen dieser einen reinen Ursprache. Aber man kann es den Menschen nicht verübeln, sie gaben ihr Bestes, nach dem Vorbild des Ungarischen jeweils ihre eigenen, mehr oder weniger defizitären Sprachen zu erfinden. Chinesisch, Arabisch, Niederländisch, Altgriechisch – weiß der Teufel, was es an irdischen Sprachen so gibt. Der Homo hungaricus brachte den Menschen die Kultur, die Zivilisation. Und das

Feuer – auch wenn die Mainstream-Forschung nach wie vor beharrlich an der Lüge festhält, das Feuer sei vor rund 300 000 Jahren entdeckt worden. Das stimmt nicht. Die Urmagyaren kannten das Feuer natürlich längst, nur brauchten sie es auf ihrem Planeten nicht. Auf der Erde aber war es ganz praktisch, und deshalb zeigten sie es den sich gegenseitig lausenden, erstaunt und ängstlich gaffenden Vertretern des Homo sapiens.«

»Und was ist der Dank für all das?«, fragte der Moderator. »Sanktionen gegen unser Land, Verfälschung unserer Geschichte, die Überflutung unseres Landes mit Fremden … Das ist unerhört.«

»Sie sagen es …«, meinte Professor Barna.

Am Ende der Sendung ertönte wieder die Erinnerung: »Vergessen Sie nicht: Urmagyar TV ist der einzige Sender für echte Ungarn. Urmagyar TV ist der einzige unabhängige Sender Mitteleuropas. Willst du unverfälschte Nachrichten hören? Dann schaue: Urmagyar TV.«

Enikő schaltete den Fernseher aus. Sie dachte nach. »Aber Sie sind ja gar nicht vorgekommen, Ludwig … Sie haben unsere Gemeinde und Jesus gar nicht erwähnt.«

Attila schwieg.

Am nächsten Tag erhielt ich Besuch von einem jungen Paar, das in Kürze heiraten wollte, in Begleitung der Mutter der Braut. Der diensthabende Wachmann führte die Besucher zu mir, mit dem Kommentar, der Pfarrer habe das Paar zu mir geschickt. Sie hätten im Fernsehen die Talkshow gesehen und vom Hungaro-Gen gehört und seien dreihundert Kilometer aus dem Osten des Landes angereist.

Beim angehenden Schwiegersohn handelte es sich um einen jungen Chinesen, der in Debrecen mit seinem Vater einen jener Asia-Shops betrieb, die seit einigen Jahren wie die Pilze aus dem Boden schossen und in denen Chinesen Kleidung und allerlei Plastikware aus ihrem Heimatland zu Tiefstpreisen verkauften. Der junge Chinese, Xing Liu, verstand kein Wort des folgenden Gesprächs, nickte aber zu allem, was seine künftige Schwiegermutter sagte, wohlwollend.

Genau das sei nämlich das Problem, erklärte mir die Mutter, wegen dem sie zu mir gekommen seien. Xing Liu sei Christ, er habe seinem falschen, heidnischen Glauben abgeschworen, beeilte sich die Frau zu betonen, er sei auch schon Mitglied der Gemeinde der Urmagyaren und lerne fleißig Ungarisch. Auch diese grässliche Sitte, mit Stäbchen zu essen, hätten sie ihm bereits abgewöhnt.

Xing Liu nickte eifrig und murmelte, von seiner Verlobten regelmäßig in die Rippen gestoßen, lächelnd die Worte »Turul«, »Jesus« und »Atlantis«.

Ich könne es ja sehen, erklärte die Schwiegermutter, der Arme spreche nicht unsere göttliche Sprache, er sei stumm wie ein Fisch.

Aber ich dürfe ihn nicht verdammen, ich solle ihn nicht gleich ins Fegefeuer schicken, bat mich die Tochter um Gnade. Er sei ja gewillt, die Sprache des Herrn zu erlernen. Nur, ich wisse es ja am besten, das Ungarische sei so beschaffen, dass niemand, dem Gott die Gnade des Hungaro-Gens vorenthalten habe, diese Sprache zu erlernen fähig sei.

Könne ich denn nicht, fragte die Mutter, während mich die Tochter reumütig anblickte, eine Ausnahme machen? Sie würden versprechen, Xing Liu – dieser nickte wieder – werde der beste Urmagyare sein, den ich mir vorstellen könne. Wäre es nicht möglich, ihm nachträglich dieses Hungaro-Gen einzusetzen, nur dieses eine Mal?

Sie wüssten, das sei viel verlangt. Aber mit den Mitteln der modernen Wissenschaft – außerdem, ich sei ja nicht irgendwer – könnten Wunder vollbracht werden.

Bevor ich noch etwas erwidern konnte, schoben sie den Chinesen in mein Zimmer. Ich solle mir alle Zeit nehmen, die ich brauchte.

Wir standen uns gegenüber, Xing Liu und ich, und starrten einander unschlüssig an. Verlegen war aber ich, nicht er. Sein Blick verriet eine Mischung aus Mitleid und Verachtung. Mir wurde bewusst, dass er aus Liebe mitspielte und alles dafür tun würde, seine Verlobte heiraten zu dürfen, notfalls sich sogar ein Sprach-Gen von einem Scharlatan wie mir einsetzen lassen.

Er würde mich nicht verraten.

34

Sie hatten mich nicht vergessen. Allerdings waren es nicht die Hunde, die nach mir schnappten, sondern István, der mich im Anschluss an das Abendessen im Vorzimmer des Pfarrhauses abpasste. Er fragte mich diesmal gar nicht – wie noch beim letzten Mal –, sondern trug mir ohne Umschweife auf, dass ich dem Volk von meiner außerirdischen Herkunft berichten müsse. Jetzt, nachdem alle Welt im Fernsehen vom Homo hungaricus erfahren habe, müsse ich lebendig und anschaulich davon erzählen, wie denn mein Leben auf diesem Planeten, der Urheimat der Ungarn, gewesen sei, bevor ich von meinem Vater zurück auf die Erde geschickt worden sei. Mittlerweile könne ich mich sicher wieder daran erinnern, ließ mich István wissen.

Er zückte ein gefaltetes Blatt, wieder einmal. »Ich habe mir da schon etwas überlegt. Vielleicht kannst du die Rede diesmal etwas freier halten als letztes Mal. Es wirkte ein wenig verkrampft. Am besten, wir machen am Abend davor eine Probe, ich höre mir das an.«

Er streckte mir das Blatt entgegen. Doch ich nahm es nicht.

»Und wenn ich da nicht mehr mitspiele?« Mein Herzschlag beschleunigte sich, ich spürte meinen Rachen trocken werden und sich verengen. »Ich war niemals auf diesem Planeten.«

István blieb gefasst. Er brachte sogar ein Lächeln hervor. Wartete er, ob ich noch etwas sagen würde? Ob ich den Strick noch enger um meinen Hals ziehen würde?

»Ich wurde nie gekreuzigt. Dieses Muttermal da und die Narbe auf dem Handrücken sind doch einfach nur Zufall. Alle Menschen haben Muttermale. Ich kann nicht mit Vögeln sprechen. Ich bin nicht Jesus. Von mir aus war er Ungar, aber ich bin es nicht.«

»Was gedenkst du zu tun?«, fragte István und offenbarte keinerlei Anzeichen von Spott in seiner Mimik oder in seinem Tonfall, er war ganz sachlich, aber trotzdem war nicht zu überhören, dass ich ihm ausgeliefert war – wie ein im

Fluss badender Cowboy, dessen Revolver am Ufer liegt, einer Bande von Banditen wehrlos gegenübersteht, mag er noch so sehr um sein Leben flehen.

»Ich werde heimfahren.«

»Wie kommst du zum Bahnhof?«

»Benedek wird mich fahren.«

»Da wäre ich mir nicht so sicher. Und Geld hast du ja nach wie vor keines.«

»Ich werde mir etwas leihen.«

»Von wem? – Du wirst dich ausweisen müssen.« István schaute mich mit leicht schräger Kopfhaltung an.

»Das dürfte kein Problem sein.«

István hielt immer noch das zusammengefaltete Papier, auf dem meine Rede stand, in der Hand. Er verzog keine Miene. »Ich würde mal nachsehen.«

»Was soll das heißen?«

»Reden wir Klartext: Jesus braucht keinen Reisepass. Das ist doch lächerlich. Außerdem wohnt er in Szentkukac. Deine kleine, jämmerliche Wohnung in Wien brauchst du nicht mehr. Wir richten dir hier ein Haus ein, jetzt, wo auf einmal so viele weggezogen sind. Du kannst dir eines aussuchen.«

»Aber meine Wohnung –«

»Darum haben wir uns gekümmert.«

Wie schon so oft, wenn István mit mir redete, hatte ich das Gefühl, die Sprache verloren zu haben. Ich verspürte das Bedürfnis, jetzt so schnell wie möglich von István wegzukommen.

»Ich muss jetzt – ich möchte auf mein Zimmer.« Ich wandte mich zum Gehen und öffnete die Tür.

»Halt. Du hast etwas vergessen.« István kam mir entgegen und hielt mir das gefaltete Blatt mit der Rede hin.

Ich nahm es mechanisch und steckte es in meine Hosentasche. Fast hätte ich noch ein »Danke« gemurmelt.

In meinem Zimmer angelangt, ging ich sofort zum Schrank und nahm meinen Koffer heraus. Im Innenfach, in dem ich den Pass verwahrte, war er nicht. Ich durchsuchte meinen Koffer und dann auch noch das Nachtkästchen, ich durchwühlte meine Kleidungsstücke und schaute sicherheitshalber auch noch unter das Bett – aber da war mir schon längst klar, dass ich vergebens suchte.

Als hätte ich noch einen Beweis dafür benötigt, dass István saubere Arbeit leistete, machte ich beim Entfalten des Blattes eine weitere Entdeckung: Ich hielt die Kündigung meines Mietvertrages in der Hand – mit sofortiger Wirkung und unterzeichnet vor einer Woche, mit einer täuschend echt wirkenden Unterschrift von mir.

Ich setzte mich aufs Bett und starrte das Schreiben an – und danach geradeaus ins Leere.

FÜNFTER TEIL: ZEIT, EIN PAAR PFERDE ZU STEHLEN

35

In zwei Tagen, am Freitag, sollte ich meine Rede halten. Die katholische Kirche – das heißt, die ehemalige katholische Kirche, denn das Gebäude war zu einer Dependance der Gemeinde der Urmagyaren umfunktioniert worden – wurde eigens für meinen Auftritt hergerichtet und geschmückt. »Jesus spricht zu dir«, stand auf einem mehrere Meter langen Plakat über dem Eingang, einmal in lateinischer Schrift und einmal in jener Keilschrift, die, wie ich in der Zwischenzeit gelernt hatte, die älteste Schrift der Welt war. Meine Rede sollte live im Fernsehen übertragen werden.

Das, was sich István diesmal ausgedacht hatte, übertraf alles Bisherige. Ich sollte von meiner Reise in einem Ein-Mann-Raumschiff und der Landung im Karpatenbecken vor 2000 Jahren erzählen, denn das Märchen von der jungfräulichen Geburt durch Maria in Betlehem glaube sowieso niemand mehr. Die Raumfahrt sollte ziemlich genau zwölf oder dreizehn Tage gedauert haben, was aber schwer zu messen gewesen sei, da sich ja Sonnenauf- und Sonnenuntergang je nach Position des Raumschiffs verändert hätten. Aber das sei ja auch nicht so wichtig. Während ich in Wien, also auf ausländischem, heidnischem Boden, keinerlei Erinnerung an mein

Leben als Jesus gehabt hätte und mir meiner eigentlichen Identität auch gar nicht bewusst gewesen sei – zu meinem eigenen Schutz, wie István wiederholt betonte –, würden sich jetzt, wo ich wieder im Heiligen Land weilte, diese Erinnerungen Stück für Stück zusammensetzen. Gesprächsversatzstücke mit Gott, natürlich auf Ungarisch, würden nach und nach in meinem Gedächtnis auftauchen. Zuweilen würde ich auch wieder Gott zu mir sprechen hören – ich solle den Ungarn die Botschaft überbringen, dass sie sein auserwähltes Volk seien. Auch mit Gänsen würde ich mich unterhalten, die mir erzählten, dass sie mit einer kleinen Gruppe von Turul-Vögeln in Kontakt stünden, die sich derzeit noch in einer Felshöhle versteckt hielten, aber schon bald in Szentkukac einflögen und somit aus der Mythologie, wohin sie von den Verrätern des ungarischen Volkes verbannt worden waren, in die Realität zurückkehren würden.

Ich konnte diese Rede unmöglich halten. Das wäre mir nicht mehr nur vor Tina peinlich gewesen, nein, zum ersten Mal fühlte ich, dass ich mich vor mir selber schämen müsste. Und wenn Nagymama mich jetzt so hätte sehen können, sie hätte mir links und rechts eine heruntergehauen, sodass ich wirklich nicht mehr gewusst hätte, wer ich war. Ich wusste zwar immer noch nicht, ob ich an ein Leben nach dem Tod glaubte, aber wenn Nagymama jetzt von oben auf mich herunterschaute, würde sie dafür sorgen, dass ich nur eine ganz kleine Wolke bekommen würde, eine Regenwolke, ganz grau und voller Löcher.

Ich stopfte das Wichtigste in meinen Rucksack – zwei frische Unterhosen, meine Zahnbürste, ein T-Shirt zum

Wechseln und meine Geldbörse mit den paar Euros, die ich noch hatte – und wartete auf den Abend und auf Tina, die versprochen hatte zu kommen.

»Du wirst am Freitag zu den Menschen reden.«

Wir saßen auf meinem Bett, wieder einmal, mein gepackter Rucksack zu meinen Füßen, und ich hatte Tina soeben von Istváns Auftrag und meinem Plan zur gemeinsamen Flucht berichtet. Sie hatte mir zugehört, ab und zu mit den Füßen gewippt, während sie ihre Hände unter ihre Oberschenkel gepresst hielt. Aber statt zu sagen, sie gehe sofort packen und werde mit mir fliehen, hatte sie nun diesen Rat für mich bereit.

»Das ist ein toller Plan«, sagte ich.

Wollte sie gar nicht weg von hier? Sie wirkte so kühl, so berechnend, wie sie da saß, als wäre ich ein Unbekannter.

»Soll ich deiner Meinung nach also diese Rede halten? Weißt du, was da drinsteht?«

»Ich kenne den Inhalt, mein Vater hat mir davon vorgeschwärmt.«

»Ich soll also auf die Kanzel steigen und verkündigen –«

»Du stehst unten.«

»Ich soll unten stehen und verkündigen, ich spreche mit Gänsen? Soll ich ihnen erzählen, dass ich zwei Wochen lang in einem Raumschiff unterwegs war? Es ist zwar schon 2000 Jahre her, aber jetzt auf einmal kann ich mich wieder daran erinnern … Und dass sie alle, wir alle – du inbegriffen – von einem anderen Planeten stammen? Habe ich das Spiel nicht lange genug mitgespielt?«

»Jetzt kommst du also darauf? Das hat aber ganz schön lange gedauert … Zum Aussteigen ist es allerdings zu spät. Daran hättest du viel früher denken sollen.«

»Dann hätte ich dich aber nicht getroffen.«

»Ludwig, du wirst ihnen die Wahrheit sagen. Wer du bist. Wie du hierhergelangt bist. Was es mit dem ungarischen Jesus auf sich hat.«

»Nein. Das kann ich unmöglich tun!« Was war das für ein Plan? Sie hätte mir gleich einen Strick geben können. Oder zwei Holzlatten, ein paar Nägel und einen Hammer.

»Und danach fliehen wir gemeinsam. Ich habe noch Bustickets. Und Bargeld. Soweit ich weiß, hast du nichts von alledem. Du hast keinen Pass, keine Wohnung, keinen Job –«

»Warum können wir nicht gleich jetzt abhauen?«, unterbrach ich sie. »Ich habe zwei Unterhosen eingepackt und du darfst meine Zahnbürste mitverwenden.«

Tina schaute mich entgeistert an.

»Gut, du kannst die Zahnbürste allein haben.«

»Jetzt, wo es brenzlig wird, willst du dich aus dem Staub machen? Ein bisschen Jesus spielen, sich verwöhnen lassen, gut essen – und wenn es unangenehm wird und das Dach langsam, aber sicher Feuer fängt, wird es dir zu heiß.«

»Was soll ich denn machen?«

»Viele Menschen hier glauben wirklich, du seist Jesus. Und István hätte nicht so leichtes Spiel ohne den leibhaftigen Erlöser. Oder glaubst du allen Ernstes, István hält dich für Jesus?«

»Den habe ich schon selber durchschaut … Und die anderen?«, fragte ich Tina. »Wissen die auch, dass ich –«

»Da kann ich dich beruhigen«, sagte sie boshaft. »Mein Vater glaubt ganz fest daran, dass Jesus sein Gast bei Tisch ist. Seine Augen strahlen jedes Mal bei der Stelle: ›Komm, Herr Jesus, sei unser Gast …‹«

»Und – Benedek?«

»Benedek, der gute alte Benedek vertraut meinem Vater voll und ganz. Er möchte es unbedingt glauben, es bedeutet ihm sehr viel.«

Ich fühlte mich elendig.

»Nur kann Benedek mit diesem ganzen Soldatenspiel und Verkleiden nichts anfangen. Auf ihn hört allerdings niemand. – Hast du übrigens gedacht, du könntest mitten in der Nacht von hier wegkommen?«

»Es ist erst neun Uhr.«

»Wir sind in Szentkukac. Der letzte Bus ist vor über sieben Stunden gefahren und der nächste fährt morgen zu Mittag. Für hiesige Verhältnisse ist es mitten in der Nacht. Zum Glück ist dein großer Auftritt am Freitag und nicht am Sonntag, denn dann würden wir festsitzen. Am Sonntag fährt gar kein Bus.«

»Könntest nicht du mit den Menschen reden? Du kannst sowas besser«, unternahm ich einen letzten Versuch.

»Ich soll das jetzt ausbaden? Nein, nein, mein Lieber, das musst schon du machen. Außerdem halten sie dich für Jesus, zumindest die meisten. Dir werden sie zuhören.«

So oder so, ich wurde erpresst. Aber da war mir Tinas Erpressung noch allemal lieber als Istváns, außerdem war das meine Chance, zumindest vor Tina Haltung zu bewahren, ihr zu zeigen, dass ich darum kämpfen würde, mir ein

Mindestmaß an Selbstachtung zu sichern – und eine trittfeste Wolke neben Nagymama, von der ich nicht hinunterfallen würde wie ein Sack Zwiebeln von der Ladefläche eines über die Landstraße rumpelnden Lastwagens.

»Gut. Ich überlege es mir«, sagte ich schließlich.

»Du hast keine andere Wahl.«

36

Den ganzen Donnerstag grübelte ich darüber, was ich am Freitag sagen sollte. Tina hatte mir ja nicht, wie István, eine vorgefertigte Rede ausgehändigt. Die musste ich mir selber überlegen. Beim Mittagessen bei Attila schaffte ich es so gut, mir nichts anmerken zu lassen und so zuversichtlich von meinem Auftritt am nächsten Tag zu erzählen, dass ich am Ende István sogar überzeugen konnte, von einer Generalprobe am Nachmittag abzusehen.

Tina, die wieder mit uns essen durfte, verzog keine Miene. Vielleicht hatte sie insgeheim noch Zweifel, ob ich das auch wirklich durchziehen würde.

Nach dem Essen aber zog sie mich beiseite. »Wie sieht's aus?«, flüsterte sie.

»Bestens. Ich kann es kaum mehr erwarten. Ich brenne wie ein Dornbusch auf morgen.«

»Ich komme heute Abend zu dir. Wir müssen noch die Details besprechen.«

Unter anderen Umständen hätte ich mich auf ein abendliches Treffen mit Tina in meinem Zimmer gefreut. Aber ich war sogar zu nervös, um ein Deodorant aufzutragen oder die Zähne zu putzen. Außerdem sollte Tina nicht glauben, dass ich so einer war, der nur auf das Eine aus war.

Dann hörte ich das vereinbarte Klopfzeichen und ich ließ Tina herein. Sie war jetzt anders als sonst, sie schien etwas von ihrer üblichen Coolness abgelegt zu haben. Ihre Haare waren heute etwas streng zu zwei Zöpfen geflochten und sie trug einen alten Pullover. Die offenen Haare – diese Haare, die ich mittlerweile so gut kannte, die sich wie ein Zelt über mich gelegt hatten … – sie gefielen mir besser. Aber darum ging es jetzt nicht.

Sie erklärte mir in knappen Worten den Plan für unsere Flucht, und mir gelang es erstaunlich gut, konzentriert zuzuhören. Danach fragte sie mich, ob ich alles verstanden hätte, worauf ich nickte und sie das Ganze noch einmal wiederholte, im gleichen Tempo.

Der Plan sah folgendermaßen aus: Nachdem ich mit der Wahrheit herausgerückt sein würde, dass ich nicht Jesus sei, dass alles nur Lug und Trug sei, würde mit ziemlich hoher Wahrscheinlichkeit Tumult ausbrechen, hier wie dort – beim Team István wie auch im Publikum. Diesen müsste ich nutzen, um in die Sakristei zu flüchten.

»In die Sakristei? Das ist doch das Gefängnis«, sagte ich.

Im hinteren Teil gebe es eine Toilette, und dort befinde sich, rechts neben der Kloschüssel, eine massive Holztür. Diese werde sie bis dahin aufgesperrt haben. Sie kenne den Küster – den ehemaligen Küster, korrigierte sie sich –, der habe ihr einen Schlüssel gegeben.

»Aber dann hätte man doch diesen armen Tierarzt auch befreien können …«, merkte ich an.

»Der Küster wollte damals den Schlüssel nicht herausrücken, er fürchtete Béla, aber mittlerweile ist er bereit, seinen Beitrag zu leisten.«

Dann sei ich aber immer noch nicht im Freien, sondern werde mich in einem länglichen Zubau wiederfinden, einer Art Schuppen. Darin liege allerlei Gerümpel, alte Gartengeräte, ausgemusterte Kerzenständer – ich müsse also aufpassen, dass ich in der Dunkelheit nicht stolpere und mich verletze. Die Hinterwand lasse sich leicht entfernen, wenn ich dagegen drückte. Tina hatte vorsorglich schon die Nägel und die Schrauben entfernt. Draußen werde sie auf mich warten. Sie werde das Nötigste dabeihaben. Dann müssten wir schnell sein – denn es gebe nur einen einzigen Bus am Freitag, den letzten bis Montagfrüh, und der fahre, wenn bis dahin alles nach Plan laufe, nur wenige Minuten später. Wir dürften also weder zu früh dran sein – dann müssten wir auf den Bus warten und die Gefahr, entdeckt zu werden, stiege mit jeder Minute – noch zu spät, weil wir dann festsäßen. Wenn aber alles gutginge, säßen wir im Bus, noch ehe jemand etwas bemerken würde.

Ich gestand, dass ich nervös war.

»Ich auch«, sagte Tina.

»Wo willst du überhaupt hin?«, fragte ich.

»Das weiß ich noch nicht. Ich habe ja außer hier kein Zuhause. Aber wir werden, wenn wir erst einmal in Budapest sind, schon einen Weg weiter wissen. Ich habe dort Freunde. Wer weiß allerdings, wie lange wir in Budapest sicher sind.

Wir machen das schon. – Aber jetzt sollten wir schlafen gehen.«

Sie lächelte mich an, schaute mir dabei gleichzeitig ernst in die Augen und drückte mir einen Kuss auf die Lippen. »Schlaf gut.«

Und weg war sie.

37

Es war eine lange Nacht, doch der Morgen war trotzdem viel zu früh da. Ich spürte ein Sodbrennen in meiner Speiseröhre wie seit der schriftlichen Mathematikmatura nicht mehr und schluckte aufgestiegene Magensäure hinunter. Ich zog wieder mein einziges Hemd an, das gewaschen und gebügelt im Schrank hing, und Benedeks Cordanzug, den er mir am Abend zuvor vorbeigebracht hatte (und dabei zum Glück Tina in meinem Zimmer nicht begegnet war).

Ich steckte noch meine Geldbörse in die Sakkotasche, obwohl sie ihren Zweck kaum mehr erfüllte mangels Personalausweises und brauchbaren Geldes. Den Wohnungsschlüssel verstaute ich nach einigem Überlegen dann doch in der Hosentasche – um zumindest irgendetwas Vertrautes bei mir zu haben und die Illusion aufrechtzuerhalten, ich hätte ein Zuhause.

István erwartete mich ungeduldig vor der katholischen Kirche, wo bereits zahlreiche Menschen versammelt waren. Mir kam vor, der Haufen sei noch bunter als bei meinem letzten Auftritt. Die Aufschriften auf den T-Shirts, Transparenten und Baseballkappen ergaben für mich keinen Sinn. Was hatten »Jesu Blut heilt – nicht eine Impfung«, »Für Frieden, Freiheit und gegen Lügenpresse« und ein Mann mit einer Büffelfellmütze mit Hörnern miteinander zu tun? Es war eine Mischung aus Fußballfans, Demonstranten und Besuchern eines Open-Air-Festivals. Aber etwas war anders. Eine aggressive Stimmung war zu verspüren, ein Tatendrang, eine Bereitschaft, zuzuschlagen – wogegen auch immer.

»Wir sind spät dran«, begrüßte mich István. Er wirkte sichtlich nervös.

Überall waren, wie Tina vorausgesagt hatte, Wachmänner. Der Seiteneingang, durch den wir die Kirche betraten, wurde von zwei Uniformierten bewacht. Gut, dass Tina den Fluchtplan über die Sakristei ausgeheckt hatte.

»Du bist bereit?«, fragte István.

Ich nickte. Da ich keine Anstalten machte, die Unterlagen, die er mir gegeben hatte, hervorzukramen, fragte er: »Brauchst du den Text gar nicht?«

»Ich habe alles in meinem Kopf.«

Er lächelte, jedoch, sehr ungewöhnlich für ihn, unentspannt. Ich war mir nicht sicher, ob er mir das glaubte. Jetzt, wo ich ihn in einem klareren Licht sah, war die Furcht, die ich ihm gegenüber bis dahin empfunden hatte, einer Verachtung gewichen.

Neben die Angst, die ich vor meinem Auftritt hatte, gesellte sich nun eine unbestimmte Vorfreude auf das Bevorstehende. Wie auch immer das Ganze ausgehen würde, ich wäre nachher erleichtert. So, wie man sich entlastet fühlt, wenn man ein Vergehen gestanden hat. Als Kind hatte ich einmal beim Einkaufen mit meiner Mutter versehentlich einen Schokoladeriegel mitgenommen. Ich steckte ihn mir im Supermarkt in die Jackentasche, während meine Mutter in der Feinkostabteilung Fleisch kaufte, mit dem Vorhaben, ihn bei der Kassa im letzten Moment hervorzuziehen – da stünden die Chancen am besten, dass es meine Mutter durchgehen lassen würde. Allerdings war ich dermaßen mit dem Einpacken des Einkaufs beschäftigt, dass ich es vergaß. Erst zu Hause entdeckte ich den Riegel. Ich hielt ihn tagelang im Zimmer versteckt und wagte nicht, ihn zu essen. Ich hatte ihn nicht stehlen wollen, aber trotzdem marterte mich mein Gewissen. Erst als ich es eines Abends meiner Mutter gestand, fühlte ich mich erleichtert – obwohl meine Mutter im Grunde gar nichts sagte, sie nahm nur den Schokoriegel zu sich und murmelte etwas von »Den werden wir wohl zurückbringen müssen« und »Hauptsache, Nagymama erfährt es nicht, die sagt sonst wieder, du kommst ganz nach deinem Vater«. Sie verstaute den Riegel im Fach über dem Kühlschrank, wo er monatelang lag und eines Tages verschwunden war. Ich hatte den Verdacht, dass ihn meine Mutter gegessen hatte – der sich erhärtete, als ich die leere Verpackung im Restmüll fand. Mein Gewissen jedoch war erleichtert in dem Moment, in dem ich gestanden und den Schokoriegel meiner Mutter überreicht hatte.

So ähnlich wollte ich nun den gestohlenen Jesus zurückgeben. »Vielen Dank, aber ab jetzt soll ihn jemand anderer spielen. Es war ein Fehler, dass ich diese Rolle angenommen habe.«

Die Kirche war voll. Niemand wollte sich die Ansprache von Jesus entgehen lassen. Links und rechts vom Altar hing jeweils eine mehrere Meter hohe rot-weiß-grüne Fahne und, zum ersten Mal, auch die Fahne der Gemeinde der Urmagyaren mit dem stolz und mächtig dreinblickenden Turul-Vogel in ihrer Mitte. Und dazwischen saß diese bunt durcheinandergewürfelte Zuhörerschaft – junge Männer mit verbrauchten Gesichtern, ältere Damen mit gefärbtem Haar, Familien mit Kindern auf den Schultern ihrer Väter –, die irgendwie doch eine einheitliche Masse ergab. Die Büffelfellmütze mit den Hörnern fiel mir wieder auf.

Ich ging die Schritte unserer Flucht durch. Wenn jemand die Holztür in der Zwischenzeit wieder versperrt hatte? Wenn ich gar nicht erst bis zur Sakristei kam? Tina sah ich immer noch nicht. Vielleicht hatte man sie ertappt und István wusste schon längst Bescheid? – Wen hatte ich mehr zu fürchten: István oder Béla? Béla war ich wahrscheinlich gleichgültig – das hieß: Jesus war ihm gleichgültig … István wiederum brauchte seinen Jesus, und der war nun mal ich. Er würde mich nicht so leicht davonkommen lassen. Wahrscheinlich wäre es ihm hingegen gar nicht unrecht, Tina los zu sein …

Auf einmal stieß mir István mit dem Ellbogen in die Seite und deutete nach vorne, zum Lesepult. Mir war ganz entgangen, dass Attila bereits geredet hatte. Ich hatte nicht damit gerechnet, schon so bald an die Reihe zu kommen, aber vielleicht war es mir nur nicht aufgefallen, wie viel Zeit vergangen war. Attila kam zurück und nickte mir zu. Er hatte Tränen in den Augen. Vielleicht war das auch das Alter, manche

Menschen können ihre Tränendrüse nicht mehr kontrollieren, wenn sie alt sind. Immer noch besser als die Blase, sagte ich mir.

Ehe ich mich versah, stand ich auch schon hinter dem Lesepult – unten, nicht auf der Kanzel, ganz wie Tina gesagt hatte. Jetzt erinnerte ich mich, dass ich schon einmal hinter einem solchen Pult gestanden war, und zwar bei der Hochzeit einer Cousine Sandras, als ich eine Fürbitte lesen musste. Es brachte aber nichts, denn nach einem Jahr ließen sie sich wieder scheiden. Aber damals war ich ja auch noch nicht Jesus.

In der ersten Reihe saßen neben dem Pfarrer und Enikő die beiden anderen Mitglieder der Kommission zur Erforschung und Richtigstellung der ungarischen Geschichte: Professor Barna in einem feierlich karierten Hemd und die grimmig dreinblickende Dr. Pokoli. Sie begutachtete den Auftritt ihres Fundes, des außerirdischen Jesus.

Benedek saß nur in der vierten oder fünften Reihe, am linken Rand. Béla hatte sich zu diesem Anlass auch einen Sitzplatz gesichert, und zwar auf der anderen Seite, ganz rechts. Er blickte gelangweilt drein und saß mit verschränkten Armen und überkreuzten Beinen da. Die Binde leuchtete bedrohlich von seinem Arm.

Und dann entdeckte ich Tina, endlich. Sie dürfte im letzten Moment die Kirche betreten haben, und so fand sie nur mehr einen Stehplatz ganz hinten – was für unsere Flucht durchaus ein Vorteil war. Ihr Gesichtsausdruck verriet nichts, aber irgendetwas an ihrer Körperhaltung schien mir gut zureden zu wollen. Ich dachte daran, dass sie am Abend zuvor gesagt hatte, dass *wir* das machen würden – wir –, und bemerkte, dass sie die Haare offen trug. Auf einmal fühlte ich mich beflügelt. Da stellte ich fest, dass mich Istváns Blick durchbohrte. Ich sollte endlich beginnen.

Ich hatte mir nicht überlegt, was ich sagen würde, obwohl ich fast die ganze Nacht kein Auge zugemacht hatte. Andererseits – ich wollte es so schnell wie nur irgendwie möglich hinter mich bringen.

Ich wagte es nicht, in die gespannten Gesichter im Publikum zu blicken. Stattdessen konzentrierte ich mich auf einen Punkt ganz hinten im Kirchengebäude, ein kleines Bild mit einem Jesus, der seine Hände ausgestreckt hielt und aus dessen Herz bunte Strahlen leuchteten.

»Meine verehrten Damen und Herren«, begann ich. Von Jesus hätte man vielleicht eher erwartet: »Meine Brüder und Schwestern« oder »Meine lieben Jünger«. »Ich mache es kurz«, sagte ich stattdessen.

Attila horchte interessiert auf, István runzelte die Stirn.

»Ich wurde von Ihnen sehr freundlich aufgenommen, ich durfte eine pulsierende Metropole in der Puszta kennenlernen« – das war unnötig gewesen, ich wollte mich ja nicht lustig machen über sie – »und nun wende ich mich an Sie.«

Eine Spannung lag in der Luft, die Menschenmenge wurde langsam ungeduldig.

»Ich bin kein Mann der großen Worte.«

Aus dem Augenwinkel sah ich, wie Attila glücklich lächelte. Zu István wagte ich nicht zu schauen. Ich fixierte das Bild am Ende der Kirche, mehr denn je. Dann schweifte mein Blick, wie von selbst, ab und traf Tinas wache, dunkle Augen – für eine Sekunde beschleunigte sich mein Herzschlag. In wenigen Minuten würde ich mit dieser Frau fliehen.

»Die Wahrheit ist: Ich bin nicht Jesus.« Jetzt ging es schnell. Ich wusste, ich hatte nicht viel Zeit. Die Worte kamen wie von selbst aus mir herausgeschossen. »Ich war nie Jesus. Ich weiß noch nicht einmal, ob ich überhaupt an Jesus glaube.«

István wäre seitlich von der Bank gekippt, wenn er nicht von der neben ihm sitzenden verdatterten Enikő daran gehindert worden wäre, dann riss er seinen Kopf in alle Richtungen. Attilas Kiefer hing ratlos hinunter, sonst aber versuchte er, meinen Worten einen Sinn abzuringen.

»Ich bin ein einfacher Spielwarenverkäufer, dem sie eines Tages einreden wollten, er sei Jesus. Aber ich wüsste es ja, wenn ich Jesus wäre. Ich kann Ihnen mit aller Sicherheit sagen: Ich bin nicht Jesus.«

Es war, wie Tina vorausgesagt hatte. Es dauerte zwar ein bisschen, bis meine Worte bei allen angekommen waren, aber dann ging es los.

»Was soll das heißen?«, riefen einige. »Zuerst kommt er her und behauptet, er sei Jesus, er lässt sich wie der Sonnenkönig behandeln und dann sagt er uns ins Gesicht, dass er uns angelogen hat!«

»Das kann doch nicht sein …«, rangen andere um Fassung. »Du musst uns doch den Weg weisen!«

»Das ist Gotteslästerung!«, skandierte die Gruppe, die das Transparent mit der Aufschrift »Jesu Blut heilt – nicht eine Impfung« mitgebracht hatte. »Er wollte sich für Jesus ausgeben!«

»Er kann doch nicht einfach behaupten, nicht Jesus zu sein«, rief ein Mann. Er trug eine Baseballmütze mit dem Turul-Vogel vorne, der eingekreist war. Oder war das ein großes Q?

»Jesus gab es wahrscheinlich gar nicht!«, riefen andere.

»Das ist eine linksliberal-jüdische Verschwörung!«, brüllte eine junge Mutter, während sie ihr Kind stillte.

Jetzt ging es drunter und drüber.

»Jesus war ja auch Jude! Also kann er gar nicht Gottes Sohn sein, denn Gott ist bestimmt kein Jude!«

István stand auf und versuchte, die Menschen mit beschwichtigenden Armbewegungen und eindringlichen Worten zu beruhigen. »Hört zu! Es geht um das große Ganze. Wir Ungarn sind das älteste Geschlecht der Menschheit.«

»Wir brauchen diesen Jesus doch gar nicht! Gott selbst ist Ungar! Was wollt ihr mehr?«, rief jemand dazwischen.

»Doch, wir brauchen Jesus«, widersprach István. »Nur er kann uns erzählen, was Gott mit uns vorhat. Er ist der lebende Beweis dafür, dass wir Gottes auserwähltes Volk sind.«

»Aber der Typ sagt ja selber, dass er nicht Jesus ist!« Sie zeigten auf mich.

»Er ist müde und ein bisschen verwirrt«, erklärte István. »Er ist ja auch ein Mensch. Wir sollten uns alle beruhigen.«

»Schnappt euch den Verräter!«

»Die stecken alle unter einer Decke!«

»Vergesst Jesus, der ist nur Fake!«

»Stoppt Brüssel!«

Die Lage wurde unübersichtlich. Die meisten waren aufgestanden, schrien wild durcheinander oder skandierten

Parolen, manche stießen sich gegenseitig und rissen sich an den Haaren oder versuchten, die Kirchenausstattung zu beschädigen, einige umzingelten Attila und bedrohten ihn. István mahnte Ordnung ein und rief Bélas Wachmänner zu Hilfe, die aber schlugen wahllos auf Menschen ein.

Der Mann mit der Büffelfellmütze hatte inzwischen die Kanzel erklommen und brüllte nun lauter als alle anderen, sodass ihm alle zuhörten – sogar Bélas Leute, die von seinem Brüllen beeindruckt waren und jetzt wie Mitglieder eines Rudels wirkten, die zu ihrem neu auserkorenen Alpha-Männchen emporblickten: »Landsmänner! Ungarn! Hört mir zu! Es ist doch ganz egal, ob es Jesus gab oder nicht. Der ist doch nur etwas für Memmen. Wir nehmen unser Schicksal selbst in die Hand!« Er ließ sich von unten eine Urmagyaren-Fahne reichen, die er nun wie eine Lanze neben sich in der Hand hielt. »Der Professor und die heiße Mieze mit der Brille haben im Fernsehen klargemacht, dass wir von einem anderen Planeten kommen. Dass wir über allen anderen Wesen stehen.«

Professor Barna nickte ernst, Dr. Pokoli fühlte sich geschmeichelt und rückte ihre Brille zurecht.

»Recht hat er«, stimmten ihm mehrere zu. »Wir brauchen keinen Gott! Wir sind unser eigener Gott!«

»Auf die Urmagyarische Wachmannschaft könnt ihr zählen!«, rief Béla. »Wir sind dabei!«

»Aber Jesus …«, stammelte Attila. »Ohne Jesus ist der Glaube leer.« Auf den Pfarrer hörte aber nun kaum noch jemand, nur ein, zwei alte Frauen stimmten ein: »Ohne ihn sind wir verloren. Was soll aus uns werden?«

»Auf nach Kecskemét!«, schrie der Mann mit den Hörnern. »Wir stürmen das Rathaus! Dort sitzen die Marionetten der Weltregierung!«

Das war meine Chance. Mir wurde mittlerweile keine Aufmerksamkeit mehr geschenkt. Also entfernte ich mich unauffällig vom Pult und schlich zur Sakristei. Die Tür war offen.

»Hier ist der Zutritt für Unbefugte verboten.« In einer Ecke saß ein Wachmann auf einem alten, verzierten Holzstuhl neben der Kredenz. »Hier dürfen nur Befugte eintreten.« Er schien einen Text aufzusagen, ohne ihn zu verstehen. Er stand auf und schaute mit leerem Blick durch mich hindurch. Von den neuesten Entwicklungen im Kircheninneren durfte er nichts mitbekommen haben.

»Ich … Ich bin ja Jesus! Weißt du das denn nicht, du Lümmel?« Ein letztes Mal noch sollte ich Jesus sein.

Er sammelte sich, setzte in seiner Verwirrung zum Salutieren an, ließ es dann aber sein und stotterte: »Ich habe Sie nicht gleich erkannt … Ich bitte um Verzeihung. Kann ich Ihnen behilflich sein?«

»Meine Blase platzt gleich! Ich muss dringend aufs Klo!«

»Natürlich … Hier entlang, bitte …«

Er hielt mir mit einer Verbeugung die Klotür auf und sagte, er stehe Wache, man könne nämlich nicht absperren. Ich versicherte ihm, es könnte länger dauern.

Die dicke Holztür neben der Kloschüssel war aufgesperrt. Ich atmete auf. Dann war ich auch schon im Zubau, stolperte über die angekündigten Gartengeräte und erreichte die Hinterwand. Diese gab zum Glück gleich nach, genau wie Tina gesagt hatte.

Es war ein verwilderter Garten. Hinter dem Gestrüpp erkannte ich einen rostigen Maschendrahtzaun – und auf der anderen Seite Tina, mit ihrer Jeansjacke, den Turnschuhen und einem geschulterten Rucksack. Sie sagte nichts, sondern winkte mich zu sich.

Wir kletterten über den Zaun, immer noch ohne ein Wort zu wechseln. Sie zog mich hinter sich her, zwischen den Häusern hindurch und durch die Hintergärten von Szentkukac.

38

Ich erzählte Tina vom Wachmann, der vor der Klotür Schmiere stand.

»Dann wird er bald Alarm schlagen«, sagte sie. »Egal, wie dumm der ist, in ein paar Minuten wird er anklopfen, fragen, ob Jesus Hilfe braucht, und dann Béla benachrichtigen.«

»Aber Béla ist Jesus egal, das hat er gerade selber gesagt«, wollte ich Tina beruhigen. Oder eher mich.

»Ich will dich ja nicht enttäuschen, aber Jesus war ihm immer schon egal. Dafür wird er es nicht auf sich sitzen lassen, dass ich ihm ein zweites Mal entwische. Und dass du mir dabei hilfst. Wie steht er denn da vor seinem Rudel, wenn ihm sein Weibchen davongelaufen ist?«

Wir hatten die Haltestelle erreicht. Sie bestand aus einem Betonhäuschen ohne Sitzbank und ohne Schild, das darauf hingewiesen hätte, dass es sich um eine Bushaltestelle handelte. Im Inneren wucherte Unkraut, aus der einen Ecke bahnte sich ein dürres Akazienbäumchen den Weg nach oben. Es war schwer, sich vorzustellen, dass hier tatsächlich ein Bus halten würde. Auch Tina war die Anspannung anzusehen.

Dann aber erwähnte sie meine Rede doch. »Du hast das wirklich gut hinbekommen. Knapp und präzise, auf das Wesentliche beschränkt. Ein großer Redner wirst du zwar nicht mehr werden, rhetorische Ausschmückungen sind nicht so deine Sache. Aber das ist wohl auch besser so.«

In diesem Moment tauchte der Bus auf. Es war ein gelber, alter Ikarus, dessen Karosserie mehrere Jahrzehnte Dienst auf den Straßen der Tiefebene anzusehen waren. Er umfuhr noch zwei Schlaglöcher und schlenkerte dann zur Haltestelle. Mit einem lauten Zischgeräusch öffnete sich die vordere Tür, noch ehe der Bus zum Stehen kam.

Es gab keine Fahrgäste. Der Fahrer trug ein Unterhemd, das seinen Bauch nur bis zum Nabel zu bedecken vermochte, eine Jogginghose und schwarze Badeschuhe aus Kunststoff mit weißen Streifen, darunter weiße Socken.

Tina wollte auf das Trittbrett steigen, aber der Fahrer bedeutete ihr mit der ausgestreckten Hand, dass sie draußen bleiben solle. Er betrachte aus gut zwei Metern Entfernung die beiden Fahrscheine, die ihm Tina hinhielt, aber es war offensichtlich, dass er ins Leere starrte.

Tina wurde ungeduldig. »Wir fahren beide bis Kecskemét.«

Der Fahrer schmatzte, kratzte sich das haarige Brustbein und sagte schließlich: »Die sind ungültig.«

»Was heißt: ungültig?«, fragte Tina erbost. »Mit denen fahre ich immer.«

»Die sind ungültig.«

»Dann kaufen wir zwei neue. Zweimal nach Kecskemét. Einfache Fahrt.« Tina kramte ein paar Geldscheine hervor und deutete auf die Kassa.

Der Fahrer kratzte sich an der Innenseite des Oberschenkels.

Wie lange dauerte das noch?

»Das geht nicht. Man kann im Bus keine Tickets kaufen.«

»Was soll das wieder heißen?«

»Neue Verordnung. Als Schutz vor – Internetbetrügerei. Man muss sie jetzt im Vorfeld kaufen. Mit dem Handy.«

Das war die unsinnigste Erklärung, die man geben konnte. Das wussten wir alle drei.

Nach einer kurzen Gesprächspause sagte schließlich der Busfahrer: »Es tut mir leid, wirklich – aber ich kann euch nicht mitnehmen. Ich habe eine Frau und drei Kinder. Meine Schwiegermutter wohnt auch noch bei uns. Wir haben einen Kredit laufen fürs Dach. Und einen für den Flachbildschirmfernseher.« Er schaute sich um und sprach dann, leiser, weiter: »Spätestens beim Fischteich, noch vor dem nächsten Dorf, würden sie euch ohnehin schnappen. Diese Typen in den grauen Hemden und mit der seltsamen Armbinde kontrollieren jeden Bus und jedes Auto. Tut mir leid. Wirklich.«

Und mit diesen Worten, noch ehe Tina einen Fuß auf das Trittbrett setzen konnte, schloss er die Tür mit einem lauten Zischen wieder und fuhr im gleichen Moment auch schon los.

»Idiot!«, schrie ihm Tina nach und drohte dem davonfahrenden Bus mit der geballten Faust. Ich stand ratlos daneben – wie schon die ganze Auseinandersetzung über. Da fiel mir auf der anderen Straßenseite ein Auto auf. Vorher, vor der Ankunft des Busses, war die Straße leer gewesen. Es war ein weißes, kastenförmiges Auto. Ein bisschen wie ein Spielzeugauto.

Ich tippte Tina auf die Schulter.

Hinter dem Lenkrad saß Benedek und bedeutete uns einzusteigen. Ich schaute Tina fragend an. Auch sie war unschlüssig.

»Das könnte leicht eine Falle sein …«, meinte ich.

Tina erwiderte nichts, sondern stand nur da. Ich versuchte, im Zeitraffertempo die Argumente für und gegen Benedeks Vertrauenswürdigkeit abzuwägen. Einerseits war er bei István und Béla schon seit Längerem in Misskredit geraten, andererseits war er ein Urgestein der Gemeinde und ein überzeugter Anhänger. Einerseits verstand er sich mit Tina gut, weshalb es nachvollziehbar wäre, wenn er ihr helfen würde. Andererseits war er loyal dem Pfarrer gegenüber, was wiederum dafür sprach, dass er Jesus der Gemeinde zurückbringen wollte (und dadurch überdies die Zweifel an seiner eigenen Loyalität beseitigen konnte).

Tina beendete meine Pro-Kontra-Liste abrupt: »Wir haben keine andere Chance.« Sie hatte recht.

Wir überquerten die Straße, immer noch ein wenig zögerlich. In diesem Moment waren Stimmen und Hundegebell zu hören, die sich näherten. Natürlich, der dumme Wachmann hatte herausgefunden, dass er hereingelegt worden war. Das Gekläffe und Gejaule und Geschrei wurde immer bedrohlicher, ich musste an die Kette in Bélas Garten denken, die jetzt verwaist auf dem Boden lag, und an die beiden Köter, die mich damals auf dem Rad fast erwischt hätten.

»Schnell! Wir haben keine Zeit zu verlieren«, rief Benedek.

Tina und ich stiegen ein, beide auf die Rückbank.

War das ein Fehler? War die Kindersicherung eingeschaltet? Saßen wir in der Falle? Würde Benedek seine Beute Bélas Jagdgesellschaft präsentieren und sich rehabilitieren?

Aber Benedek tat nichts dergleichen. Er startete den Motor und fuhr los, in die entgegengesetzte Richtung vom Bus. Tina hatte anscheinend – wieder einmal – die Lage schneller erfasst als ich. »Du bist der einzige Normale hier, Benedek, das habe ich immer schon gewusst!« Tina umarmte ihn heftig von hinten, so dass Benedek beinahe das Lenkrad verrissen hätte. Dann griff sie nach meiner Hand, und ich war mir sicher, dass wir die richtige Entscheidung getroffen hatten.

»Ich bin Tina aus der Kirche hinaus gefolgt«, erzählte Benedek. »Mein Gefühl sagte mir, ich sollte das Auto holen.«

Die Wachmänner waren nicht zu sehen, wir waren rechtzeitig abgefahren. Aber so leicht würden wir nicht entkommen, dachte ich mir. Wir fuhren an der Ortstafel vorbei.

»Seltsam, dass sie keine Straßensperre bei der Ortsausfahrt errichtet haben …«, sagte ich.

»Das wäre zu offensichtlich«, sagte Tina. »Die Menschen sollen ja nicht glauben, dass sie eingesperrt sind …«

»Obwohl sie das sind …«, sagte Benedek kopfschüttelnd. »Béla ist übrigens nicht hinter Ludwig her, sondern hinter dir, Tina.«

»Siehst du?«, sagte sie zu mir.

»Dafür hast du dir mit deinem Geständnis einige Feinde gemacht, Ludwig. Einige halten dich für einen Gotteslästerer und suchen dich. Ein paar behaupten sogar, dass du im Auftrag eines ausländischen Geheimdienstes hier seist. Die anderen streiten noch, ob sie zuerst das Parlament in Budapest stürmen sollen oder gleich das in Brüssel. Aber István braucht dich nach wie vor.«

»Benedek – hast du das Auto nach einem Peilsender untersucht?«, unterbrach Tina.

»Nach einem –?«

»Bleib kurz stehen.«

Benedek hielt neben dem Fußballfeld mit dem hohen Gras. Es war eingezäunt und einige abgemagerte Pferde grasten darauf.

»Sie werden uns sicher gleich einholen!«, drängte ich zur Weiterfahrt. Ich wollte mir nicht vorstellen, was sie mit Gotteslästerern und Geheimagenten hier machten.

»Bald nicht mehr«, sagte Tina und stieg aus. Sie nestelte unter dem Auto und nahm einen taschenbibelgroßen Gegenstand hervor. Damit ging sie zu einem der Pferde, streichelte mit der flachen Hand seinen Hals und befestigte gleichzeitig den Gegenstand am Halfter. Dann öffnete sie das Gatter und schlug dem Pferd kräftig auf den großen Hintern, worauf dieses laut wiehernd davongaloppierte, in die Freiheit der ungarischen Prärie hinaus.

Als sie wieder im Auto saß und Benedek losfuhr, sagte sie: »Die werden sich schön wundern, wenn sie dem Peilsender über Stock und Stein quer durch die Steppe hinterherfahren …«

Benedek zwinkerte Tina durch den Rückspiegel zu. »Dann biege ich hier links ab.« Ohne zu verlangsamen, riss er das Lenkrad herum und beförderte den krachenden und auf- und abfedernden Lada auf einen Feldweg, in die entgegengesetzte Richtung vom davongaloppierenden Pferd. »Ich kenne einige Schleichwege. Wir hätten keine Chance, die kontrollieren jede Straße im Umkreis von zehn Kilometern. Auf meinen Fahrten in den Gottesdienst nach Bugacpusztakisháza habe ich mit diesen Grenzposten so meine Erfahrungen gemacht.«

Wie hatte ich Benedek noch bis vor Kurzem so falsch einschätzen können?

»Gleich muss der Bus angehalten werden. Der Busfahrer wird in Erklärungsnot geraten, der Arme …«

Benedek und ich schauten Tina verwundert an.

»Ludwigs Handy hat ja keinen Akku mehr, und du, Benedek, hast gar kein Handy. Sie orten die Handys. Was habt ihr denn gedacht? Meines, das einzige, das sie orten können, habe ich in den Mistkübel neben der Bustür geworfen, während ich mit diesem verfluchten Busfahrer verhandelte. Die einen fahren dem Pferd hinterher, die anderen dem leeren Bus.«

Wir entfernten uns immer weiter von Szentkukac. In regelmäßigen Abständen schaute ich durch das Heckfenster, aber da war kein Auto zu sehen, niemand, der uns verfolgte. Ich kam langsam zur Ruhe, konnte aber keinen klaren Gedanken fassen. So holperten wir schweigend durch die Puszta.

Nach einiger Zeit bog Benedek auf die stark befahrene Landstraße ein, die breit war und gut ausgebaut. Wir fuhren zwischen internationalen Lastwägen und Reisebussen; Audis und BMWs mit serbischen, deutschen und rumänischen Kennzeichen flogen in mörderischen Überholmanövern an uns vorüber. Das sandige Braun um uns herum wich nach und nach einem Grün, Tankstellen und Raststationen zogen an uns vorüber. Wir waren in Sicherheit.

EPILOG

James und Bobby jagen aus Shoot Out Town hinaus und ziehen eine Staubwolke hinter sich her. Joe und seine Mannen haben sich ihnen an die Fersen geheftet, aber der Abstand wird immer größer. Den alten Sam haben sie erschossen, die Schweine, als er sich noch in der Stadt mit ihnen eine Schießerei lieferte, um so wertvolle Zeit für seine beiden Freunde zu gewinnen. Er war bereits angeschossen und sagte, bevor er wie ein Pferdedieb am Galgen sterbe, nehme er noch einige von den Bastarden mit in die ewigen Jagdgründe.

Sie kommen in ein bewaldetes und leicht hügeliges Gebiet, durch das sich ein Fluss den Weg bahnt. Hier schaffen sie es, ihre Spuren zu verwischen, indem sie mit den Pferden durch das Wasser waten. So können sie Joes Leute bald abhängen.

Die flache, weite Prärie haben sie nun hinter sich gelassen, sie erreichen die ersten Ausläufer der Rocky Mountains. Der Wald wird immer dichter. Die Nacht naht und es wird kalt. Die Pferde setzen erschöpft einen Fuß vor den anderen, James und Big Bobby würden ihnen und sich gerne eine Rast gönnen. Da erblicken sie ein Holzfällerhaus, das verlassen aussieht – der Zaun ist schon lange nicht mehr repariert worden, auf der Veranda fehlen Holzlatten und das Dach ist an mehreren Stellen undicht. Aus dem Schornstein steigt aber Rauch auf. Im Garten steht ein für diese Gegend ungewöhnlicher Ziehbrunnen mit einem vertikal aus dem Boden ragenden Holzpfahl, auf dem in über zwei Metern Höhe eine Art Balken befestigt ist. Dieser kann am einen Ende zum Brunnen hinabgelassen werden. Auf den ersten Blick erinnert es sie an einen Galgen. Oder an ein Kreuz.

Sie nähern sich vorsichtig, schauen durchs Fenster und erkennen drei Menschen, die um den Ofen sitzen. Zwei Männer und eine Frau. Mit einer Hand am Revolvergriff betreten sie die Hütte.

Es stellt sich schnell heraus, dass es friedliche Menschen sind, die wie sie auf der Reise sind und hier über Nacht Unterschlupf gefunden haben. Der ältere der beiden Männer, der sich als Ben vorstellt, hat einen Bohneneintopf mit Paprika gekocht, von dem er den zwei müden Reitern jeweils eine Portion anbietet. Sie nehmen dankend an und setzen sich mit ihren Tellern vor den Kamin, dessen Wärme ihnen guttut.

Die junge Frau und der Mann, die in etwa gleich alt sind, sitzen etwas abseits auf einer Liege und unterhalten sich im Flüsterton. Ab und zu berühren sich ihre Finger. James rätselt, ob sie ein Paar sind, aber fragen will er nicht. Big Bobby, der für so etwas keinen Sinn hat, knüpft indessen ein Gespräch mit Ben an, dessen Eintopf er lobt, und erzählt ihm die Geschichte ihrer Flucht aus Shoot Out Town und dass sie Sam verloren haben – nicht ganz zu James' Freude, der zunächst vorsichtig ist und Fremden nicht gleich traut.

Seine Sorge ist aber unberechtigt, denn wie sie erfahren, haben die drei ein ähnliches Schicksal hinter sich. Ihre Verfolger bestehen aus einem aufgebrachten Mob, aufgestachelt von religiösen Hasspredigern und Hetzern, die jetzt zu allem bereit sind. Aber hier werden sie sie nicht suchen. Und im Morgengrauen ziehen sie ohnehin weiter.

Wohin sie unterwegs seien, möchte James wissen, den leeren Teller beiseitelegend.

Die beiden Jüngeren zucken mit den Schultern. Weg, einfach weg von hier, möglichst weit.

Ben, der das Geschirr einsammelt und in einen Holztrog mit Wasser stellt, nickt bestätigend. Ein oder zwei Tagesritte noch, dann seien sie in der nächsten größeren Stadt, dort könne ihnen nichts mehr geschehen. Ihre Wege würden sich da trennen. Er habe gehört, dass weiter nördlich Freiwillige für den Aufbau eines kirchlichen Waisenheims gesucht würden, und er möchte sich auf seine alten Tage noch irgendwo nützlich machen. Er habe außerdem das Gefühl, einiges wiedergutmachen zu müssen.

Und die da? Big Bobby deutet mit dem Löffel auf die zwei. Ein Haus? Ein Gemüsegarten? Kinder?, fragt er augenzwinkernd.

Der Mann schaut die Frau von der Seite unentschlossen an. Doch diese meint nur, als Erstes brauchten sie wieder ein Bad und saubere Kleidung nach dem tagelangen Reiten. Vielleicht will sie auch eine Zeitlang allein sein oder überhaupt ein neues Leben beginnen. Jetzt, wo ihr Vater gestorben sei.

James gesellt sich zu Ben und geht ihm beim Abwaschen zur Hand. Ben erklärt, dass ihr Vater einem Herzinfarkt erlegen sei, die Aufregung und der Krawall, der ihrer Flucht vorausgegangen sei, habe ihn so sehr mitgenommen, dass sein ohnehin schon schwaches Herz nicht mehr mitgemacht habe. Das hätten sie heute unterwegs von einem Postboten erfahren, der auf seinem Pferd an ihnen vorbeigeflogen sei, ohne sie, zum Glück, zu erkennen.

Der junge Mann blickt betroffen drein, als hätte er irgendetwas mit dem Tod zu tun.

Er sei nicht schuld, versichert ihm Ben, dem das aufgefallen ist. Die junge Frau stimmt ihm entschieden zu und fasst ihn an seinen Oberarm. Es sei alles aus dem Ruder gelaufen, so der alte Ben, im Nachhinein hätte er so etwas niemals für möglich gehalten. Wann hat es begonnen? Warum ist ihm das nicht längst aufgefallen? Er schüttelt den Kopf und wäscht weiter ab.

Was denn vorgefallen sei, möchte James wissen, während er die Teller abtrocknet.

Das würde ihnen niemand glauben, sagt nun der junge Mann, was dort in diesem Ort passiert sei – und welche Rolle er dabei gespielt habe.

Das sei nun vorbei, meint Ben.

Sie drei seien noch einmal davongekommen, ja, aber das Ganze werde weitergehen. Sobald der Mob einen Anführer gefunden habe, der ihm den Weg weise, würden auch dieses Tal und diese Hütte nicht mehr sicher sein.

Er ist auf einmal ganz erregt und möchte weiterreden, alles erzählen, aber James und Big Bobby können sich auf die zusammenhanglos hingeworfenen Erzählbrocken keinen Reim machen. Viel zu abenteuerlich klingt das alles, als sei es erfunden. Aber die drei sind keine Märchenerzähler, das erkennt man sofort.

Die junge Frau ergreift nun die Hand des jungen Mannes, worauf er sich wieder beruhigt und verstummt. Sie legt ihren Kopf auf seine Schulter.

INHALT

DANKE

Elisabeth, Caroline und Gabriel – für alles.

Anja, Manfred, Connie – fürs Lesen des Manuskripts und zahlreiche wertvolle Anregungen und kritische Fragen. Semier – für seinen literarischen Beistand in den vergangenen zwanzig Jahren.

Elster & Salis – für das Vertrauen und die professionelle und respektvolle Begleitung bei der Entstehung dieses Buches.

LiterarMechana und der Kunstsektion des Österreichischen Bundesministeriums für die Zuerkennung von Stipendien.

Bild: Christoph Slamenik

ZUM AUTOR

Gábor Fónyad (*1983), Sohn einer aus Ungarn stammenden Musiker- und Theologenfamilie, hat Germanistik, Finno-Ugristik und Lehramt in Wien studiert. Er unterrichtet an einem Gymnasium in Niederösterreich und an der Universität Wien.

2015 erschien sein erster Roman »Zuerst der Tee«. Es folgten zahlreiche Essays und Zeitungsartikel – und nun sein zweiter Roman.